대가 없는 일

대가 없는 일

김혜지 소설집

민음사

차례

언니

언니를 처음 본 건 성남맘 카페 오프 모임에서였어요. 그날 오전에 카페 매니저가 글을 올렸거든요. 우리 거국적으로 한번 모일까요? 사람들이 댓글을 달기 시작했어요. 좋아요, 뭉쳐요, 어머 제대로 번개네, 언제 어디서요? 처음에 전 별생각이 없었어요. 한 번 그런 모임에 나간 적이 있는데, 워낙 숫기 없는 성격이라 모르는 사람들과 어울리는 게 쉽지만은 않았거든요. 그 뒤로 카페는 주로 육아 정보를 얻으러 들락거렸고요. 갓 돌이 지난 준우가 첫애라 온통 모르는 것투성이였으니까.

퇴근한 남편이 싱크대에 쌓인 설거짓거리를 보고 핀잔을 주지만 않았더라면, 거기 갈 일은 없었을 거예요. 남편의 잔소리에 전 아무 말 않고 베란다로 나갔어요.

곧 남편이 따라 나와 가만히 제 등을 쓸어 줬어요. 볼 위로 흐르는 눈물도 닦아 줬어요. 미안해, 그만 울어, 준우 깨겠다. 어디 나가서 바람이라도 쐬다 올래? 요즘 저는 문득문득 그날을 떠올려요. 그날 남편과 준우 곁에서 바로 잠자리에 들었더라면. 그날 베란다에 나가 울지 않았더라면. 아니, 그날 아무리 힘이 없어도 설거지를 했더라면. 그랬다면 모든 게 달라졌을까요?

남편이 택시비까지 쥐여 주며 보내 준 자리였지만 전 호프집 한구석에 멀거니 앉아 있었어요. 열두 명의 엄마들은 거국적으로 모이긴 했지만 거국적으로 뭉치진 못하고 있었거든요. '천당 아래 분당'이라고 하죠. 분당 맘들은 오른편 테이블에 모여 앉아 다른 맘들을 배척하는 분위기를 풍겼어요. 이럴 거면 그냥 동네 맘들끼리 모이지 이게 뭐래요, 라고 투덜거린 광주맘이 있었을 정도로.

그렇게 불화의 기운이 싹트기 시작할 때, 언니가 나타났어요. 조금 늦었네요, 라며 언니가 테이블 앞에 다가와 서자 모두의 이목이 집중됐어요. 처음에 전 테이블을 잘못 찾아온 게 아닐까 의심했어요. 도무지 아이 엄마로는 안 보였거든요. 화이트 캐시미어 코트가 그렇게 잘 어울리는 여자라니. 카페 매니저가 일어나 호들갑을 떨었어요. 어머, 모찌하은맘! 잘 왔어요. 그게 신호라도 되는 듯 다들 언니 주위로 몰려들어 한마디씩 떠들기 시작했어요. 완전 팬이에요, 인스타 잘 보고 있어요, 실물이 더 예뻐요, 사진 한 장만 같이 찍어도 돼요? 언니는 '모찌하은맘'이라는 닉네임을 쓰는 육아 인플루언서였어요. 언니 인스타그램의 팔로워 수가 10만 7천 명이고 블로그 하루 평균 방문자 수가 9천 명이 넘는단 사실을 그때의 전 몰랐지만요.

분당맘인 언니가 왼편 테이블에 앉자 모임의 공기가 달라졌어요. 분당맘들이 갑자기 주눅 든 모습은 좀 고소하기까지 했고요. 언니는 저희 테이블 사람들과 두루 이야기를 나눴어요. 심지어 제일 구석에서 겉돌던 제게도 말을 걸어 줬죠. 아기가 아들이냐 딸이냐, 몇 개월이냐, 힘들진 않냐 물어 줬어요. 짧은 대화였지만 왠지 마음이 가벼워지는 기분이 들었어요. 언니가 가만히 절 보다 물었어요.

돌 지났으면 유아차 절충형으로 갈아탈 때 되지 않았어요? 이번에 휴대용 유아차 사서 남는 게 있는데, 혹시 필요하면 드릴까요?

안 그래도 유모차를 알아보던 중이라 내심 반가웠지만 전 고개를 저었어요.

아녜요. 유모차가 얼마나 비싼데…….

언니가 웃으며 말했어요.

별로 안 비싼 거예요. 핸드폰 번호 줄래요?

저는 좀 주저하다 번호를 알려 줬어요. 언니가 번호를 저장하며 제 이름을 물었어요.

한은영이에요.

전 쑥스러운 기분을 느끼며 작게 말했어요. 누군가에게 연락처와 이름을 알려주는 게 오랜만의 일이라는 걸 깨달았거든요.

한은영? 이름 예쁘다.

언니가 반달눈을 하며 웃더니 덧붙였어요.

내 이름은 강주희예요.

다음 날 저는 준우의 울음소리에 잠에서 깼어요. 남편은 간만에 푹 잠든 절 깨우지 않으려고 조용히 출근한 것 같았어요. 밥때를 놓쳐 앙칼지게 우는 준우를 달래며 레토르트 이유식을 전자레인지에 돌렸어요. 기다리는 동안 스마트폰으로 언니의 인스타그램에 들어가 봤어요. 피드엔 언니와 네 살배기 딸 하은이의 사진이 가득했어요. 그리고 사람들이 남기고 간 칭찬은 더 빼곡했죠.

정말이지 모찌하은맘 글은 지친 육아에 비타민~
긍정의 아이콘 하은맘 최고!!
하은이 왤케 예뻐여~ 역시 미모는 모전여전?
오 피부 대박! 엄마도 모찌피부 하은이도 모찌피부~

포스팅을 훑으며 언니에 대해 많은 것을 알게 됐어요. 아파트가 아닌 마당 딸린 단독주택에 산다는 것, 정형외과 의사인 남편의 병원이 대치동에 있다는 것, 임신 초기에 찹쌀모찌가 당겨 딸의 태명을 '모찌'라고 지었다는 것, 대학 때 전공은 서양화지만 더 이상 그림은 그리지 않는다는 것까지.

언니의 삶은 제 삶을 돌아보게 했어요. 재개발 예정 지역의 임대 아파트에 산다는 것, 보일러 부품 생산직인 남편의 직장이 성남에 있다는 것, 뜻하지 않은 임신으로 얼결에 한 결혼이라 아들의 태명조차 제대로 짓지 않았던 것, 1년도 채 다니지 않은 지방대에서의 전공은 중국어지만 회화 한마디 못한다는 것까지. 그러니까 언니는, 저와는 전혀 다른 세계에 살고 있는 사람이었죠. 그때 갑자기 메시지 도착음이 울려 깜짝 놀랐어요. 언니에게서 카톡이 온 거예요. 언니의 인스타그램을 훔쳐보던 그 순간에.

어젯밤엔 잘 들어갔느냐는 인사말이 오간 후 언니가 물었어요. 안 바쁘면 유아차 받으러 올래요? 메시지를 확인하고도 전 바로 답장하지 못했어요. 왜 그랬는지, 뭐라 설명할 수 없네요. 어쩌면 본능적으로 어떤 위험을 감지했던 거였을까요? 물론 그런 생각은 먼 훗날에야, 언니와의 일들을 돌아보게 된 후에야 하게 된 거지만요.

언니네 집은 찍어 낸 듯 틀에 박힌 타운하우스의 주택도, 외관만 모던한 땅콩집도 아니었어요. 건축가의 세심한 설계하에 널찍한 대지 위에 최고급 자재로 지은 집이란 걸 한눈에 알 수 있었죠. 저는 괜스레 앞으로 둘러맨 아기 띠 속 준우의 머리 매무새를 다듬고서야 벨을 눌렀어요. 현관문을 열어 준 아주머니를 따라 거실로 걸음을 옮기는데 대리석 바닥이 서늘해 소름이 돋았어요. 난방은 충분히 잘 되고 있는데도 알 수 없는 한기가 발바닥에서부터 등을 타고 올라 정수리가 찌릿했어요. 소파에 앉아 기다렸더니 종종 걷는 하은이를 앞세우고 언니가 모습을 드러냈어요. 하은이가 갑자기 화장실에 가고 싶다고 해 바로 못 나왔다며 언니는 사과했어요.

곧 바퀴 소리가 들리더니 아주머니가 네이비색 유모차를 끌고 나타났어요. 그 순간 저도 모르게 앗, 하는 소리를 내고 말았어요. 별로 안 비싸다던 그 유모차는 유명 연예인이 사용해 선망템이 된 수입 명품 브랜드 제품이었어요. 제 남편의 한 달 월급과 맞먹는 액수의 물건이었죠. 매일 스마트폰으로 유모차를 검색하던 때라 가격을 잘 알고 있었거든요. 최고가 제품에서 시작해 가성비 좋은 제품을 거쳐 최종적으론 최저가 제품을 결제하는 게 제 쇼핑 패턴이었으니까요. 최저가부터 찾는 게 빠르단 걸 알면서도 그런 습관은 쉽게 고칠 수 없었어요. 가질 수 없다고 해서 꿈조차 꿔 볼 수 없는 건 아니잖아요.

저, 그냥 갈게요. 이건 받을 수 없어요.

제가 준우를 안고 일어서자 언니가 고개를 갸우뚱하며 물었어요.

왜요?

이건 너무…….

너무?

너무 과분한 거예요, 저한텐.

제가 속삭이듯 말하자 언니는 재치 있는 농담이라도 들은 사람처럼 웃음을 터뜨렸어요. 한참 웃던 언니가 웃음을 그치고 제 얼굴을 골똘히 보더니 말했어요.

어쩌지, 나 은영 씨 점점 더 마음에 든다.

아주머니에게 아이들을 맡기고 저희는 마당이 보이는 창가에 앉아 차를 마셨어요. 홍차를 음미하며 조곤조곤 이야기 나누던 그때의 감각이 아직도 생생하네요. 준우에게서 눈을 뗄 수 없어 화장실 갈 때도 문을 열어놓고 일을 보던, 미용실 갈 시간은커녕 샤워 후 보디로션 바를 틈조차 없던, 잠든 아이를 바라보기만 해도 덜컥 심장이 내려앉아 이유 없이 눈물을 흘리던 일상의 제가 아니라 준우를 낳기 전의 저로 돌아간 느낌이었어요. 책임져야 할 건 오로지 자신뿐이라서 언제든 늘어져 자거나 내키는 대로 거리를 활보해도 될 것 같은 느낌, 삶을 얼마든지 스스로 컨트롤할 수 있을 것 같은 느낌, 오후의 차 한 잔이라는 여유를 만끽할 자격이 있는 사람이 된 것 같은 그런 느낌이요.

시어머니는 지방에 사시고 친정 엄마도 없는 저로선 이런 여유가 너무 오랜만이라고 하자 언니는 안타까워했어요. 한창 힘들 땐데. 언니가 가만히 제 손을 잡았어요. 그 순간 뺨이 확 달아오르며 간지러움을 느꼈어요. 남자 미용사에게 머리를 맡길 때처럼 온몸이 간질간질한 기분이었어요. 언니는 그럴수록 외출도 하고 기분 전환도 해야 한다며 종종 놀러 오라고 했어요. 그리고 편하게 언니라고 부르라고 했어요. 그때까지 전 언니를 '하은맘님'이라고 부르고 있었거든요. 하지만 전 언니라는 말이 차마 입 밖으로 나오지 않았어요. 그런 호칭은 소소한 비밀들을 공유하고, 거리낌 없이 귓속말을 속삭일 정도로 친밀한 사이에서나 가능한 거잖아요. 그래서 그 후론 우습게도 호칭을 생략하고 대화를 이어갈 수밖에 없었어요.

다음번엔 꼭 언니라고 부르기예요.

제가 손사래를 치는데도 준우를 안아 유모차에 눕히며 언니가 말했어요. 유모차 쿠션에 폭 파묻힌 준우가 방긋방긋 웃어 저도 더는 거절할 수 없었어요. 유모차를 끌고 거리로 나서자 풍경이 달라진 것 같은 기분이 들었어요. 저도 모르게 허리가 꼿꼿해지고 유모차 핸들을 쥔 두 손에 절로 힘이 들어갔어요. 추운 줄도 모르고 거리를 활보하다 볼이 빨개진 준우가 울음을 터뜨리고 나서야 택시를 잡았어요. 차창 밖으로 스쳐 가는 앙상한 나뭇가지들을 보며 저는 여러 번 중얼거려 봤어요. 언니, 언니, 라고.

언니와 저는 급속도로 가까워졌어요. 낯선 사람에게 좀처럼 마음을 열지 못하고 변변한 친구 한 명 없던 제가 누군가와 그렇게 가까워지자 남편은 좀 놀라는 기색이었어요. 한편으론 반기기도 했고요. 더 이상 울거나 한숨만 쉬며 시간을 보내진 않았으니까.

언니와 저는 주로 오후에 키즈카페나 백화점 문화센터에서 만났어요. 아이가 울거나 소란을 피워도 맘충이란 말을 듣지 않고 편히 시간을 보낼 수 있는 장소였으니까요. 그렇게 일주일에 두세 번 바깥나들이를 하며 전 활기를 되찾았어요. 집에만 틀어박혀 보낸 지난 1년간 얼마나 미련하게 살았던 건지 언니와 함께하며 깨닫게 된 거예요.

문화센터에 가면 종종 엄마들이 다가와 말을 걸었어요. 혹시, 모찌하은맘님? 언니가 웃으며 고개를 끄덕이면 상대방들은 제가 듣기에도 지겨운 뻔한 칭찬을 늘어놨어요. 어떤 엄마는 불쑥 묻기도 했어요. 둘째는 안 낳으세요? 하은이처럼 이쁜 딸 있으니까 잘생긴 아들 하나 더 있음 딱이잖아요? 그 말을 들은 언니가 살짝 미간을 찌푸렸어요. 웬만해선 찡그리지 않는 언니라 전 좀 놀랐지만, 순식간에 스쳐 간 표정이라 그 엄마는 못 본 것 같았어요. 금세 미간을 편 언니가 미소 지으며 말했어요. 정말 생각해 봐야겠네요. 여자가 만족스러운 표정으로 자리를 떠나자 언니는 제게 소곤소곤 귓속말을 했어요. 교양 없는 사람들이 너무 많아. 저흰 얼굴을 맞대고 한참 키득거렸죠.

어떤 여자들은 허락도 없이 어머나, 하며 하은이의 머리를 쓰다듬기도 했어요. 하은이는 누가 봐도 예쁜 아이였죠. 그래서인지 언니는 하은이에 대한 사랑이 대단했어요. 하은이를 낳은 건 자신이 세상에 태어나서 가장 잘한 일이라고 언니는 늘 입버릇처럼 말하곤 했어요.

하은이가 잘못된다는 건 상상도 할 수 없어. 하은이는 내 전부야.

언니는 어린이집에서 발생한 아동 학대나 불량 급식에 관한 뉴스에도 민감했어요. 그게 아직 하은이를 어린이집에 보내지 않는 이유이기도 했고요. 언니는 안전도 문제지만, 애착 형성이 안 끝난 아이를 함부로 어린이집에 보내는 엄마들을 이해할 수 없다고 했어요. 봄부터 준우를 어린이집에 보낼 생각이던 전 뜨끔했지만 내색하지 않았어요.

하은이는 예쁘기만 한 게 아니라 영특해서 말도 참

잘했어요. 한번은 카페에 앉아 창밖을 보던 하은이가 말했어요. 엄마, 나무가 흘려요. 저희가 돌아보니 나뭇가지에서 떨어진 낙엽이 바람에 흩날리고 있었어요. 언니가 감탄하며 볼에 뽀뽀를 해 주자 그 애는 영문도 모르고 배시시 웃었죠. 그 애는 사랑을 받고 양지에서 자란 아이의 표본 같았어요.

그날 저녁, 언니는 제가 찍어 준 사진을 포스팅했어요. 낙엽 한 장을 든 채 언니 품에 안겨 웃고 있는 하은이의 사진에 에피소드를 덧붙여 올리자 댓글이 쏟아졌어요.

우와~ 하은이가 시인이네요!
울 아들은 맘마, 응가밖에 못하는데ㅠㅠ
아이들은 정말 세상을 다시 보게 하네요^^
아아, 하은이 같은 딸 하나 있음 좋겠다~ 하은맘 넘 부러워~

언니의 인스타그램과 블로그엔 언제나 찬사와 격려, 축하와 갈채가 넘쳐났어요. 그곳은 마치 낮만 있고 밤은 없는 세계 같았어요. 언니가 그렇게 팬만을 거느릴 수 있었던 건 그만큼 관리를 잘한 덕이었어요. 신상 육아용품 무료 체험이나 이벤트 초청 같은 혜택을 즐기는 다른 인플루언서들과 달리 언니는 일체 협찬을 거절했어요. '팔이피플'이라는 비난을 받으면서도 인플루언서들이 포기 못 하는 공동 구매 같은 것도 전혀 하지 않았고요. 광고를 의심하지 않아도 된다는 것만으로도, 그리고 '혜택'들을 스스로 거절했다는 것만으로도 언니는 벌써 엄마들의 호감을 사기에 충분했어요. 엄마들 사이에서 언니는 '개념맘'이라고 불렸어요.

아무 대가 없이 주어지는 건 없어, 은영아.

이벤트 초청 전화에 정중히 거절 의사를 표하는 언니에게 아깝진 않으냐고 물었을 때, 언니는 제 얼굴을 빤히 보며 말했어요. 순간 뭔가 선득한 것이 제 등허리를 스치고 지나갔어요. 평소와 달리 언니 얼굴에서 전혀 웃음기를 찾아볼 수 없었거든요. 아마 그때였던 것 같아요. 모든 걸 다 가진 것처럼 보이는 언니에게도 어쩌면 제가 모르는 면이 있을 수도 있겠다는 생각을 처음 한 건.

그러면서도 정작 언니는 제게 많은 것들을 그냥 줬어요. 유모차는 시작에 불과했죠. 이유식 의자, 아기 욕조, 동화책, 블록 장난감, 심지어 기저귀용 쓰레기통까지. 언니는 만날 때마다 뭔가를 안겨 주려 했어요. 제가 번번이 고개를 저어도 언니는 그저 빙긋 웃었죠. 어차피 안 쓰는 거, 놀려서 뭐 해.

그렇게 하은이의 물건들이 언니네 창고에서 제 17평 아파트로 옮겨왔어요. 하나같이 중고로 팔아도 적지 않은 가격을 받을 고급 제품들이었죠. 그렇지만 제가 단지 필요나 욕심 때문에 그것들을 받았던 건 아니에요. 사실 전 계속 보고 싶었거든요. 언니가 내민 물건 앞에서 제가 감탄할 때마다 언니가 짓는 미소를. 어떤 날은 손으로 살짝 입을 가리거나 어머, 소리를 연달아 내뱉기도 했어요. 제 반응이 클수록 언니가 흡족해한다는 걸 알았거든요.

언니는 곧 하은이의 물건을 준우에게 주는 걸 넘어 자기 물건을 제게 주는 데에도 재미가 들렸어요. 언니는 싫증 난 옷과 구두, 화장품 따위를 제게 넘겼어요. 비좁은 집 안이 언니에게 받아 온 물건들로 가득 차자 남편은 떨떠름한 표정을 지었어요.

좀 그렇지 않아?

뭐가?

제가 부러 심드렁하게 되묻자 남편은 말없이 베란다로 가 전자담배를 피웠어요. 괜히 태클 걸지 마. 세상엔 사소한 걸 갖기 위해서도 기를 쓰며 아등바등 살아야 하는 사람들만 있는 건 아니라고. 뒤돌아선 남편의 굽은 어깨를 보며 저는 입안을 뱅뱅 도는 말을 삼켰어요.

하지만 저도 때론 커다란 의문부호 앞에서 서성여야 했던 게 사실이에요. 언니는 왜 먼저 제 손을 잡았을까요? 남들이 보기엔 제가 언니와 어울리는 사람일까요? 아니 그보다, 언니와의 관계는 언제까지 유지될 수 있을까요? 답을 알 수 없는 질문들이 그림자처럼 절 쫓아다녀 준우를 태운 유모차를 끌다가도, 베란다에서 빨래를 널다가도, 예능 프로를 보다가도 한 템포씩 어긋나는 심장 박동 때문에 가슴께로 손을 가져가야만 했어요. 행복의 정점에 서서도 희미한 불운의 징조를 읽는 사람처럼. 그럴 때마다 전 중독적으로 언니의 인스타그램과 블로그에 들어갔어요. 포스팅을 보며 저와 떨어져 있는 시간의 언니는 어떤 일상을 보내는지, 제게 다 얘기하지 않은 언니의 감정과 생각 들은 무엇인지 유추해 보곤 했죠. 하지만 전 그 인스타그램에 댓글 한 줄 달지 않았고, '다녀간 블로거' 흔적도 매번 지웠어요. 그렇게 자주 방문한다는 걸 언니에게 들키고 싶지 않았거든요. 그런 건 왠지 좀…… 교양 없어 보이잖아요.

교양. 그건 저를 가장 두렵게 했던 단어였어요. 혹시 언니 눈에 교양 없는 여자로 비치면 어떡하지? 그래서 언니가 훌쩍 떠나가 버리면 어떡하지? 항상 조심스럽고 염려스러웠어요. 전전긍긍하던 제가 조금 편해질 수 있었던 건 우연히 발견한 사소한 비밀 덕이었어요. 도착했다는 언니의 카톡에 발걸음을 재촉해 키즈카페에 들어선 날이었어요. 창가 테이블에 앉은 언니는 고개를 숙인 채 아이패드에 집중하느라 문이 열리는 소리를 듣지 못한 것 같았어요.

뭘 그렇게 봐요? 뒤에서 다가가 어깨에 손을 댔는데,

언니가 갑자기 감전이라도 당한 사람처럼 부르르 떨었어요. 화면엔 언니가 작성 중이던 댓글 입력창이 떠 있었어요.

그래 봤자 첩년

당시는 유명 영화감독과 배우가 불륜을 인정해 하루에도 수십 개씩 기사가 쏟아지던 시기였어요. 언니가 댓글을 달던 기사도 그중 하나였죠. 댓글 내용만큼 절 놀라게 한 건 작성자 아이디였어요. 그건 늘 보던 언니의 아이디가 아니었어요. 제가 화면에서 눈을 떼지 못하자 언니가 얼른 아이패드 커버를 덮었어요.

슬쩍 제 표정을 살피는 언니의 뺨은 어느새 붉게 상기돼 있었죠. 언니가 절 옆에 앉히곤 낮게 속삭였어요. 인터넷을 하다 보면 과격한 감정이 들 때가 있는데 그럼 댓글을 달곤 한다고, 하지만 언니의 아이디는 워낙 잘 알려져 있어 그때마다 새 아이디로 신규 가입을 했다 댓글만 달고 바로 탈퇴한다고. 말끝에 언니는 제 눈을 들여다보며 동의를 구했어요.

너도 이해하지?

저는 천천히 고개를 끄덕였어요. 사실 전 좀 얼얼한 상태였어요. 언니가 그런 상스러운 단어를 쓸 줄 아는 사람이었단 데 놀랐거든요. 그러면서도 한편으론 묘한 안도감이 들기도 했어요. 언니도 보통 여자들과 다르지 않구나. 언니도 사람이구나. 갑자기 언니와의 거리가 성큼 좁혀진 느낌이 들었어요.

비밀이야.

제게 다짐받으며 한쪽 입꼬리만 올려 웃는 언니를 향해 저도 웃어 줬어요. 드디어 언니와 공유하는 비밀이 생겼다는 게 살짝 신났거든요. 아마 그날 이후부터였을 거예요. 언니에게 꼬박꼬박 존대하던 제가 슬쩍 반말도 하게 된 건. 언니와의 만남에서도 덜 긴장하게 된 건.

며칠 뒤 키즈카페에서 만난 언니는 제게 스카프를 줬어요. 연핑크색 실크 원단에 화려한 플라워 패턴이 박힌 스카프였어요. 손끝에서 미끄러지는 감촉이 감칠나게 보드라워 한참을 만지작거렸네요. 딱 한 번 매 본 건데, 은영이 너한테 어울릴 거 같아서. 언니가 제 목에 스카프를 둘러줬어요. 어울린다, 잘. 언니가 싱긋 웃었어요. 어쩌면 잘 어울린단 언니의 말에 좀 들떴나 봐요. 유모차에 태우던 준우가 스카프를 세게 잡아당기자 저도 모르게 준우의 손등을 찰싹 때리기까지 했으니까요.

놀란 준우가 터뜨린 울음에 당황해 주위를 돌아보다 절 빤히 보던 하은이와 눈이 마주쳤어요. 토끼 눈을 하고 있던 하은이가 곧 시선을 피하더니 주차권 때문에 돌아서 있던 언니의 다리에 매달렸어요. 마치 못 볼 걸

봤다는 듯이. 그 장면을 목격한 것만으로 자신이 오염되기라도 했다는 듯이. 집에 가는 내내 하은이의 표정이 머릿속을 떠나지 않았어요. 아이들은 때론 말보다 표정과 제스처로 더 많은 말을 하죠. 제 마음 한구석에서 뾰족한 것이 자라나는 기척이 느껴졌어요.

두 분 꼭 자매 같아요.

아이들과 함께 셀카를 찍던 저희에게 다가와 대신 사진을 찍어 준 문화센터 직원의 말에 저는 미소를 감출 수 없었어요. 저는 얼른 언니를 돌아봤어요.

하, 그래요?

언니는 피식 웃더니 잠깐 생각에 잠겼다 말했어요.

은영아, 이따가 이 사진 올려도 되지?

언니가 제 허락을 구했을 때, 부끄럽지만 전 설렜어요. 모찌하은맘의 포스팅에 등장하다니, 제가 언니 같은 유명인이 되기라도 한 것처럼 으쓱했죠. 돌아가는 길, 엘리베이터 거울에 비친 언니와 저를 유심히 봤어요. 정말 저흰 퍽 비슷한 분위기를 풍기고 있었어요. 그럴 수밖에 없는 게 전 언니의 옷을 입고, 언니의 구두를 신고, 언니의 화장품을 발랐으니까. 게다가 얼마 전 언니와 비슷하게 빌드펌에 브라운 컬러 염색까지 했으니까. 저희가 닮아 보이지 않았다면 오히려 이상한 일이었을 거예요.

언니의 포스팅이 올라오길 기다리는데 퇴근한 남편이 카드 명세서를 던졌어요. 아파트 대출금이 연체됐단 문자에 통장을 확인해 보니 카드 대금이 평소보다 많이 빠져나가 있었던 거죠. 제정신이야? 남편은 이용 내역을 짚어 내려갔어요. 키즈카페, 백화점 레스토랑, 문화 센터, 택시, 미용실…… 이마에 핏대를 세우고 떠드는 그를 저는 멀거니 봤어요. 어쩜 저렇게 좀스러울까. 얼마 되지도 않는 월급, 다 틀어쥐고 쥐꼬리만 한 생활비만 주는 주제에. 불쑥 화가 솟았어요. 내가 그깟 커피 한 잔 못 마셔? 남편은 기가 찬다는 듯 웃었어요. 너, 정상 아니야. 저도 지지 않고 똑같은 웃음을 지어 줬어요. 그럼? 애 키우는 집에 차 한 대 없는 건 정상이고? 울컥한 남편이 번쩍 손을 치켜들다 멈췄어요. 긴 한숨을 내쉰 그가 거세게 안방 문을 닫고 사라졌어요.

밤늦게 언니와 찍은 사진이 올라왔어요. 언니의 포스팅은 항상 꼼꼼히 살피고 댓글도 건너뛰지 않고 읽는 편이었지만 그날은 더 댓글 하나하나를 유심히 들여다봤어요. 혹시 저에 대한 코멘트가 있을까 싶어서.

어맛 오늘따라 청순열매 먹은 하은맘님!!
하은이 머리띠 넘 귀엽네여~ 울 딸냄도 반다나 머리띠 해 줘야겠어여~

여기 정자동 키즈카페 맞죠? 저도 엊그제 갔었는데!

모쩨하은맘님 앙고라 스웨터 넘 고급져요! 어디 껀지 여쭤봐도 되나여?

저는 정수리로 훅, 열이 오르는 걸 느꼈어요. 78개의 댓글 중 단 한 마디도 저에 관한 언급은 없었어요. 스마트폰을 쥔 채 뜬눈으로 밤을 새웠어요. 새벽녘, 잠에서 깬 준우가 울음을 터뜨리고, 남편이 제 어깨를 건드려도 전 꿈쩍하지 않았어요.

뭐해, 준우 좀 봐.

……

준우 우는 소리 안 들려?

……어떻게,

뭐?

어떻게…… 사람을…….

혼잣말을 중얼거리는 제게 화가 난 남편이 자리를 박차고 일어나 준우를 안고 거실로 가는데도 전 가만히 누워 있었어요. 하은맘, 하은이, 하은이, 하은맘, 하은맘, 하은맘, 하은이……. 어떻게 사람을 그렇게 완벽히 배경 취급할 수 있을까요. 프레임 밖에 존재해 아무도 절 모르는 것과 등장 후에도 아무 관심을 받지 못하는 건 분명 전혀 다른 문제였어요. 출근 준비를 하며 남편이 계속 한숨을 쉬어 대도, 배곯은 준우가 목청껏 울어 대도 폰에서 손을 떼지 못한 채 전 하염없이 누워 있었어요.

며칠 뒤 문화센터에 갈 채비를 하는데 언니가 만나기 힘들 것 같다는 카톡을 보내왔어요. 아주머니에게서 감기가 옮아 하은이를 친정에 보내 놓고 혼자 누워 있다고 했어요. 저는 얼른 장을 봐 전복죽을 끓였어요. 누군가를 위해 정성 들여 요리하는 게 오랜만이라 설렜어요.

미리 말하면 사양할까 봐 연락도 없이 찾아가 언니네 집 벨을 누른 건 오후 2시쯤이었어요. 문을 열어 준 언니의 얼굴이 핼쑥했어요. 평소엔 없던 다크서클까지 눈에 띄었죠. 언니는 자다 일어났다며 부스스한 머리를 가다듬었어요. 저는 죽을 데울 테니 한숨 더 자라며 언니를 안방으로 밀어 넣었어요.

상차림이 끝나갈 때쯤 인터폰 벨이 울렸어요. 잠들었는지 언니에게서 기척이 없길래 서둘러 인터폰을 받았어요. 화면엔 안경을 낀 남자의 얼굴이 떠 있었어요.

누구세요?

잠시 침묵하던 남자가 싸늘하게 되물었어요.

그쪽은 누구시죠?

흔들어 깨워 남편이 왔다고 전하자 언니는 한참 눈을 깜빡거렸어요. 곧 소스라치며 몸을 일으킨 언니가 핏기 가신 얼굴로 말했어요.

미안한데, 그만 가 줄래?

준우를 안고 황급히 나서다 신발장 앞에서 언니의 남편과 마주쳤어요. 어깨엔 골프 가방을 메고 한 손에 트렁크를 쥔 그는 외국에라도 다녀왔는지 계절에 안 맞는 얇은 골프웨어 차림에 얼굴이 선탠한 듯 그을어 있었어요. 목례하는 저를 빤히 보고도 그는 인사하지 않았어요. 왔어요? 어색하게 웃으며 인사하는 언니의 목소리가 갈라졌어요. 언니가 대꾸 없는 남편에게 다가가 어깨에 멘 가방으로 손을 뻗는데 그가 습관처럼 언니의 손길을 차갑게 뿌리쳤어요. 순간 언니와 제 눈이 마주쳤어요. 전 혼이라도 난 것처럼 얼굴이 확 달아올랐어요. 방으로 직행하는 남편을 보던 언니가 현관문이 닫히기 전, 제 등에 대고 딱딱하게 말했어요.

잘 가요, 은영 씨.

그날 밤 전 바로 잠들지 못하고 한참 뒤척였어요. 언니는 왜 그렇게 당황했을까요? 언니처럼 철저한 사람이 남편의 귀국 일정을 잊을 리가 없는데. 아내와 아내 친구에게 인사 한마디 안 하던 언니 남편의 태도는 또 뭐였을까요? 그리고 절 일별하던 그 시선, 거기 담겼다고 느낀 적의와 비웃음은 그저 제 착각이었을까요?

뱅뱅 돌던 생각이 정리된 건 동이 틀 무렵이었어요. 한순간 모든 조각들이 퍼즐처럼 하나로 맞춰졌어요. 둘째는 안 낳느냐는 물음에 미간을 찌푸리던 언니, 불륜 커플 기사에 악플을 달던 언니, 가끔씩 언니의 표정에서 엿보이던 그늘들……. 그제야 이해할 수 있었어요. 왜 제가 그렇게 도망치듯 나왔어야 했는지.

그래도 서운하긴 했어요. 절 그렇게 보내놓고 연락 한 통 없다니. 그리고 아직 가장 가슴 아픈 질문이 남아 있었죠. 어째서 언니는 절 그렇게 부른 걸까요? '은영 씨'라니. 항상 다정하게 '은영아'라고 불러 주던 사람이. 그것도 하필 자기 남편 앞에서. 언니는…… 제가 부끄러웠던 걸까요?

이튿날 안부를 묻는 카톡을 보냈지만 언니는 확인하고도 답장이 없었어요. 연이어 장문의 메시지를 보내 놓고 얼마나 기다렸는지 몰라요. 몸도 마음도 너무 아파 답장조차 못 하는 걸까? 가슴이 내려앉는 순간도 있었고요. 종일 언니의 연락을 기다리며 전 애가 탔어요. 그러다 저녁 무렵 언니의 인스타그램에 들어갔다 깜짝 놀라고 말았어요. 새 포스팅이 올라온 거예요, 제 카톡에 답하지 않던 그 시간에.

친정엄마가 보내 준 하은이 사진. 감기 때문에 며칠째 생이별. 딸내미 잘 있는 거지?ㅠㅠ

평범해 보이는 거실을 배경으로 낡은 소파에 앉아 있

는 하은이의 사진이 올라와 있었어요. 갑자기 관자놀이가 빠르게 뛰기 시작했어요. 온종일 연락을 기다리게 해 놓고, 답장 한 통 안 해 놓고, 아무 일 없었단 듯 태연하게 지내고 있었네? 자기를 걱정하는 사람은 안중에도 없으면서 딸은 걱정되나 보지? 손으로 V자를 그리며 웃고 있는 사진 속 하은이를 뚫어져라 보던 전 곧 뭔가에 홀린 듯 스마트폰 자판을 두드렸어요.

애기가 들창코네요

손 가는 대로 아무렇게나 급조한 아이디로 단 댓글이었어요. 그리고 그건 언니의 SNS에 남긴 제 첫 흔적이었죠.

별것 아닌 댓글 하나 달아 놓고 준우에게 이유식 먹이던 숟가락을 몇 번이나 놓쳤어요. 바로 탈퇴했으니 아무도 모를 거라고 스스로를 다독였지만, 한번 평정을 벗어난 맥박은 쉽게 진정되지 않았어요. 원래 제 아이디로 다시 언니의 인스타그램에 들어가 봤어요. 아무 일도 일어나지 않았더군요. 언니의 건강을 염려하고 하은이의 미소를 칭찬하는 댓글들에 파묻혀 제 글은 눈에 띄지조차 않았어요.

하지만 언니라면 분명 놓치지 않았을 거예요. 대범한 척해도 실은 댓글 한 줄 한 줄에 촉각을 곤두세우고 있단 걸 전 아니까요. 특히나 하은이에 대한 거라면.

그 주가 다 가도록 소식이 없던 언니에게서 얼굴 보자는 메시지가 왔어요. 준우를 데리고 키즈카페로 향하는데 가슴이 마구 뛰었어요. 그동안 전 언니의 빈자리를 뼈저리게 실감했거든요. 남편과는 서로 피하고 있어서 온종일 준우 말곤 말 한마디 걸 사람조차 없었으니까요. 역시 언니밖에 없어, 언니에게 더 잘해야지. 쑥스러워도 툭 털어놓고 이야기해야지, 얼마나 보고 싶었는지. 그리고 들어봐야지, 언니의 속마음과 고민들을. 서운함은 눈 녹듯 사라지고 그 자리를 대신한 그리움과 반가움에 전 종종걸음 쳤어요.

먼저 도착한 언니는 혼자 앉아 있었어요. 하은이는 어디 갔냐고 물으려는데 언니가 테이블 위로 쇼핑백을 건넸어요.

잘 먹었어. 고마워.

저는 물끄러미 샤넬 쇼핑백 안에 담긴 반찬통을 바라봤어요. 전복죽과 반찬을 담아 갔던 제 낡은 보온통을. 그리고 직감적으로 알았어요. 그날 언니는 제 음식에 손도 대지 않았단 걸. 언니는 저를 향해 미소 짓고 있었어요. 언제 흐트러진 모습을 보였냐는 듯 완벽하고 고상한 미소를. 하지만 분명 전과는 다른 미소였어요.

가면을 쓴 것처럼 딱딱한 미소. 둘째는 안 낳느냐고

묻던 여자에게 보인 것 같은 가짜 미소. 언니가 과장되게 팔을 들어 시계를 보더니 약속이 있어 일어나야 할 것 같다고 했어요. 그제야 저는 깨달았어요. 언니는 마지막으로 반찬통을 돌려주기 위해 온 거란 걸. 그래서 하은이를 데려오지 않았다는 걸. 제가 그렇게 두려워하던 그 순간이 마침내 왔다는 걸.

형부가 참 인상이 좋더라.

제 말에 토트백을 챙기던 언니의 손이 멈칫했어요. 언니가 저를 봤어요.

근데, 어디 해외여행이라도 다녀오신 거야?

한동안 침묵을 지키던 언니가 천천히 입을 뗐어요.

학회 끝나고 온 거야.

아아, 언니가 아파서 까먹은 거구나. 학회 일정을.

언니는 대꾸 없이 저를 빤히 응시했어요.

하은이 사진만 올리지 말고 형부 포스팅도 좀 올리고 그래. 웨딩사진에서밖에 못 봐서 그날 알아보지도 못했잖아.

한참 뚫어져라 절 보던 언니가 피식 웃더니 자리에서 일어났어요. 자리를 뜨기 전, 언니는 제가 두른 연분홍 스카프의 끝단을 살짝 만졌어요. 그러곤 싱긋 웃었죠.

은영아, 스카프 정말 잘 어울린다.

언니와 헤어질 때 잡아탄 택시를 모퉁이를 돌자마자

세우고 버스로 갈아타면서 전 내장 깊숙한 곳에서 뜨거운 것이 치밀어 오르는 걸 느꼈어요. 셀카론 만족이 안 돼서 전용 찍사가 필요했던 거야? 아님, 사진에 들러리가 필요했나? 고작 바람피우는 남편한테 무시당하는 거 들켰다고 사람을 버려? 버스 차창에 비친 제 얼굴이 울퉁불퉁 찌그러졌다 펴졌다를 반복했어요. 과속방지턱에 걸려 버스가 크게 덜컹이자 준우가 울음을 터뜨렸어요. 한 손엔 반찬통을 들고 다른 손으론 준우를 어르다가 아무리 달래도 그치지 않는 준우를 아기 띠채 창밖으로 내던져 버리고 싶은 충동을 억누르느라 전 이를 악물어야만 했어요.

일주일쯤 지나자 후회가 밀려왔어요. 전 머리끝부터 발끝까지 언니로 가득 차서 숨을 쉬기조차 힘들었어요. 언니에게 그런 말을 내뱉은 제 입을 도려내고 싶었어요. 그래도 진심으로 사과하면 되돌릴 수 있을 거라 생각했어요. 지금껏 함께한 시간이 있으니까. 하지만 수십 통의 전화와 카톡에도 언니는 묵묵부답이었어요. 카톡은 확인조차 안 했다고 뜨는 게 절 차단한 것 같았죠.

직접 사과하려고 언니네 집에 찾아갔어요. 한참 만에야 아주머니가 인터폰을 받았어요. 언니는 지금 없다는 말에 그럼 언제 들어오나요, 라고 묻자 정적이 흘렀어요. 잠시 후, 아주머니가 또박또박 말했어요. 글쎄요.

키즈카페에서 종일 기다려 보기도 했지만 폐점 시간까지 언니의 모습은 보이지 않았어요. 다음 날 낯익은 문화센터 직원에게 지나가는 말처럼 언니는 요즘 안 오냐고 물었더니 그는 언니가 회원권을 해지했다고 했어요. 떨리는 목소리를 감추며 물어봤어요. 그게 언젠데요? 그가 알려 준 날짜는 언니와 제가 마지막으로 만났던 날이었어요.

제가 언니를 찾아 헤매는 사이에도 언니의 인스타그램과 블로그엔 일상적 포스팅들이 올라왔어요. 언니가 새로 사귄 듯한 평범한 인상의 친구와 찍은 사진이 올라온 날, 저는 너무 놀라 준우를 품에서 놓칠 뻔했어요. 떨리는 손으로 확인해 보니 제 사진은 남김없이 사라져 있었어요. 온몸에 열이 오르고 머리가 쪼개질 것 같은 두통이 절 덮쳤어요.

물 한 모금 못 넘기고 누워 있다 밤늦게 일어나 다시 스마트폰을 쥐었어요. 그리고 그 밤부터, 제 손끝에선 일회성 아이디들이 샘솟기 시작했어요. 하은이의 사진들만 집요하게 좇는 아이디들이.

애기가 참 못났네여~

똥돼지한테 삔 꼽으면 꽃돼지?ㅋㅋㅋ

죄송한데여 이런 면상 자랑이라고 올리시는 건가여?

이 얼굴 실화냐?ㅋㅋ

헐 이런 딸 낳을까 무섭, 안 본 눈 삽니다ㅎㅎ

전 언니의 인스타그램과 블로그에 살았어요. 명치가 꽉 막힌 것 같은 답답함에 숨을 쉬기가 너무 힘들었는데 악플을 달고 나면 그제야 좀 숨이 트였거든요. 악플이 달리며 언니의 포스팅이 뜸해지자, 시간을 거슬러 올라가 3천 개 남짓한 포스팅들을 처음부터 복습했어요. 간만에 햇살이 따뜻했던 오후, 언니의 2년 전 포스팅을 읽던 전 급습당한 짐승처럼 바르르 떨고 말았어요. 낯익은 스카프를 맨 언니의 사진 아래 코멘트가 달려 있었어요.

실물 못 보고 직구로 샀더니 역시 연핑크는 좀…… 심히 할머니 같죠?ㅠㅠ 그래도 착장샷 한 장 남겨 봐요~

그날 밤 열이 심하게 올랐어요. 타이레놀을 세 알이나 먹었지만 38도까지 올라간 체온은 쉽게 떨어지지 않았어요. 오한에 떨며 자고 일어났더니 등허리가 축축했어요. 눈을 뜬 전 바로 스마트폰을 쥐었어요. 자판 위에서 제 손가락들이 다시 춤추기 시작했어요.

요런 똥돼지 같은 애들은 싹 청소해 버려야 돼

마주치기만 해~ 고 조동아리를 아주 찢어 줄게~
포동포동한 얼굴 갈기면 어떤 기분일까? 진심 궁금ㅋㅋ
조심해라 애기야 걸리면 뒤진다

언니의 인스타그램과 블로그가 들썩이기 시작했어
요. 제가 각각의 아이디로 단 댓글 밑에 다시 사람들의
댓글이 따라붙었어요.

하은맘님, 신경 쓰지 마세요!! 진짜 별 이상한 사람들
다 있네
모찌하은맘님 괜찮아요? 요즘 포스팅 안 올라오는 거
악플 때문인가요?ㅠㅠ
신고할라고 봤더니 탈퇴한 회원이네요. 정신병잔가 봐요
누군지 모르지만 당신이나 조심해요!

위험하다는 걸 알면서도 멈출 수가 없었어요. 한 자
한 자 자판을 누를 때마다 언니의 두 눈을 바늘로 푹 찌
르는 것 같은 쾌감에 전 몸을 떨었어요. 아무 대가 없는
일은 없으니까, 언니도 대가를 치러야지. 그리고 이건
언니가 알려 준 방법이잖아. 사람들이 언니 편을 들어
줄수록 저는 더 독한 댓글로 응수했어요. 홀로 불의에
맞서는 투사처럼.
그리고 그 모든 소동이 벌어지는 동안, 언니는 단 한

번도 반응하지 않았어요.

031로 시작하는 낯선 번호가 떠서 망설이다 받은 전화에선 앳된 여자의 목소리가 흘러나왔어요.

한은영 씨 맞으시죠?

경찰이 일러 준 날짜는 금방 다가왔어요. 준우를 맡길 데가 없어 결국 남편에게 털어놓았어요. 식탁 의자에 앉은 그는 텅 빈 눈으로 듣기만 했어요. 그러곤 베란다에 나가 연이어 담배를 피웠어요. 잠시 후 돌아온 그가 제 어깨에 손을 얹었을 때, 저는 속으로 가만히 중얼거렸어요. 차다. 어깨에 닿은 남편의 손이 사무치게 찼어요.

남편과의 상의 끝에 하은이의 육아에 집중하기로 했다는 짧은 공지를 마지막으로 언니의 인스타그램과 블로그는 폐쇄됐어요. 며칠 뒤, 저녁 뉴스에 사건이 보도되고 포털사이트에도 기사가 올라왔어요. 인플루언서 딸 사진에 '똥돼지' 악플 단 20대 주부 입건, 맘카페서 만난 SNS 유명인 딸 사진에 '외모 비하' 댓글 단 육아맘 덜미, 악성 댓글로 인플루언서 딸 협박한 주부 입건. 기사 내용은 모두 찍어 낸 듯 같았지만 따라붙은 댓글만은 모두 달랐어요.

역시 여적여는 과학

저런 엄마 밑에서 자랄 애가 불쌍

맘카페ㅋㅋㅋ

인스타에 애 사진 좀 올리지 마라, 지 애 지나 이쁘지

대한민국 맘충 클라스 보소!! 역시 김취련들 ㅋㅋ

　신문 기사들을 스크롤하다 보면 하루가 금방 저물었어요. 저녁을 준비하며 쌀을 씻다 불쑥 궁금해지기도 했어요. 언니도 다 봤을까요, 그 기사들을? 거기 달린 댓글들을?

　며칠 뒤 남편의 권유로 병원에 다녀오니 집이 넓어져 있었어요. 그동안 언니에게 받은 물건들이 남김없이 사라져 있었어요. 저는 이 빠진 것처럼 듬성듬성해진 옷장과 화장대를 찬찬히 둘러보고 휑한 준우의 방에 우두커니 앉아 있다 밖으로 나왔어요.

　낮게 내려앉은 잿빛 하늘에선 눈발이 쏟아져 내리고 있었어요. 단지 뒤로 돌자 쓰레기장 한쪽에 버려진 유모차가 눈에 들어왔어요. 네이비색 유모차는 다른 사람이 쓰지 못하게 산산이 부서져 있었어요. 떨어져 나온 유모차 바퀴 한 짝을 주워 손에 쥐고 한참 서 있었어요. 툭, 툭, 제 뺨 위로 눈송이들이 굴러떨어졌어요.

그녀가 「오, 사랑」을 부를 때

화면 밝아지면, 까만 플래카드가 붙어 있는 벽면을 배경으로 나란히 의자에 앉아 있는 다섯 사람이 보인다. 그들 앞에는 시나리오 「경이로운 소년」 대본이 놓인 보면대가 하나씩 세워져 있고, 각자의 무채색 상의 옷깃엔 핀 마이크가 달려 있다. 화면 앞쪽, 원형 테이블 위에 놓인 크고 작은 다섯 개의 초에선 카메라가 돌아가는 내내 촛불이 쉼 없이 일렁인다. 벽면을 가득 메운 칠흑빛 플래카드의 오른쪽 하단엔 그녀의 이름과 생몰월일, 필모그래피가 흰 글자로 조그맣게 새겨져 있고, 왼쪽 상단엔 굵고 선명한 폰트로 행사명이 박혀 있다.

　'시나리오 「경이로운 소년」 낭독회—故유은주 작가 10주기 추모의 밤.'

그해 1월, 나는 가로수길에 있는 외국계 광고 회사의 신입사원이었다. 열 명의 공채 동기들과 2주간의 연수 교육을 받고 현업에 갓 배치된, 아직 면수습도 못한 '쌩 신입'. 모든 게 어색하던 시절이었다. 카피라이터라는 직함이 새겨진 노란색 명함, 종일 목에서 덜렁거리던 4×3 사이즈 증명사진이 박힌 사원증, '수습 기간 내 용모 단정' 지령에 발뒤꿈치가 다 까지도록 벗지 못하던 검정색 싸구려 구두, 복도나 화장실에서 마주치는 모든 이에게 자동인형처럼 하던 구십도 인사. 모두 어색한 것 투성이였지만, 사무실의 나를 가장 곤혹스럽게 한 건 역시 시도 때도 없이 날아오던 그 질문이었다.

시나리오를 썼었다며?

이름도 얼굴도 잘 모르는 사람들이 호기심 어린 눈으로 그렇게 물어올 때면, 나는 말없이 한쪽 뺨을 일그러뜨리며 웃었다. 최대한 빨리 그 화제가 지나가길 속으로 기도하면서. 지원 당시의 나는 서류 전형만 통과된다면 그게 도둑질이라도 적었을 테니 망설임 없이 기재한 경력이었지만, 입사 후엔 자꾸 두더지 게임처럼 튀어나오는 그 질문이 매번 두 가지 감정을 동시에 불러일으켜 이따금 숨이 찼다. 그러니까, 내가 채용된 건 결국 조금 특이한 이력 때문이라는 자각과 나를 벼랑 끝까지 몰았던 시나리오가 전혀 예상치 못한 길목에서 내 숨통을 틔웠다는 자조를 동시에.

주머니에 벽돌이라도 넣고 가.

최종 합격 통보를 전하자 손뼉 치며 기뻐했던 엄마는 신체검사일 전날 그렇게 문자를 보냈다. 엄마는 내가 체중 미달로 떨어질까 봐 전전긍긍하고 있었다. 식사 패턴을 되찾아 서서히 몸무게를 회복해 가던 중이었지만, 아직 40킬로그램에서 41킬로그램을 왔다 갔다 하던 때였다. 지난가을부터 엄마는 자취방에 들를 때마다 곰국이나 삼계탕을 차려 놓곤 한 그릇 싹 비우기 전엔 절대 못 간다며 눈을 부릅떠 내가 수저를 들게 하면서도, 단 한 번도 대체 갑자기 살이 왜 이렇게 빠진 거냐고 묻지 않았다. 그게 엄마 나름의 배려였음을 지금은 안다.

엄마의 걱정이 무색하게 나는 무사히 신체검사를 통과했고, 남들은 데이트나 쇼핑을 위해 찾는 그 길로 매일 아침 출근했다. 첫 월급날엔 통장에 찍힌 내역을 빤히 들여다봤던 기억이 난다. 내가 유심히 본 건 액수가 아니라 입금 시간이었다. 오전 9시 정각. 해독 불가능한 암호를 맞닥뜨린 사람처럼, 나는 거기 찍힌 시간을 한참 쳐다봤다.

은주 언니의 소식이 전해진 것은 첫 월급을 받은 다음 주였다. 1월 마지막 일요일, 나는 카페에서 펀드 광고 카피를 쓰다 과 동기 현경 언니의 전화를 받았고, 황급히 자취방으로 돌아왔다. 방바닥에 노트북 가방을 내려놓자마자 연락처를 뒤져 전화를 여러 통 돌렸다. 통화 내내 자꾸 손이 떨려 핸드폰을 두 손으로 꽉 쥐어야 했다. 월요일엔 종일 사수의 얼굴을 훔쳐보며 입술을 달싹이다 말다 하면서 하루를 보냈다. 하지만 결국 면전에서 말을 꺼내진 못했고, 그가 퇴근하고서야 빈 회의실에 들어가 통화 버튼을 눌렀다. 입사한 지 한 달밖에 되지 않았던 내가 예정에 없던 오전 반차를 쓰기 위해 사수에게 뭐라고 했었는지 이제는 정확히 기억나지 않는다.

언니가…… 학교 언니가…… 갔대요……. 그렇게 말했던 것 같기도 하고, 숨을 몰아쉬느라 제대로 말을 잇지 못해 문자로 다시 용건을 전했던 것 같기도 하다. 어쨌든 그는 걱정 말고 다녀오라 했고, 퇴근길 나는 현경 언니의 자취방으로 향했다. 밤새 뒤척이다 쪽잠을 잔 우리는 새벽녘 알람 소리에 깨 안양의 장례식장으로 출발했다. 안양에 들렀다 출근했을 땐 점심시간이 막 시작된 무렵이어서 사무실이 텅 비어 있었다.

일주일 뒤, 인터넷에 기사가 떴다. 남는 밥 좀, 무명 시나리오 작가, 생활고, 굶주림, 요절…… 모니터에서 튀어나온 글자들이 사정없이 눈을 찔렀다. 파티션 아래 몸을 낮춘 채 연달아 올라오는 기사와 댓글 들을 읽는데 마우스를 쥔 손이 떨렸다.

그 겨울, 우리 곁을 떠날 때, 은주 언니의 나이는 서른셋이었다.

"그해엔 시나리오 전공 졸업 발표회를 안국동의 북카페에서 했어요. 저는 대학원생 대표로, 은주는 학부생 대표로 같이 준비하게 돼 처음 만난 곳도 안국동이었죠. 은주의 첫인상이 기억나요. 하얀 얼굴에 긴 머리를 하고 굽 있는 부츠를 신고 또각또각 걸어오던 모습이. 굉장히 도도하고 자신감 넘쳐 보였어요. 그러고 보면 은주는 늘 남들보다 딱 반보 정도 앞서 걸었던 거 같아요. 그리고 항상 마감이 있었던 것도 기억나네요. 한참 같이 얘기하다가도 은주가 '아, 제가 마감이 있어서요.', '오늘 가서 마감해야 해요.' 하고 일어나면 아, 작가로서 정말 열심히 사는구나, 그런 생각을 했어요. 덕분에 많이 배웠죠, 유은주 작가한테."

—시나리오 전공 동문 J 작가, '10주기 추모의 밤' 행사 발언 中

은주 언니를 처음 만났던 봄, 나는 스물하나 언니는 스물여섯이었다. 한 학번 선배지만 1년 휴학해 같은 학년이 된 언니를 처음 본 건 2학년 '필름 기초 워크숍' 강의실에서였다. 수강생은 대부분 내 동기들이었고, 낯선 얼굴은 창가에 모여 앉은 한 무리의 복학생들뿐이었다. 창 너머에서 쏟아져 들어오는 햇살을 받으며 꼿꼿이 앉아 있던 언니의 옆얼굴은 어딘지 조금 차가워 보여, 언니와 가까워질 거란 생각은 전혀 하지 못했다.

며칠 뒤 연극원 글쓰기 수업에서 또 마주치기 전까

진. 쉬는 시간, 커피 자판기 앞에 나란히 서 있다 정적이 멋쩍어 나는 괜히 언니에게 말을 걸었다.

선배도 이 수업 듣네요.

응, 전공 필수라.

선배, 시나리오 전공 할 거예요?

내가 눈을 동그랗게 뜨고 묻자 언니가 되물었다.

너도?

냉큼 고개를 끄덕이는 나를 향해 언니가 큰 눈을 가늘게 접으며 웃었다.

반갑다, 진짜.

시나리오 전공을 만나는 건 흔치 않은 일이었다. '영화는 감독의 예술'이란 세뇌 덕인지 3학년이 되면 대부분 연출 전공을 택했고, 소수만 촬영, 편집, 사운드 같은 기술 전공을 택했다. 선배들은 종종 술자리에서 '연출 전공은 꿈을 먹고 살고, 기술 전공을 밥을 먹고 산다'는 우스갯소리를 했는데, 시나리오 전공은 기술 전공에도 들지 않았다. 그래서 무슨 전공 할 거냐는 질문에 시나리오라 답할 때마다 내가 으레 마주해야 했던 건, 상대방의 갸웃하는 고갯짓 혹은 입가에 슬멋 떠올랐다 사라지는 조소였다. 그거 뭐 돈도 안 되는 거. 결국 감독 좋은 일만 시켜 주는 거. 그 무언의 말들이 너무 또렷이 들려 때론 쓸쓸했지만, 다른 전공을 생각해 본 적은 한 번도 없었다. 나는 글을 쓰고 싶었다. 합평 때마다 호되게

까이고 칭찬 한 번 못 들어 봤어도.

뭐든 써 오는 족족 칭찬을 독차지한 사람은 은주 언니였다. 시나리오든 에세이든 단편소설이든 장르를 불문하고 사람들은 언니의 글을 홀린 듯이 읽었다. 똑같은 상황과 똑같은 소재가 주어져도 언니가 쓰면 뭔가 달랐고, 대사 한마디 지문 한 줄 생생하지 않은 게 없었다. 매일 새벽 아파트 복도에서 우유를 훔치는 나름 사연 있는 도둑, 세상에서 가장 철없는 엄마와 10년 만에 재회하는 20대 딸, 배역을 꼭 따야만 하는 연기보다 아첨에 소질 있는 무명 배우……. 우리는 언니가 풀어놓은 B급 인생들의 이야기에 배꼽 잡고 웃다 마지막엔 꼭 슬쩍 눈가를 닦곤 했다. 마감에 맞춰 싸이클럽에 올라오는 과제글 더미에서 내가 제일 먼저 열어 보는 건 언제나 언니의 한글 파일이었고, 어떤 글은 너무 좋아 앉은자리에서 내리 세 번 읽기도 했다. 그리고 번번이 입술을 깨물며 생각했다. 어떻게 이렇게 쓰지.

은주 언니와 나는 수업이 대부분 겹쳐 자연스레 가까워졌다. 그 무렵, 키도 크고 목소리도 크고 통도 커 1학년 때부터 내가 가장 따르던 동기인 현경 언니가 은주 언니와 급격히 친해진 것도 영향을 미쳤다. 동갑인 두 사람은 워크숍에서 한 조로 영화를 찍으며 어느새 서로 애칭을 부를 정도로 가까워져 있었다.

쭈 개, 진짜 보통 아니더라.

현경 언니는 은주 언니가 현장에서 얼마나 빠릿빠릿하고 싹싹한지 전해 줬다. 간호사역 배우가 의상에 커피를 쏟아 다들 우왕좌왕하는데 쓱 사라졌다 나타나더니옆 건물 소아과에서 빌려 온 간호복을 내밀었다든지, 달동네 폐가에서 도둑 촬영하다 들켜 길길이 날뛰는 통장님을 전담 마크시켰더니 되려 박카스 한 상자를 얻어 들고 오더라는 이야기 같은 것들을. 그 와중에 새벽녘 길바닥에 앉아 조는 조명부한테는 슬쩍 담요를 덮어 주고, 다들 손을 베인 줄도 몰랐던 미술감독한텐 조용히후시딘과 대일밴드를 사다 주더라고.

나는 고개를 끄덕이며 그 이야기들을 들었고, 그 뒤론 현경 언니와 은주 언니가 함께 있으면 슬그머니 곁에가 서곤 했다. 그 봄, 나는 언니들이랑 같이 담배를 피우고, 나란히 학교 식당에 가고, 어떤 날은 과방에 있던 사람들을 끌고 우르르 학교 앞 술집에 갔다.

은주 언니는 첫인상과 달리 구김 없이 잘 웃는 사람이었다. 누군가의 사소한 농담에도 입을 활짝 벌리고 콧등을 찡그리며 웃는 사람. 그러면서 정작 농담을 제일잘하는 사람은 언니였는데, 입담이 어찌나 좋은지 파전을 찢거나 돈가스 안주를 집어 먹으며 언니 이야기에 귀기울이다 보면 시간이 어떻게 가는지도 몰랐다. 언니의이야기는 꼭 언니의 글 같아서, 다른 사람이 했다면 분명 분위기를 무겁게 만들었을 이야기들을 언니는 늘 한

편의 유쾌한 소동극으로 풀어냈다. 롯데리아에서 아르바이트하고 받은 첫 월급을 퇴근길에 봉투째 소매치기 당한 이야기나 고등학교를 자퇴하던 날 하염없이 걸으며 본 동호대교의 풍경을 언니는 농담처럼 들려줬다. 어떤 이야기들은 너무 아파 꼭 웃으며 해야 한다는 걸 잘 아는 사람처럼.

은주 언니는 평소엔 그렇게 잘 웃다가도 시나리오 앞에선 웃음기를 싹 거뒀다. 합평 시간이면 약간 허스키한 목소리로 나는 들어 보지도 못한 레퍼런스들을 언급하며 또박또박 의견을 말하는 언니의 옆얼굴을 나는 가만히 훔쳐보곤 했다. 그럴 때 언니의 눈빛은 단단했고, 음성은 평소와는 다른 열도를 띠었다. 다른 대학을 중퇴하거나 졸업하고 온 만학도들이 대부분이던 학교에서, 고교 졸업 후 바로 진학한 '현역'이던 나는 뭔가 발표할 때마다 떨리는 목소리를 애써 감춰야 했는데, 그런 내게 언니는 '자기 목소리'를 가진 사람이었다.

어느새 학기도 중반으로 접어든 늦봄의 오후, '시나리오 기초' 수업 시간이었다. 그즈음 나는 표면적으론 작품에 대한 객관적 평가지만 실은 잘난 척하려는 욕망을 비수처럼 품은 말들의 향연이던 합평에 꽤 질려 있었는데, 그날따라 유독 분위기가 좋지 않았다. 멀티미디어과 학생이 써 온 장편 트리트먼트를 함께 읽는데 강의실

뒤쪽에서 계속 낄낄대는 소리가 들렸다. 맨 뒷줄에 몰려 앉은 내 동기 오빠 셋이 출력물을 성의 없이 넘기며 소곤거리고 있었다. 강사가 눈빛으로 주의를 주는데도 아랑곳 않던 그들은 발표 순서가 되자 한 사람씩 쏟아붓기 시작했다.

솔직히 클리셰투성이라 어디서부터 말해야 될지 모르겠지만…….

스릴러라더니 갑자기 SF로 돌변하던데 진짜 의도하신 장르는 뭔지…….

개연성이 너무 떨어지는데 그래도 말은 되게 써야…….

얼굴이 붉어진 멀티미디어과 학생이 고개를 숙이자 강의실엔 한동안 침묵이 감돌았다. 정적을 깬 사람은 은주 언니였다. 언니는 꼼꼼히 메모한 출력물을 한 장 한 장 넘겨가며 시나리오의 장점들을 조곤조곤 읊었다. 분명 완성도가 떨어지는 작품이었지만, 그 속에서 희미하게 빛나는 지점들을 언니는 정확히 짚어 냈다. 멀티미디어과 학생의 어깨가 서서히 다시 펴지는 것을 나는 지켜봤다. 수업 말미, 내 동기 오빠 작품의 합평 순서가 되자 제일 먼저 입을 연 사람은 언니였다.

솔직히 클리셰투성이라 어디서부터 말해야 될지 모르겠지만…….

나는 얼른 손으로 입가에 번지는 미소를 가렸다.

수업이 끝난 뒤 언니와 옥상 흡연구역에 올랐다. 난

간에 기대 강의동을 빠져나가는 동기 오빠들을 내려다 보던 내가 아깐 너무들 했죠, 라고 했을 때, 언니는 잠시 말없이 하늘을 봤다. 담배 연기를 한 모금 길게 내뱉고 언니가 말했다.

쓰게 해야지. 못 쓰게 할 게 아니라.

그 순간 부드러운 오월의 바람이 불어와 언니의 앞머리를 흐트러뜨렸지만, 언니의 눈동자엔 흔들림이 없었다. 바람결에 실려 오는 말보로 멘솔 향기를 맡으며 나는 깨달았다. 심장께에 작지만 귀한 무언가가 가만 깃드는 걸. 항성을 도는 행성처럼, 내가 언니 곁을 맴돌게 되리란 걸.

나는 부지런히 은주 언니를 따라다녔다. 작고 마른 체구의 언니가 5킬로그램은 족히 나갈 검은색 레노버 노트북 가방을 한쪽 어깨에 멘 채 종종 걷고 있으면, 나는 복도 저 끝에서도 한눈에 알아보고 달려갔다. 온종일 주인을 기다린 개처럼. 언니는 인기인답게 항상 주변에 사람이 많았지만, 내가 언니, 하고 다가갈 때마다 반갑게 맞아 주지 않은 적이 없었다. 으구구, 우리 진희, 하면서. 콧등을 찡그리고 활짝 웃으면서. 언니가 내 이름 앞에 서슴없이 '우리'라는 말을 붙여 주는 사람이라는 게, 나는 정말 좋았다.

그렇게 환한 사람이라서, 언니가 고등학교 때부터 가족들과 함께 살지 않고 스무 살 이후론 경제적으로도 완벽히 독립한 상태라는 이야기를 현경 언니에게 들었을 땐 꽤 놀랐다.

그래서 그렇게 알바를 뛰는 거더라고, 쭈가.

은주 언니는 별의별 아르바이트를 다 뛰고 있었다. 모바일 영화 스크립터, 다큐멘터리 붐맨, 상업영화 보조 출연, 향토 전시관 콘텐츠 기획, 로맨스 소설 교정……. 조원들이 매주 돌아가며 연출작을 찍는 '필름 기초 워크숍' 때문에 영화과 2학년은 살인적 커리큘럼으로 유명했는데, 언니는 저글링이라도 하는 사람처럼 그 숱한 촬영과 수업과 과제와 아르바이트를 오가고 있었다. 단 한 번도 수업에 빠지거나 과제 제출 날짜를 어기지 않으면서.

며칠 뒤 과방에서 김밥천국에서 포장해 온 김치볶음밥을 나눠 먹다 요즘은 자서전 대필 아르바이트를 하고 있단 이야기를 언니에게 들었을 때, 나는 불쑥 묻고 말았다.

괜찮아요, 그런 거?

'대필'이라는 단어가 가시처럼 걸려 나도 모르게 튀어나온 말이었다. 나도 그간 파리바게뜨에선 웃음을, 스마트 퀵 지하철 택배에선 발품을, 한국 리서치에선 목소리를 팔아 봤지만 글을, 그것도 다른 사람의 이름으로 팔아 본 적은 없었다.

뭐가?

그니까…… 좀 힘들 거 같아서요. 대신 써 주는 거.

언니는 잠시 물끄러미 나를 보다 씁쓸히 웃었다.

쓰는 건 별로 안 힘들어. 돈 받는 게 힘들지.

언니는 지금껏 만났던 진상 의뢰인들에 대한 이야기를 또 한참 농담처럼 들려줬다. 베스트셀러 목록에 오르고 10쇄가 넘었는데도 이 핑계 저 핑계 대며 잔금을 안 주던 출판사의 사장실 문을 열고 들어가 직접 담판 지은 이야기, 열심히 살아온 스스로에게 주는 선물로 자서전을 편다던 중견기업 회장님에게 인터넷에서 구한 신문 기자의 명함 사진을 첨부해 '저도 선물 좀 드릴까요?' 문자했더니 그날 바로 입금되더란 이야기 같은 것들을. 그렇게 가볍게 이야기하면 정말 가벼운 일이 되기라도 할 것처럼.

그렇게 받아 낸 밀린 아르바이트비로 언니는 통기타를 샀다. 『기초 기타 교본』을 펼쳐 놓고 한동안 연습하더니 하루는 현경 언니와 나를 구본관 잔디밭으로 데려갔다. 바짝 깎아 풋내 나는 잔디 끝에서 초여름 늦은 오후의 햇살이 반짝이는 동안, 언니는 가는 손가락으로 기타 줄을 튕기며 노래했다.

눈을 감고 그대를 생각하면 날개가 없어도 나는 하늘을 날으네. 눈을 감고 그대를 생각하면 돛대가 없어도 나는 바다를 가르네.

오렌지빛 석양 속으로 퍼져나가는 언니의 부드러운 목소리가 내 안의 어떤 조각을 일렁이게 해 나는 가만히 눈을 감았다.

그대 부르는 이 목소리 따라 어디선가 숨 쉬고 있을 나를 찾아 네가 틔운 싹을 보렴 오, 사랑. 네가 틔운 싹을 보렴 오, 사랑.

언니가 기타를 내려놓았을 때, 나는 눈을 뜨고 곡명을 물었다. 그 봄, 언니의 목소리로 「오, 사랑」을 처음 들었다.

"은주가 일을 정말 똑 부러지게 했어요. 그러니까 나중에 연출하게 되면 꼭 은주랑 작업하고 싶단 생각이 들더라고요. 연출부 진짜 잘하겠다, 내 조감독 해 주면 좋겠다 싶어서 한 번은 제가 물어봤어요. 연출에는 관심 없니? 스태프 뛸 생각은 없니? 그랬더니 자기는 시나리오 쓰는 데 집중하고 싶다더라고요. 사실 작가로 이름을 알리기까진 시간이 걸리고 어떤 과정들이 필요하잖아요. 그래도 그 과정을, 다른 사람은 몰라도 은주는 잘 통과해 나갈 거라고, 은주는 할 수 있을 거라고 기대했던 거 같아요."

—시나리오 전공 동문 L 작가, '10주기 추모의 밤' 행사 발언 中

여름방학이 시작될 무렵, 은주 언니가 시나리오 계약금을 내겠다며 현경 언니와 나를 인사동으로 불렀다. 초여름 인사동 둘둘치킨은 빈 테이블이 눈에 띄지 않을 정도로 붐볐고, 홀 안엔 맥주잔 부딪치는 경쾌한 소리가 끊임없이 울려 퍼지고 있었다.

쭈야, 애 좀 봐라.

그날 마늘치킨을 처음 먹어 본 내가 오오, 하며 눈을 동그랗게 뜨자 언니들은 배꼽을 잡고 까르르 웃었다. 우리는 피처를 거듭 주문해 가며 은주 언니가 들려주는 이야기를 들었다. 평소 언니의 재능을 눈여겨봤던 졸업생 선배가 언니를 영화사에 추천했고, 포트폴리오로 넘긴 장편 시나리오를 읽은 피디가 3일 만에 전화를 걸어와 성사된 일이라 했다. 언니는 오랜 팬이었던 소설가의 소설을 각색하게 돼 조금 들떠 있었다.

피디님이 그러는 거야, 이거 잘 끝내고 다음엔 오리지널 가자고.

입학 때부터 연출 전공임을 천명해 왔던 현경 언니는 너무 잘됐다며 연신 박수를 쳤고, 나는 조금 멍한 표정으로 은주 언니의 이야기를 들었다. 은주 언니가 당시 가장 잘나가던 영화사에서, 《씨네 21》에 인터뷰가 실린 유명 피디와 일한다는 게 너무 까마득하게 느껴졌다. 국내 저명 감독들이 해외 유수 영화제에서 연달아 수상하고 천만 관객 영화들이 끊이지 않으면서 순식간에 부풀어 오른 빵처럼 한국 영화계 전체가 낙관에 젖어 있던 때였지만, 아직 저학년이던 내 주변에서 현장 스태프가 아닌 시나리오 작가로 뛰는 사람은 언니가 처음이었다.

돌연 학기말에 제출한 형편없는 내 시나리오가 떠올라 나는 조용히 포크를 내려놓았다.

우리는 노가리집으로 2차를 가고도 아쉬워 막차가 끊기자 택시를 잡아 은주 언니네로 갔다. 은주 언니는 그때 '피터팬의 좋은 방 구하기' 카페에서 만난 직장인 여성과 다세대 주택 2층의 투룸을 나눠 쓰고 있었는데, 그날은 마침 룸메이트가 본가에 간 날이었다. 은주 언니가 부엌에서 안줏거리를 마련하고 현경 언니가 화장실에서 세수를 하는 동안, 나는 방 한구석에 놓인 책장 앞에 섰다. 내 가슴께까지 오는 고동색 합성목 책장에 꽂힌 책들을 나는 빠르게 훑듯이 훑었다. 그때는 누군가의 독서 이력을 훑는 것만으로도 그의 영혼의 이력을 훑을 수 있다고 생각하던 시절이었으니까. 가브리엘 가르시아 마르케스, 밀란 쿤데라, 도리스 레싱, 이사벨 아옌데, 토니 모리슨, 이언 매큐언, 조너선 사프란 포어, 니콜 크라우스…… 처음 보는 작가 이름과 책 제목 들을 소리 없이 반복해서 외웠다.

뭐 빌려줄까?

술상을 차린 소반을 들고 들어오며 은주 언니가 물었을 때, 나는 가만히 고개를 저었다. 동시에 내가 곧 그 책들을 도서관에서 몰래 빌려 읽으리란 걸 알았다.

활짝 열어 놓은 창문으로 스며든 밤공기가 얇은 담요처럼 우리의 어깨를 감쌌던 그 밤, 은주 언니는 배불뚝

이 휴대용 플레이어에 차례로 CD를 넣었다. 김동률, 이적, 이소라, 재주소년, 루시드 폴…… 부드러운 선율의 음악과 언니들의 웃음소리가 뒤섞이는 동안 나는 맥주를 홀짝이며 책장 옆 바닥에 쌓여 있는 CD들을 바라봤다.

나는 언니가 책과 CD들을 차곡차곡 모으는 사람이라는 게 좋았다. 한때 문학소녀였지만 육 남매 중 다섯째로 대학은 꿈도 꿔 보지 못했던 엄마는 내가 어릴 때부터 틈만 나면 이동문고나 구립 도서관에 데려가 세계문학전집을 손에 쥐여 줬지만, 책은 사서 보면 큰일 나는 줄 아는 사람이었다. 그래서 비슷하게 넉넉지 않은 언니가 매번 알바비를 쪼개 책과 CD, 통기타와 소니 헤드폰을 사던 모습은 내 안에 깊은 인상을 남겼다. 풍족하지 않다고 해서 아무것도 소유할 수 없는 건 아니라는 걸, 취향에 맞는 소소한 것들로 부지런히 곁을 채워 가다 보면 우리는 더 이상 가난한 사람만은 아니라는 걸, 나는 언니에게 배웠다. 그리고 그런 언니를 닮고 싶었다.

나는 언니를 따라 하기 시작했다. 언니가 봤다는 영화와 책은 어떻게든 구해 봤고, 말보로 멘솔만 피우던 언니를 따라 담배도 바꿨고, 어깨가 살짝 드러나게 라인이 떨어지던 언니의 여름 니트를 유심히 봐뒀다 보세 가게에서 비슷한 걸 고르거나 언니의 귓불에서 흔들리던 것과 꼭 닮은 나뭇잎 모양 귀고리를 대학로 가판대에서 집어 들기도 했다.

하지만 무엇보다 내가 닮고 싶었던 건, 언니의 글이었다. 생생한 캐릭터와 말맛 있는 대사, 거침없는 전개와 글 전반에 깔려 있던 유머와 아이러니, 그리고 짙은 페이소스. 그것들이 훔치고 싶게 부러웠다. 언니가 공들여 가꾸던 블로그에 들락거리는 것도 매일 밤 잠들기 전 내 일과였다. 언니는 최근에 접한 영화와 소설 그리고 음악에 대한 평과 일상의 단상들을 꾸준히 블로그에 올렸는데, 나는 다른 사람들처럼 댓글로 흔적을 남기진 않으면서도 새로 올라오는 글들을 부지런히 따라 읽었다. 그리고 매번 조금씩 작아졌다.

그즈음 나는 어깨를 한껏 움츠린 채 땅만 보며 걷는 여자애였다. 나는 일머리가 없어 스태프도 잘 못 뛰었고, 입담 좋고 개성 넘치는 과 사람들 사이에서 농담 한마디 제대로 못 했고, 얕은 밑천이 드러날까 두려워 내가 본 영화에 대해 솔직한 평조차 못했다. 그리고 결정적으로, 시나리오를 전공할 거라면서 글을 못 썼다. 왜인지 잘 쓰고 싶단 마음이 간절해질수록 글은 나빠만졌다.

어쩌면 그래서였는지 모른다. 언니들 뒤를 그렇게 쫓아다닌 건. 은주 언니와 현경 언니가 아트시네마에 간다고 하면 나도 나도, 하며 끼어들고, 두 사람이 장소 헌팅 때문에 회기동을 돌던 날엔 괜히 일없이 따라나서기도 했던 건. 언니들의 세계엔 나는 짐작조차 할 수 없는 성숙하고 세련된 무언가가 있는 것만 같았으니까. 그 곁에 서기만 해도 그것들이 내게 고스란히 옮아올 것 같았으니까.

나만 빼고 모두가 반짝반짝 빛난다고 생각했던 그 시절, 나는 언니들 세계의 가장자리에라도 초대받길 바라고 또 바라면서 한편으론 언니들이 나를 귀찮아하거나 마냥 어린애 취급할까 봐 전전긍긍했다. 그런 내게 그 시절 은주 언니는 내게 없는 걸 모조리 가진 사람, 너무나 까마득한 사람, 차마 질투조차 할 수 없는 사람이었다.

2학기에 들어서며 나는 점점 더 위축됐다. 『시나리오 어떻게 쓸 것인가』를 정석책처럼 책등이 떨어질 때까지 밑줄 그으며 보고, 『한국 시나리오 선집』에 나오는 대사와 지문들을 거진 외우고, 레퍼런스 영화들을 한 신 한 신 필사해 보기도 했지만 내가 쓰는 시나리오는 입학 무렵 별 고민 없이 휘갈기던 것보다 나빴다. 갑자기 발걸음 하나까지 의식하게 된 초보 배우처럼, 나는 키보드 위에 얹은 손가락들이 뻣뻣해진 걸 느꼈다.

나는 급격히 말수가 줄었고, 공강 시간이면 도서관으로 숨어들었다. AV실에서 커튼을 치고 DVD를 봤다. 제인 캠피온, 도리스 되리, 라스 폰 트리에, 미카엘 하네

케, 다르덴 형제, 켄 로치, 에드워드 양, 고레에다 히로카
즈…… 어둠 속에서 영화에 빠져 있다 도서관 밖 햇살
속으로 나오면 이야기의 세계와 현실 세계의 낙차에 번
번이 현기증이 일었다.

어떤 날은 영화의 잔상에 일렁이는 가슴을 안고 한참
걸었고, 어떤 날은 나는 영영 가닿지 못할 세계를 엿보
고 말았다는 열패감과 절망감에 괜스레 눈가가 젖었다.
그러다 다시 모니터 앞에 앉으면 내 시나리오가 펼쳐져
있었다. 차마 눈 뜨고 봐 주기 어렵게 형편없는.

합평에서 날아온 면도날 같은 말들도 내게 들러붙어
떨어질 줄 몰랐다. 촬영장에서 장비를 나르다가, 도서관
에서 책을 읽다가, 기숙사에서 세수를 하다가, 나는 그
말들을 되새김질했다. 2학기가 끝나 갈 무렵엔 합평 강
의실에 앉아만 있어도 숨이 막혔고, 써야 할 과제를 떠
올리기만 해도 체할 것 같았다. 한글창을 켜는 게 공포
스러워졌다. 그러던 학기말의 어느 날이었다. 과방에서
시나리오를 쓰다 답답해 중정에 나왔다가 집에 가던 은
주 언니와 마주쳤다.

진희야…….

내 얼굴을 본 언니가 발걸음을 멈췄다. 나는 언니를
붙들고 하소연을 시작했다. 초겨울 밤 벤치에 앉아 추
운 줄도 모르고. 언니가 쥐여 준 자판기 커피가 식어 가
는 줄도 모르고. 며칠 전 기말 과제로 제출한 장편 시나

리오로 선생님에게 '별로 할 말도 없어요. 앞으로도 쭉 이렇게만 쓰세요.'라고 칭찬받았던 언니에게.

지금까지 쓴 것 좀 보자.

그냥 제출을 포기하는 게 나을 것 같다며 울먹이는 내게 언니가 말했다. 언니는 과방 데스크톱 앞에 앉아 묵묵히 담배를 피우며 내가 쓰던 초고를 읽었다. 그건 20대 초반 대학생들의 연애담이었는데, 밋밋한 캐릭터와 중반 이후 억지스러운 갈등으로 총체적 난국인 상태였다. 나는 언니의 옆얼굴을 훔쳐보며 계속 입술을 뜯다가 언니가 모니터에서 눈을 떼자마자 물었다.

너무 엉망이지?

아니, 뭔가 있어.

언니는 그렇게 힘주어 말하고, 막차 시간이 될 때까지 수정 방향을 세세하게 조언해 줬다. 가방을 들고 일어서며 언니가 물었다.

이제 쓸 수 있겠어?

……모르겠어.

방금 전까지 언니가 해 주는 말들을 그렇게 열심히 받아 적어 놓고도 나는 울상을 하고 말했다.

펜을 땅바닥에 떨어뜨린 것 같아.

언니가 손가락을 뻗어 내 구겨진 미간을 펴며 말했다.

주워, 그럼.

물끄러미 보는 내게 또박또박 힘주어 말했다.

주워서 다시 써.

과방에 홀로 남은 나는 정적 속에 가만히 서 있다 다시 모니터 앞에 앉았다. 잠시 눈을 감았다 뜨고 한 문장을 쳤다. 그리고 또 한 문장. 한 줄 한 줄 타이핑하는 손가락에 속도가 붙기 시작했다. 새벽녘 난방이 꺼지자 자꾸만 곱아드는 손가락을 오므렸다 폈다 하면서 밤새 키보드를 두드렸다. 마지막 대사와 지문을 쓰고 'FIN'이라고 입력하는데, 무언가 나를 살짝 빠져나간 기분이 들었다. 아주 오랜만의 일이었다. 건물 밖으로 나오자 아침 햇살 아래 함박눈이 쏟아지고 있었다. 두텁게 쌓인 눈 위로 걸음을 내디딜 때마다 심장께에 퍼지는 어떤 파동을 느끼며 나는 기숙사로 오르는 길을 추운 줄도 모르고 걸었다.

"이젠 표준 계약서가 만들어져서 상황이 좀 나아지긴 했지만, 은주가 작업하던 때에는 각본이나 각색을 맡으면 정말 투자될 때까지 주구장창 고쳐야 됐어요. 계약 조건이 그랬어요. 선금 주고, 나머지 후금은 투자되거나 촬영 들어가면 준다. 그때까지 수정은 몇 번만 한다는 최소한의 약속도 없이 3000만 원에 계약서 쓴 뒤에 선금 500만 원 받고서 1년 넘게 계속 고치는 거예요. 무간지옥이죠. 한번은 어떤 유명 감독의 9고째던 시나리오를 모니터링해 준 적이 있는데요, 2년 뒤에 그게 17고까지 간 걸 봤어요. 그

사이 작가는 얼마나 쳇바퀴 돌며 갇혀 있었을까, 그런 생각을 하면…… 선후배들 중엔 그렇게 영화계를 떠난 사람도 많아요."

—시나리오 전공 동문 K 작가, '10주기 추모의 밤' 행사 발언 中

2학년 겨울방학이 끝나갈 무렵, 나는 계획했던 대로 휴학계를 냈다. 스트레이트로 졸업할 생각은 없었고, 돈을 모아 해외여행을 하고 싶었다. 알바천국과 필름메이커스를 하루에도 수십 번 들락거리기 시작했다. 필름메이커스에 올라온 보조 작가 구인공고에 기말에 완성한 시나리오를 포트폴리오로 보내고, 며칠 뒤 알바천국으로 이력서를 넣은 시내 패밀리 레스토랑에 면접을 보러 갔다. 면접 결과가 나오기도 전에 면접이 잡혔다.

감독과는 신사동 탐앤탐스에서 만났다. 그는 투자사에서 '긍정적'으로 보고 있는 범죄 스릴러 영화의 트리트먼트를 시나리오화하기 위해 두 명의 보조 작가와 한 달간 합숙을 할 계획이라 했고, 내 포트폴리오 속 여자 주인공의 대사가 참 좋더라고 했다. 오랜만의 칭찬에 들뜬 기색을 들킬세라 나는 눈에 바짝 힘을 주고 묵묵히 고개를 끄덕였다.

그렇게 입봉을 꿈꾸는 30대 후반 감독과 낯빛이 창백하고 표정은 더 희미한 30대 초반 남자 보조 작가와 그리고 나, 세 사람이 부산으로 떠날 짐을 꾸렸다. 떠나기 전, 신사동의 영화사에 들러 피디와 대표에게 인사를 했다. 피디는 나와 남자 작가에게 계약서 대신 포스트잇을 내밀며 계좌번호를 적으라 했고, 대표는 나와 남자 작가에게 호구조사스러운 한두 마디를 묻곤 감독님, 잘 다녀오세요, 라고 했다. 대표실을 나와서야 대표가 호칭 한번 부르지 않고 나와 남자 작가를 지칭했단 걸 깨달았다.

부산의 숙소는 영화사에서 전해에 제작한 영화의 로케이션 촬영 때 스태프들이 단체로 묵었던 모텔이었다. 우리는 매일 방에서 그날의 할당 신을 쓰다가 오후 5시에 감독의 방으로 집합했다. 각자 USB에 담아온 파일을 차례로 열어 돌려 읽은 후 셋이 쓴 것 중 가장 좋은 걸 골라 거기서부터 다시 다듬었다.

나는 의욕이 넘쳐 매번 할당량보다 많이 써 갔고, 어떤 신들은 버전을 세 개까지 만들기도 했다. 창 너머 풍경이라곤 맞은편 건물 벽면이 전부이던 조도 낮은 모텔방에서, 둥그런 유리 테이블에 노트북을 올려놓은 채 믹스커피를 홀짝이고 줄담배를 피우며 한 줄 한 줄 타이핑했다. 감독이 BGM으로 염두에 둔 음악을 최대 볼륨으로 틀기도 하고, 눈 감고 혼자 남녀 주인공의 대사를 번갈아 연기해 보기도 하고, 답답할 땐 빨랫줄에 널린 하얀 시트들이 하염없이 나부끼던 옥상에 올라 잠시 해바라기하기도 하면서.

매 장면 끙끙대며 썼지만 한편으로 나는 쾌감을 느꼈다. 서서히 내가 쓴 신과 대사들이 채택되는 비중이 늘어가서였다. 처음엔 반신반의하는 눈으로 날 보던 감독은 회의하다 동시에 같은 대사를 내뱉는 일이 몇 번 반복되자 신뢰 쪽으로 추를 옮기는 게 느껴졌다. 그사이 원체 말수가 적던 남자 작가는 말수가 더 줄었다. 합숙한 지 2주가 좀 지난 어느 날, 감독이 잠시 자리를 비운 사이 나는 그에게 물었다. 혹시 입금됐어요?

그는 천천히 고개를 저었다. 선금이 들어오기로 한 날짜가 꽤 지나 있었다. 숙박비에 교통비 그리고 법인카드로 매일 긁는 식대까지, 영화사가 쓰는 경비가 얼마인데 설마 그 적은 보조 작가 페이를 떼먹을까 싶으면서도 입금이 늦어져 불안했다. 한번 얘기해 봐야 되지 않을까요? 내가 다시 묻자 남자 작가는 나는 뭐…… 라며 말끝을 흐렸다. 며칠 뒤 회의가 끝났을 때, 나는 입술을 달싹이다 감독의 어깨쯤에 시선을 두고 말했다. 입금이 안 됐는데 한 번만 확인해 주실 수 있을까요. 그리고 자리를 정리하는데, 나도 감독도 남자 작가도 얼굴이 붉어져 있었다. 사흘 뒤, 나는 통장에 찍힌 입금 내역을 확인했다.

작업이 거의 끝나갈 무렵 했던 회식에선 막회에 시원소주를 마시고 해운대 모래사장을 걸었다. 나는 밤바다를 찍은 화질 나쁜 핸드폰 사진을 현경 언니와 은주 언니에게 보냈다. 그즈음 언니들은 3학년 영화를 준비하느라 바빴는데, 종종 문자나 전화를 하면 항상 마지막 멘트가 같았다. 밥 잘 챙겨 먹고, 잘 때 문 잘 잠그고. 둘이 짜기라도 한 것처럼 똑같은 소리를 해서 나는 조금 웃었다. 합숙 마지막 날, 알파문고에 가 시나리오를 세부 출력해 나눠 가졌다. 맨 앞장에 커다랗게 박힌 「도시의 밤」이라는 제목을 나는 손끝으로 한참 어루만졌다.

서울로 올라오는 기차에서 가만히 창밖을 보는데 문득 한 시절이 지나가 버린 것 같은 기분이 들었다. 보수는 패밀리 레스토랑 아르바이트와 크게 다르지 않았지만, 무언가 조금 더 배낭에 담아온 것만 같았다. 서울역에서 헤어질 때, 감독은 나와 남자 작가에게 악수를 건네며 투자사에서 피드백이 오면 연락 주겠다고 했지만, 나는 그다지 기대하지 않았다. 영화가 투자된다는 게 얼마나 어려운 일인지 그즈음엔 나도 잘 알고 있었으니까. 은주 언니처럼 잘 쓰는 사람이 메이저 영화사에서 쓴 시나리오도 계속 엎어지고 있었으니까.

그래서 한 달 뒤 감독에게서 다시 연락이 왔을 땐 좀 놀랐다. 그는 투자사에서 시나리오를 '굉장히 긍정적'으로 봤고, 수정을 원하는 부분이 있어 한 번 더 작업이 필요하다고 했다. 보수는 지난번과 같지만 대신 이번엔 제대로 계약서를 쓰고 윤색 작가 크레딧을 주겠다고. 마다 할 이유가 없었으므로 우리는 다시 부산으로 내려가 합숙 작업을 시작했다. 남자 작가는 점점 더 말이 없어졌다. 마지막엔 그가 감독의 노트북에 USB를 꽂을 때마다, 써 온 신을 감독에게 지적받을 때마다 손을 떠는 게 다 보일 정도였다. 어쩌면 그를 그렇게 극도의 식물성 인간으로 몰아간 건 의욕 과잉 상태의 나였을 수 있다는 생각은 아주 먼 훗날에야 들었다.

세 번째 작업 의뢰가 왔을 때, 나는 은주 언니에게 전화를 걸었다. 투자사를 통해 받은 시나리오를 '아주 긍정적'으로 읽고 도장을 찍기 직전인 배우의 요청에 따라 마지막 수정이 필요한 상황인데 지난 두 번과 동일한 액수를 제안받았다고 전하자 언니는 잠시 말이 없었다.

너무 적지?

나는 얼굴이 달아올라 물었다. 예전에 언니와 나눴던 대화가 떠올라서였다. 아르바이트는 아무리 푼돈이어도 마다않는 언니가 시나리오 계약에서만은 쉽게 타협하지 않는 모습을 종종 봤는데, 왜 그러느냐고 물었을 때 언니는 말했었다.

이건 '진짜' 내 일이니까. 제대로 대우받으면서 해야 돼.

그리고 언니는 덧붙였다. 쓰는 동안은 다른 일은 안 하고 거기에만 집중할 거라서, 또 한번 받은 대우가 계속 이어지는 게 관례라서 낮춰서 시작하면 안 된다고.

수화기 너머의 은주 언니는 옅은 한숨을 쉬더니 그간의 내 작업량을 꼼꼼히 체크하기 시작했다. 그러곤 잠시 생각에 잠겼다 말했다.

그럼…… 크레딧이라도 제대로 받아 볼래?

다음 날 영화사 사무실에서 만난 피디에게 나는 전날 밤 수도 없이 연습한 대사를 읊었다.

고료는 말씀하신 대로 주더라도 크레딧은 각색으로 올려 주세요.

잠시 나를 물끄러미 보던 피디가 대표님이랑 얘기해 볼게요, 하고 자리를 떴다. 이틀 뒤 받아든 계약서엔 '각색 김진희라는 크레딧을 명기하여야 한다.'라는 문장이 박혀 있었다.

"시나리오 작가의 운명은 영화화가 되지 않으면 자신의 작업이 세상에 보여지지 못한단 거예요. 은주도 다섯 번이나 영화사와 일했지만 한 편도 스크린에 걸리진 못했죠. 하지만 빛을 보진 못했더라도 그 과정에서 작가가 한 건 분명한 창작 활동이고 노동이거든요. 그런 것들이 제대로 인정받거나 존중받지 못하는 게 참 힘든 것 같아요. 게다가 영화는 평가 기준이 객관적이지가 않잖아요. 그러니까 뭔가 잘못되면 제작사나 감독은 또 모든 책임을 작가에게 오롯이 떠미는 경우도 있어요. 다 당신이 못 써서 이렇게 되어 버린 거야, 그런 식으로. 그런 게 시나리오 작가로 사는

데 어려운 점이죠."

　─시나리오 전공 동문 M 작가, '10주기 추모의 밤' 행
사 발언 中

　그해 겨울 개봉한 「도시의 밤」은 평론가들에겐 별 세
개를 받았지만 배우들의 열연이 화제가 되며 손익분기
점을 넘었다. 개봉 전 스태프 시사회에서, 나는 제대로
숨도 쉬지 못한 채 스크린 위로 올라가는 엔딩 크레딧을
뚫어져라 응시했다. 크레딧이 생기자 일이 꼬리를 물고
들어왔다. 주로 싼 가격에 부려먹는 윤색이나 각색 일이
었다. 피디들끼린 단체 연락망이라도 있는 건가 싶게 부
르는 고료가 같았다. 그즈음 학교 사람들을 만나 얼마
받고 일했냐는 질문을 받을 때면 나는 부러 활짝 웃으
며 답하곤 했다. '업계 최저 고료예요.'

　아직 세상에 '열정 페이'라는 단어도 나오기 전이었
지만, 그 돈을 받고 그렇게 일하는 건 어찌 보면 수치스
러운 일이란 걸 본능적으로 알았다. 그래도 당장의 통장
잔고보단 크레딧을 쌓는 게 더 중요하다고 생각했다. 아
무리 적은 액수라도 어쨌든 '돈을 받고' 시나리오를 쓰
고 있다는 것, 대관절 실체를 알 순 없지만 '충무로'라는
곳에 발 담그고 있다는 것, 영화사 사무실의 담배 연기
자욱한 회의실에서 '작가'라는 호칭으로 불린다는 것.
내게는 그런 것들이 더 중요했다.

휴학 연장 신청서를 내고 두 군데의 영화사에서 두 편의 시나리오를 더 고쳤다. 갓 서른을 넘긴 애송이 감독과 논현동 영화사 지하 골방에서 두 달간 번갈아 라꾸라꾸에서 쪽잠 자며 쓰기도 했고, 대사 몇 줄, 지문 몇 줄 고쳐 놓고 영화사에 제출하는 시나리오 최종고 각색 타이틀에 제 이름을 끼워 넣던 40대 감독과 일하기도 했다. 그리고 그동안 단 한 번도 제날짜에 고료를 받지 못했다. 일한 시간으로 계산하면 편의점 시급도 안되는 돈인데도, 원고 마감일은 철석같이 지키게 하면서 입금일을 지키는 영화사는 없었다.

입금 예정일마다 은행 ATM 기기에서 아무것도 정리되지 않은 채 그대로 다시 토해져 나오는 통장을 받아들 때면, 내 안에 차오른 것은 잔고가 아니라 모멸감이었다. 나는 종종 피디들이 부러 돈을 늦게 입금한다는 인상을 또렷이 받았다. 자신들이 돈을 움켜쥐고 있으면 작가는 눈치 보며 더 열심히 쓸 수밖에 없다고 믿고 있단 느낌을. 그 와중에 영화판의 '눈먼 돈'에 대한 소문은 은밀하고도 빠르게 돌고 돌아 내 귀에 흘러들었다. 얼마 전 크랭크 업한 어떤 영화의 피디는 벤츠를 새로 뽑았는데 영화사 출퇴근엔 여전히 아반떼를 몰고 다닌다더라, '슈킹'으로 유명한 어떤 피디의 와이프는 이번에 교대 앞에 두 번째 치킨집을 냈다더라 하는 소문들이 끝도 없이 돌았다.

선금만 겨우 받고 마지막 한 방울까지 쥐어 짜이며 반년 넘게 작업한 영화들이 투자 불발로 엎어질 때마다, 나는 배낭을 쌌다. 인도나 네팔, 베트남과 태국 같은 더운 나라로 가 비행기 티켓의 유효기간을 꽉 채울 때까지 걷고 또 걸었다. 태양을 담뿍 받으며 쏘다니다 보면 텅 비었던 몸 안쪽에 서서히 '다시 쓸 수 있을 것 같은' 기운이 차올랐고, 나는 다시 배낭을 쌌다.

네 번째 작업을 함께한 정 감독은 첫 영화 「도시의 밤」을 했던 영화사에서 다시 불려 만났다. 각색을 맡게 된 「피싱」은 보이스 피싱을 당한 후 행방이 묘연해진 동생을 찾아 나선 한 남자의 분투를 그린 범죄 스릴러였는데, 이 사람 저 사람 손을 거쳐 이미 7고째였던 시나리오를 정 감독이 큰 틀부터 흔들어 다시 쓰고 있었다.

광고계 출신의 40대 초반 정 감독을 나는 처음엔 신뢰하지 않았다. 원룸에 살면서 BMW를 끌고 다니고, 꽤 고심해 고른 게 분명한 동그란 은테 안경을 끼고 짙은 향수 냄새를 풍기는 그가 어딘지 영화인 같지 않다 생각했다. 하지만 곧 그가 지금까지 만난 감독들 중 가장 열심히 '쓰는' 사람이란 걸 깨달았고, 내가 고민한 것보다 한 발 더 나가 있는 그의 신들을 마주할 때면 정신이 번쩍 들기도 했다.

그러던 어느 늦가을 밤, 합숙 작업하던 양평의 펜션 마당에서 함께 담배를 피우다 그에게 어머니 이야기를 들었다. 지방의 한 폐교를 관리하며 홀로 지내는 노모가 매일 새벽 물을 떠 놓고 그의 입봉을 기원한단 이야기 들은 그 밤 이후, 나 역시 마음속 깊은 곳에서부터 그의 입봉을 응원하게 됐다. 그래서 두 달 뒤 「피싱」에 투자가 확정됐단 소식이 전해졌을 때, 나는 영화사의 좁은 감독방에서 깡충깡충 뛰며 그와 하이파이브를 했다.

「피싱」이 크랭크 인에 들어가고 나는 복학계를 제출했던 늦겨울, 은주 언니와 현경 언니는 졸업을 앞두고 있었다. 재학생들이 돕던 관례대로 시나리오 졸업 발표회 준비를 함께 하는데, 은주 언니가 내게 재학생 송사를 부탁했다.

언니, 나 못 해. 알잖아, 말 못하는 거.

뭘 못 해. 니가 하는 거다, 식순에도 넣어 놨어.

내가 여러 번 손사래 치는데도 언니는 웃으며 고개를 저었다. 졸업 발표회 날, 안국동의 작은 북카페에서 나는 덜덜 떨리는 목소리로 출력해 간 송사를 읊었다. 스티븐 킹의 『유혹하는 글쓰기』에서 '만약 여러분이 누군가에게서 마음껏 책을 읽고 글을 써도 좋다는 허락을 받고 싶다면 지금 이 자리에서 내 허락을 받았다고 생각하라.'라는 문장을 인용해 우리 지치지 말고 마음껏 쓰자, 는 유치한 멘트를 마쳤을 때, 내 얼굴은 새빨갛게 달아올라 있었다. 마이크를 놓고 자리로 돌아오자 은주 언니가 내 머리칼을 귀 뒤로 넘겨 주며 말했다.

고마워, 진희야.

아직 채 열기가 가시지 않은 얼굴로 나는 언니와 마주 보고 웃었다. 언니는 꾸준히 영화사들과 계약해 시나리오를 쓰고 있었지만 아직 입봉은 못 한 상태였다. 언니는 곧 과거에 크게 히트했던 베스트셀러 소설을 각색하는 작업에 들어간다고 했다. 나는 영화화 가능성이 낮아 보이는, 한물간 것처럼 느껴지는 그 최루성 가족 드라마 원작 소설보다 언니의 졸업 시나리오가 백배쯤 더 좋았지만, 그저 잘 되길 바란다고만 짧게 말했다.

다음 날엔 은주 언니와 함께 현경 언니의 졸업 영화를 보러 갔다. 20대 미혼모의 하루를 그린 그 단편의 엔딩 크레딧이 올라갈 때 나는 조금 울었는데, 영화관 밖 흡연구역에서 찬바람을 쐬고서야 요동치던 가슴이 조금 진정됐다. 우리는 상영관 앞에서 사람들과 인사를 나누고 있는 현경 언니를 발견했다. 은주 언니가 현경 언니의 어깨를 툭툭 두드리며 말했다.

갱, 멋있다.

나도 현경 언니의 눈을 보며 말했다.

언니, 다음 영화도 보고 싶어.

현경 언니는 우리가 내민 작은 꽃다발을 받아들고 활짝 웃었다. 그 단편으로 언니는 그해 여성영화제와 전주영화제에서 상을 탔고, 영화제 심사를 본 중견 감독의 스크립터로 영화판 경력을 시작했다.

2년 뒤, 다시 찬 바람 부는 계절이 돌아왔을 때, 나는 어깨를 한껏 옹송그린 채 매일 강의실과 도서관을 오가고 있었다. 졸업 시나리오 제출이 코앞인데 아직 제대로 된 시작조차 못 한 상태였다. 어쩌다 보니 벌써 두 편의 크레딧이 생겼는데, 영화사들에서도 유심히 보는 졸업 작품집에 아무거나 실을 순 없단 생각에 아이템만 세 번 바꾼 뒤였다. 먹장구름이 머리 위까지 바짝 내려앉았던 어느 오후, 나는 도서관 앞에서 낯익은 뒷모습을 발견했다.

언니!

한쪽 어깨에 노트북 가방을 메고 있던 은주 언니가 돌아보곤 웃었다. 우리는 자판기 커피를 뽑아 벤치에 앉았다. 지난 시나리오 전공 스승의 날 사은회 후론 보지 못했던 터라 잠시 근황을 나눴다. 언니는 베스트셀러 소설 원작 영화가 엎어진 후에 다른 영화사에서 로맨틱 코미디 한 편을 더 각색했는데 그것도 잘 풀리지 않았다며 당분간 혼자 오리지널 시나리오를 써 볼까 한다고 했다. 자료조사 때문에 도서관에 들렀다 돌아가던 길이었다고. 그러곤 내게 물었다.

졸업 시나리오는? 잘돼 가?

나는 시무룩하게 고개를 저었다. 그리고 지금까지 버린 아이템들을 줄줄 읊기 시작했다. 내 푸념을 언니는 묵묵히 들었다.

어떤 날은 그런 생각도 들어. 이게 다 무슨 소용이지. 이렇게 백날 천날 써 봤자, 어차피 안 팔리면 아무 소용도 없는 거…….

왜 소용이 없어.

언니가 불쑥 내 말을 끊었다. 놀란 눈으로 보는 내게 언니가 말했다.

네가 그 안에 가 봤잖아.

내 눈을 똑바로 보며 언니는 덧붙였다.

우리가 이야기 속에 살아 봤잖아.

돌연 뺨이 달아올라 나는 조용히 고개를 끄덕였다. 어쩐지 언니의 얼굴을 똑바로 볼 수 없어 시선을 벤치 위 언니의 노트북 가방에 둔 채. 모서리가 너덜너덜 해진, 그 낯익은 까만 노트북 가방에.

얼마 지나지 않아 나는 정 감독에게 전화를 받았다. 그는 영화사를 차렸다며 기획 중인 작품이 있는데 오리지널 시나리오를 써 보겠냐고 물었다. 동아줄이라도 잡은 사람처럼 나는 졸업을 미루고 정 감독의 영화사로 갔다. 영화사라고 했지만, 정 감독의 지인이 운영하는 역삼동의 CG 회사 건물에서 방 두 칸을 빌린 게 전부였다. 직원도 나와 최 피디 둘뿐이었다. 「피싱」의 제작부장이어서 나도 안면은 있던 최 피디는 흐린 날에도 라이방 선글라스를 끼고 다니고 유들유들 농을 잘 던지던 30대 초반 남자였다. 그는 나처럼 매일 출퇴근하진 않았지만 감독의 방 문에 '빅히트 필름'이라 새겨진 작은 현판을 건 사람도, 내 각본 계약서의 초안을 내민 사람도 그였다.

　선금이 들어오던 날, 나는 꽤 감격했다. 1000만 원은 지금껏 받아 본 고료 중 가장 큰 액수이기도 했지만 무엇보다 약속된 날짜에 입금된 게 처음이어서였다. 사비로 영화사를 굴리던 정 감독에게 나는 감사의 마음과 부채감을 동시에 느꼈다. 정 감독이 자신의 블랙 코미디 시나리오를 고치면서 투자 쪽 사람들을 만나고 다니는 동안, 나는 감독방 맞은편의 작은 방에 앉아 감독이 주문한 스릴러 영화의 초고를 썼다.

　시간은 빠르게 흘렀지만 내 작업엔 속도가 붙지 않았다. 이미 초고가 있는 시나리오를 고치는 각색 작업과 뼈대부터 세워 써야 하는 각본 작업은 차원이 다른 일이었고, 자료조사와 취재를 거쳐 내가 5개월간 쓴 초고를 읽은 정 감독의 얼굴에서 실망의 기색을 읽은 뒤부턴 나는 거의 패닉에 빠졌다. 2고를 쓰기 위해 다시 책상 앞에 앉았지만 쓰는 시간보다 쓰지 못해 괴로워하는 시간이 더 길었다. 다시 한글창이 공포스러워졌다. 나는 줄담배를 달고 살았고, 매일 밤 꿈에서도 떠다니는 대사와 지문들 속에서 허우적댔다. 그리고 그럴수록 더 악착같이 출근해 볕 한 줌 들지 않는 방에 앉아 분에 넘치는 일을 하는 건 때론 운이 아니라 벌이라는 걸 배워 갔다.

은주 언니에게 연락이 온 건 그즈음이었다. 언니는 시나리오를 완성했는데 모니터링해 줄 수 있느냐고 물었고, 나는 기왕에 얼굴도 보자며 영화사 근처로 약속 장소를 잡았다. 언니가 메일로 보내온 시나리오를 열자 첫 페이지의 제목이 눈에 들어왔다. 「경이로운 소년」. 아픈 엄마와 무능한 아빠를 둔, 암기력이 비상한 열두 살 소년이 가정을 지키기 위해 큰 상금이 걸린 퀴즈 대회에 출전하며 펼쳐지는 성장 드라마였다. 꽤 완성도 높은 시나리오였고, 몇몇 대목에선 콧날이 시큰해지기도 했다. 역시 언니는 잘 쓰는구나, 의뢰받은 것도 아닌데 혼자 이렇게 좋은 시나리오를 완성했구나, 그런 생각을 하며 나는 옥상 난간에 기대 연거푸 담배를 피웠다.

　이틀 뒤 카페에서 만난 언니는 부쩍 말라 있었고 안 그래도 큰 눈이 더 크고 깊어져 있었다. 초여름이지만 냉방이 잘 돼 선선한 편이었는데도 언니는 계속 이마의 땀을 닦았다.

　언니, 어디 안 좋아?

　아니…… 그냥 좀 덥네.

　언니가 조금 어색하게 웃었다.

　음료가 나오기를 기다리며 근황을 나누다 언니가 얼마 전 안양으로 이사했단 이야기를 들었다. 함께 살던 룸메이트가 지방 발령을 받아 좀 곤란한 상황에 처했었는데, 마침 지인이 아는 빈방이 있어 싼 가격에 들어가게 됐다며 언니는 웃었다. 이어 너는 어떻게 지냈냐는 물음에 나도 모르게 또 신세 한탄이 쏟아졌다. 고삐가 풀린 듯 줄줄 불평이 새어 나왔다. 시나리오 쓰기 너무 어렵다고, 정말 미쳐 버릴 것 같다고 한참 투정을 부리는데 가만히 듣고 있던 언니가 뭔가 힘겹게 삼키는 표정을 짓더니 가라앉은 목소리로 말했다.

진희야, 원래 어려운 거야.

순간 속에서 무언가 뜨거운 것이 치솟았다. 그래, 언니는 원래 잘 쓰니까 그렇겠지. 언니 눈엔 또 내가 철없이 불평하는 걸로 보이겠지. 그치만 나도 이제 프로라고. 나는 나도 모르게 입술을 잘근 깨물었다.

출력본을 넘기며 언니의 시나리오 이야기를 하는 동안, 나는 좋아서 동그라미 쳐 둔 부분들이 나오면 얼른 건너뛰고 쉴 새 없이 혹평만 쏟아부었다. 인물이 울지 않아야 관객들이 우는 건데, 주인공이 우는 장면이 너무 많진 않아? 그 설정은 좀 너무 클리셰 같았어. 아빠 캐릭터가 갑자기 흔들려서 이입이 깨지더라. 언니의 얼굴에서 점점 표정이 사라져 가는데도, 나는 멈출 줄 몰랐다. 자리를 정리하며 저녁을 먹고 가라고 하자 언니는 가만히 고개를 저었다.

왜, 여기 근처에 마늘치킨 엄청 잘 하는 데 있어. 가자, 내가 사 줄게.

괜찮아. 다음에 먹자.

언니가 희미한 미소를 지으며 말했다. 나는 그제야 정신이 들어 미안함과 아쉬움이 뒤섞인 얼굴로 우물쭈물했다. 그런 나를 잠시 말없이 보다 언니가 입을 뗐다.

진희야……

다음 말을 기다리는 나를 가만 보다 언니는 말했다.

아니야…… 또 보자.

붉은 잉크를 마구 풀어놓은 것 같은 석양빛을 등진 채 초여름 카페 앞에서, 나는 언니와 인사를 나눴다. 그 안녕이 어떤 안녕인 줄도 모르고.

"뉴스에 은주가 남긴 쪽지가 나왔는데, 그걸 계속 가난과 연결 짓더라고요. 근데 그 동네 사람들은 거기선 그게 그렇게 이상하지 않단 걸 알아요. 제가 은주랑 그 동네서 같이 아르바이트를 한 적 있는데요, 생선가게 아저씨가 누군지 나물가게 할머니가 누군지 서로 다 알고 반찬 나눠 먹는 것도 전혀 이상한 일이 아닌 동네예요. 물론 은주가 경제적으론 어려웠지만, 오히려 그래서 더 웃고 농담하고 그랬어요. 하루는 우리가 점심값이 없어 고민하다 우연히 티머니를 편의점에서도 쓸 수 있단 걸 알게 됐어요. 그래서 '와, 나이스! 이게 되네!' 하고 웃으며 삼각김밥을 사 먹었거든요. 근데 만약 이 에피소드가 알려졌다면 뉴스에선 또 그렇게 몰아갔겠구나, 또 그렇게 연결 지었겠구나, 그런 생각들이 너무 힘들었죠."

두 계절 뒤, 정 감독은 영화사를 정리했다. 오랜만에 나온 최 피디가 감독방 문에 걸었던 현판을 뗐고, 나는 작은 박스에 소지품들을 담았다. 정 감독이 담담하게 조만간 다시 보자고 말했다. 나는 묵묵히 고개를 끄덕였는데, '빅히트 필름'의 현판을 떼게 된 것이 모두 내가 쓴 시나리오가 투자사에서 반응을 얻지 못한 탓인 것만 같아 감독의 눈을 똑바로 볼 수 없었다.

집으로 돌아오는 내내 칼바람이 불었고, 어깨가 움츠러들었다. 옥탑방에 도착해 박스를 부려 놓고 멍하니 앉아 있다 언니들에게 연락했다. 현경 언니는 촬영 때문에 지방에 있다고 했고, 은주 언니는 그래, 언제 한번 봐야지, 라고 낮은 목소리로 답했다. 지난여름 마지막으로 봤던 언니의 표정이 떠올라 조금 어색하게 통화를 끊고, 나는 혼자 캔맥주를 땄다.

다음 해 초여름, 감독님이 만나고 싶어 한다는 전화를 최 피디에게 받았을 때, 나는 다시 작업을 재개하자는 신호라 여겼다. 각본 계약은 3고까지 집필하기로 되어 있었고, 나는 2고까지만 완성한 상태였다. 역삼역 커피빈에 나온 건 최 피디 혼자였다.

감독님은요?

집안일이 생겼대요.

최 피디는 무표정하게 답하더니 담뱃불을 붙였다. 담배 한 개비를 다 태울 동안 그는 말없이 나를 빤히 쳐다봤다. 찍어 누르는 듯한 눈빛으로. 당황해 한참 커피잔만 매만지는데, 그가 재떨이에 담배를 비벼 끄더니 물었다.

본인 시나리오를 어떻게 생각해요?

그날 자리가 파할 때까지, 그는 단 한 번도 나를 작가라는 호칭으로 부르지 않았다.

집에 돌아와 불도 켜지 않은 채 방바닥에 누워 있다 현경 언니에게 전화를 걸었다.

언니…… 돈 좀 있어?

갑자기 무슨 소리야?

돈 좀 빌려줘. 한 200만 원만. 아니, 100만 원도 좋고…….

……너 집이니?

현경 언니가 한숨을 내쉬고 말했다.

기다려. 울지 말고.

현경 언니가 내 옥탑방으로 달려왔다. 언니는 나 대신 쌍욕을 퍼붓고 펄쩍펄쩍 뛰었다. 투자 못 받은 책임을 지고 고료 절반을 토해 내라니, 이런 법이 어디 있냐며 씩씩대던 언니가 내 볼을 닦아 주다 깜짝 놀랐다. 내 얼굴이 너무 뜨거워 소스라친 언니가 이럴 게 아니라 정 감독한테 따지는 문자라도 한 통 보내야겠다며 내 폴더폰을 빼앗아 갔다. 그러다 문자함에서 최 피디가 보낸 문자를 발견하곤 우뚝 동작을 멈췄다. 언니가 고개를 갸웃하더니 물었다.

뭐야? 왜 계좌번호가 두 개야?

미간을 찌푸린 채 한참 액정을 들여다보다 언니가 말했다.

진희야…… 너 진짜 정 감독 한번 만나봐야겠다.

학동역 스타벅스에서 만난 정 감독은 마지막으로 봤을 때보다 조금 수척해져 있었다. 우리는 어색하게 안부 인사를 주고받은 후 테이블에 앉았다.

그래도 얼굴 한번 뵙고 싶어서요. 기회를 주신 건데, 제가 마무리를 잘 못해서…….

김 작가도 고생 많았지, 뭐.

나는 떨리는 손을 테이블 아래로 감추고 그를 응시하며 말했다.

어쨌든…… 500만 원은 다음 주까지 입금해 드릴게요.

순간 정 감독의 눈이 흔들렸다.

500만 원?

현경 언니의 예측이 그대로 들어맞아 나는 온몸에 소름이 돋았다. 언니는 최 피디가 보낸 문자에 찍힌 계좌번호가 아무래도 이상하다고 했다. 정 감독 명의의 계좌로 400만 원을, 최 피디 명의의 계좌로 100만 원을, 왜 굳이 따로 입금하라는 건지 어딘가 이상하다고.

한낮의 더위를 피해 몰려든 손님들로 시끄럽던 커피숍에서 정 감독은 낮은 목소리로 말했다. 자신이 애초에 미팅을 잡은 건 시나리오 수정을 원해서였다고. 그런데 최 피디가 갑자기 집안일이 생겼다며 원래 월요일이던 미팅을 화요일로 미뤘다고. 자신은 미룰 수 없는 다른 선약이 있어 어쩔 수 없이 최 피디만 보냈더니 돌아온 최 피디가 그러더라고. 더 이상 작업을 원치 않는 김 작가가 고료의 일부인 400만 원을 돌려주고 싶어 한다고.

아니, 김 작가가 먼저 돌려준다 했다 해서…….

그렇게 말하며 슬쩍 내 얼굴을 살피는 정 감독을 말없이 보다 나는 질끈 눈을 감았다.

그날 저녁, 스피커폰 모드를 켜고 통화 버튼을 눌렀다. 신호가 채 몇 번 울리기도 전에 최 피디가 전화를 받았다. 술집인 듯 싸구려 유행가가 뒤섞인 시끄러운 소리가 배경에 깔려 있었다.

피디님, 100만 원 입금하라고 한 그 계좌, 본인 계좌였어요?

잠시 침묵이 흘렀다.

그래. 그랬어, 왜?

사과하세요.

뭘?

나한테 사기 치려고 했으니까, 잘못했으니까 사과하라고요.

그가 클클 대며 한참 웃었다.

야, 이거 회사 일이야. 그거 정 감독이 원래 나한테 줘야 되는 돈이야. 아무것도 모르는 게…… 회사 일에 참견하지 마, 알았어?

전화가 뚝 끊겼지만, 나는 손이 떨려 한동안 녹음기의 정지 버튼을 누르지 못했다.

무료 법률 상담소는 구청 2층에 있었다. 은행에서처럼 표를 뽑고 대기 의자에 앉아 차례를 기다리는 사람들을 쳐다봤다. 쉬지 않고 한쪽 다리를 떠는 40대 아저씨, 울 것 같은 얼굴의 50대 아줌마, 구겨진 양복을 입은 30대 남자, 야구 모자를 푹 눌러쓴 내 또래 청년…… 그리고 나. 우리가 하나같이 같은 냄새를 풍기고 있는 것 같아 나는 숨이 막혔다.

녹취 사무소에서 속기사가 녹음 파일을 재생시키는 동안 나는 내내 눈을 감고 있었다. 이마에 닿는 에어컨 바람이 찼지만 정수리의 열이 더 뜨거워 녹취록을 받아 들고 나서다 크게 한 번 휘청였다. 공증받은 녹취록과 고소장을 들고 경찰서에 갈 땐 현경 언니가 동행했다. 선배의 졸업 영화 촬영 때 파출소에 가 본 적은 있었지만 경찰서는 처음이었다. 내가 제출한 고소장을 묵묵히 읽고 경찰관은 말했다.

그런데, 구체적 피해 사실이 발생한 건 아니라서⋯⋯
아무튼 조만간 연락드릴게요.

경찰서에 다녀온 뒤부터 나는 본격적으로 아팠다.
온몸이 펄펄 끓으면서 하루에도 수십 번 정수리로 열이
올랐다 내렸고, 밥은커녕 물만 넘겨도 신물이 올라왔
다. 살이 빠지고, 머리카락이 빠지고, 생리가 끊겼다. 연
체동물이 된 것처럼 몸에 아무 힘이 없었다. 나는 딱딱
한 매트리스 위에 누워 천장만 봤다. 어떤 날은 아주 느
리게, 어떤 날은 아주 빠르게 시간이 흘렀다. 밤새 뒤척
이다 새벽녘 겨우 잠들어도 번번이 숨을 몰아쉬며 깨곤
했다. 꿈속의 최 피디가 한쪽 입꼬리를 올려 웃으며 묻
고 또 물었다. '본인 시나리오를 어떻게 생각해요?'

현경 언니가 간간이 들러 살펴보고 갔다. 상 위에 놓
인 언니가 사 온 죽을 멀거니 보다 내가 중얼거렸다.

뭐 하려고 그랬을까⋯⋯.

맞은편의 언니가 고개를 들었다.

술 마시려 그랬을까. 여자 만나려 그랬을까. 뭐 하려
그랬을까⋯⋯ 겨우 100만 원인데⋯⋯.

언니가 날 빤히 보다 물었다.

정 감독은? 그리고 연락 없어?

내가 고개를 끄덕이자 언니는 젓가락을 탁 내려놨다.

넌 진짜 사람 보는 눈이 왜 그렇게 없어? 정 감독 좋은 사람이라며?

……그 사람도 속은 거잖아.

속긴 뭘 속아. 책임지고 돈 토해 내라는 게 피디 혼자 생각이었겠어? 반절 돌려받자고 둘이 짰는데, 그사이에서 최 피디라는 놈이 또 슈킹하려다 걸린 거야. 백번 양보해서 만약 아니더라도, 돈 돌려준단다고 넙죽 받겠단게 말이 돼? 야, 너 거기서 1년 일했어. 길바닥에서 청소를 해도 일 못했다고 돈 다시 토해 내라곤 안 해.

그때 언니는 좀 화가 나 있었다. 이런 놈들은 동네방네 소문을 내서 영화판에서 얼굴을 못 들고 다니게 해야 한단 언니를 내가 자꾸 말려서. 나는 현경 언니가 그 일을 아무에게도 말하지 못하게 했다.

그러지 마, 언니. 사람들이 어떻게 생각하겠어…….

뭘 어떻게 생각해?

걔가 얼마나 못 쓰면 그런 일을 당하냐고…… 그럴 거야…….

나중에야 선배들 중에도 비슷한 일을 겪은 사람들이 있다는 걸, 업계에서 이런 일이 종종 일어나곤 한다는 걸 알게 되지만, 그때는 아무것도 모를 때였다. 그저 밤마다 꿈에서 받던 질문을 낮이면 나 스스로에게 칼처럼 겨누며 반복하던 때.

장맛비가 옥탑방 지붕을 부술 듯이 두드려대던 어느

오후, 경찰서에서 전화가 왔다. 경찰관은 최 피디와 연락해 봤고 그가 사실을 인정하긴 했지만, 역시 사건 접수는 좀 힘들 것 같으니 개인적으로 사과를 받고 끝내시는 게 좋을 것 같다고 했다.

그 사람이 사과하겠대요?

네, 원하면 얼마든지 사과하겠대요.

…….

그 정도로 마무리하시는 게…… 워낙 소액 건이고, 또 실제로 돈을 손해 보신 건 아니라서.

누가…….

네?

누가 돈 때문에 그래요?

전화를 끊고도 한참을 나는 어깨의 들썩임을 멈추지 못했다.

아침저녁으로 얼굴에 닿는 공기가 서늘해질 무렵, 간만에 들른 현경 언니가 소리를 질러 체중계에 올라갔다. 39킬로그램이었다. 현경 언니가 어깨를 떨어뜨리고 한숨을 쉬었다.

정말 다들 왜 그러니. 다들 왜 그래…….

무슨 소리야?

은주 언니도 아프단 걸 그때 처음 들었다. 갑상선 쪽이 좋지 않다고 했다. 작년 여름, 마지막으로 본 은주 언니의 모습이 떠올라 나는 가만히 고개를 끄덕이며 이야기를 들었다. 최근에 같이 다큐 촬영 아르바이트를 했는데 1층에서 2층 올라가는 것도 힘겨워하더라고, 영화사 쪽 일들도 끊긴 지 좀 돼서 형편도 많이 어려워진 것 같더라고 했다.

근데 형편 좋은 사람은 또 어딨어.

현경 언니가 자조하듯 웃었다. 들려오는 소식들은 한결같이 어두웠다. 졸업 영화로 국내 영화제를 휩쓸며 졸업과 동시에 메이저 영화사의 감독방 하나를 꿰찼던 한 선배는 대리운전을 뛴다고 했다. 한 동기는 갑작스러운 조부의 부고에 제주 집에 내려갈 비행기 삯을 꾸러 다니다 길바닥에서 오열했다고 했다. 나는 그저 고장 난 인형처럼 앉아 그 이야기들을 들었다. 그렇게 매트리스 위에서 여름을 흘려보내고 가을을 맞았다.

이번 추석엔 제발 집에 좀 들르라고 엄마가 하도 전화해 본가에 내려갔다. 오랜만의 외출이었다. 부러 헐렁한 점퍼를 골라 입고 갔는데도 문을 연 순간, 엄마의 눈이 커졌다.

시나리오 쓰는 거, 많이 힘드니?

저녁 밥상을 차려 주고 엄마는 그렇게 딱 한마디만 물었다. 내게 무슨 일이 생길 때마다 '척 보면 알지'라며 가장 먼저 알아채는 사람이니 분명 뭔가 느꼈을 텐데, 아무것도 더 묻지 않았다. 어쩌면 엄마는 어떤 상처들은 손대지 않고 멀찍이서 지켜봐 줘야만 한다는 걸, 스스로 아물 때까지 기다려 줘야만 제대로 아물 수 있다는 걸 알아서 그랬던 걸까? 나는 그것을 지금껏 물어보지 못했다.

추석 전날, 까무룩 낮잠을 자는데 엄마가 목욕 바구니를 들고 나를 깨웠다. 나란히 우산을 들고 나섰는데, 골목길을 걷는 동안 비바람이 점점 거세졌다.

태풍이 온다더니…….

그렇게 중얼거리던 엄마가 갑자기 은행나무 아래서 걸음을 멈췄다. 엄마는 목욕 바구니에 손을 넣어 야쿠르트를 담은 까만 비닐봉지를 끄르더니 쪼그려 앉아 빗물에 쓸려 가는 은행알들을 주워 담기 시작했다. 터진 은행에서 나는 구린내가 사방에 진동했다.

엄마, 뭐 해.

잠깐 있어 봐. 이거 구워 먹으면 얼마나 별미인데.

엄마, 하지 마. 가자. 비 많이 오잖아.

내가 어깨를 잡아끄는데도 엄마는 손을 재게 놀리며 일어설 줄 몰랐다. 엄마의 젖어 가는 등판을 우두커니 바라보다 나는 툭, 우산을 바닥에 떨궜다. 그제야 엄마가 돌아봤다. 길바닥에 주저앉아 손바닥으로 얼굴을 가린 나를.

진희야…….

왜 그래…… 거지같이 왜 그래……!

나는 그해 추석을 집에서 쇠지 않았다. 굵은 빗줄기

에 흠뻑 젖은 채, 그 길로 자취방으로 돌아왔다. 뜬눈으로 밤을 새우다 동이 틀 무렵, 세 달 만에 노트북을 켰다. 내가 모니터에 띄운 건 한글창이 아니라 사람인 사이트였다.

그날부터 종일 책상에 앉아 자기소개서를 쓰고 토익 문제지를 풀었다. 두 번째 토익 시험에서 목표 점수를 땄고, 지원 횟수가 50번이 넘어간 뒤부턴 더 이상 몇 번째 자소서인지 세지 않았다. 최종 면접까지 오른 곳은 두 군데였다. 연락이 없어 9급 공무원 학원을 둘러보려고 노량진행 버스를 기다리던 정류장에서 전화벨이 울렸다. 버스가 도착하고 문이 열렸지만, 나는 타지 않았다.

예비 소집 겸 신체검사에 모인 열 명의 동기들은 대부분 같은 구 출신이었다. 다들 구김이 없었고, 잘 웃었고, 소비가 익숙한 사람들 특유의 냄새를 풍겼다. 2주간의 연수 기간 동안, 잠시 한국에 방문한 프랑스 임원과의 담소 시간과 스키장에서 열린 마지막 워크숍 시간을 통해 유학 경험이 없는 사람도, 스키를 탈 줄 모르는 사람도 내가 유일하단 걸 알게 됐다.

그렇지만 역시 그 무렵의 가장 또렷한 기억은 입사 직전 참석했던 전사 송년회다. 12월 30일, 한강의 크루즈를 통째로 빌려 했던 행사에 예비 신입사원 전원이 인사를 하러 잠시 무대에 올랐다. 우리가 내려온 뒤, 그날의 하이라이트 '럭키 드로우' 이벤트가 펼쳐졌다.

대표가 전 직원의 명찰이 하나씩 담긴 투명 아크릴 함에 손을 넣어 '뽑기'를 하고, 당첨된 직원에겐 금일봉을 하사하는 행사였다. 긴장감을 끌어올리는 드럼 소리를 배경으로 사회자의 입에서 당첨자가 호명된 순간, 사람들이 열렬한 환호와 박수를 보냈다. 금일봉의 액수는 100만 원이었다.

"가장 마음이 아픈 건 우리 동문들이 함께 모여 어떤 추모의 시간을 갖지 못했던 거예요. 만약 그때 언론이 그렇게 반응하지 않았다면, 저희는 충분히 추모했을 거고 은주를 기억하는 동문들을 중심으로 계속 그 자리가 이어져 왔을 거라 생각해요. 하지만 그런 보도들이 쏟아진 게 저희가 아무것도 하지 못하게 만들었어요. 학교를 졸업하고 다들 뭔가 시작해 보려던 단계에서, 힘들어도 뭔가 해 보려 다들 애쓰던 시기에, 그렇게 소식이 전해진 게 저희들 각자의 삶과 맞물리며 너무 힘들게 다가왔던 거 같아요. 우리가 기억하는 은주와 뉴스 속 은주의 간극이 너무 큰데, 은주를 모르는 사람들이 은주를 어떤 프레임에 넣어 버렸는데, 그걸 어떻게 해야 할지 모르는 채로 우리 안에 표현하지 못한 아픔을 품은 채로 그렇게 10년을 보낸 거죠."

—시나리오 전공 동문 L 작가, '10주기 추모의 밤' 행사 발언 中

상수역에서 마을버스를 타고 GS편의점 앞에 내리자 정류소 불빛 아래 서 있는 현경 언니가 보였다. 숨을 쉴 때마다 입김이 하얗게 부서지는 밤이었다. 우리는 묵묵히 어둔 골목길을 걸었다. 현경 언니가 열쇠로 현관문을 열자 희미하게 향냄새가 났다. 집안의 온기에 얼었던 몸이 거의 녹았을 때쯤, 현경 언니가 물었다.

밥은 먹었어?

고개를 젓는 내게 현경 언니가 다시 물었다.

차려 줄까?

내가 다시 고개를 젓자 현경 언니가 컵에 따뜻한 보리차를 따라 줬다. 사위가 너무 고요해 방 안에 울리는 시계 초침 소리가 매 순간 심장께를 찔렀다.

108배를 하고 왔어…… 좋은 데 가라고…….

현경 언니가 덤덤하게 말했다. 그 차분함이 가슴을 할퀴어 나는 손에 쥔 컵만 내려다봤다. 현경 언니가 핸드폰으로 음악을 틀었다. 익숙한 가사가 흘러나왔다.

이 노래 좋아했잖아. 생각나? 기타 치면서 불러 줬던 거?

나는 가만히 고개를 끄덕였다.

생각나서 듣고 싶더라. 근데 성시경이 부른 거밖에 못 찾았다, 우습지? 그냥…… 그냥 이거 듣고 있었어. 오늘 종일.

우리는 우두커니 앉아 「오, 사랑」을 들었다. 노래가

방 안에 낮게 깔리는 동안, 우리는 과거의 몇 토막들을 드문드문 입에 올렸다. 현경 언니는 은주 언니가 공구를 판매하는 청계천의 한 사무실에서 잠깐 일했다고 했다.

화장실도 따로 없는 그런 작은 곳이었대. 경리를 구하길래 이력서엔 고졸이라고만 적었대. 그렇잖아, 대학, 그것도 예술대학을 나왔다고 하면 누가 받아주겠어. 일이 되게 단순했대. 사무실 한구석 책상에 앉아서 전화 받고, 계산기 두드리고, 전표 끊어 주고. 이 정도면 할 만하겠다 싶더래. 점심 먹고 청계천 다리 아래 공중화장실에 잠깐 다녀왔는데 사장이 들어온 은주를 물끄러미 보다 그러더래. 아가씨, 그만 들어가라고. 은주가 죄송하다고 다음부턴 빨리 다녀오겠다고 하니까 사장이 그러더래. 그런 거 아니라고. 아가씨 여기서 일할 사람 아닌 거 같은데 그만 들어가라고. 자기가 좀 살아 보니까 알겠어서 그런다고. 다 아가씨 위해서 하는 말이라고. 그러면서 돈 2만 원을 주머니에 찔러 주더래. 다시 그 천변을 걸어서 집으로 오는데…… 이상하게 자꾸 눈물이 나서…… 집에 오는 내내 울었대…….

나는 고개를 숙인 채 눈을 감았다. 직장인들이 해바라기하러 나온 정오의 천변을 걷고 있는 한 마르고 작은 여자의 뒷모습이 보였다. 살짝 떨군 고개, 희미하게 흔들리는 어깨, 주머니 속 무언가를 쥔 작은 손……. 그리고 그 이야기를 코끝을 찡그린 채 웃으며 하는 언니. 끝

내 되찾지 못한, 롯데리아에서 받은 첫 월급 이야기를
할 때처럼.

　나는 현경 언니의 뺨에 차마 손도 뻗지 못한 채 바닥
만 보며 앉아 있었다. 핸드폰에서 끝없이 「오, 사랑」이
흘러나왔다.

　다음 날, 현경 언니와 안양역 역사를 빠져나왔을 때,
얼굴에 축축한 기운이 닿았다. 가는 겨울비가 흩뿌리
는 이른 아침이었다. 장례식장 지하로 내려가는 계단에
서 학교 사람들과 마주쳤다. 다들 짧게 눈인사를 나누
고 금세 서로에게서 눈길을 거뒀다. 장례식장이라고 했
는데 빈소가 없어 절조차 할 수 없었다. 빈소와 빈소 사
이, 자투리 공간에 하얀 전지를 깔고 작은 단을 세워 언
니의 영정 사진을 놓아둔 게 전부였다. 사진 속 은주 언
니가 환하게 웃고 있었다. 현경 언니와 나는 차례로 국
화꽃 한 송이를 언니의 사진 앞에 내려놓았다.

　9시가 되자 언니의 동기가 영정 사진을 안고 계단을
올랐다. 복도에, 계단참에, 입구에 흩어져 있던 사람들
이 일렬로 뒤를 따랐다. 화장터로 향하는 장의 버스 앞
에서 나는 잠깐 현경 언니의 손을 잡았다 놓았다. 현경
언니는 버스에 올라탔고, 멀어진 버스가 더 이상 보이지
않게 됐을 때 나는 발길을 돌렸다.

　마을버스와 지하철에서 자꾸 내리거나 갈아탈 타이

밍을 놓쳐 회사에 도착했을 땐 이미 점심시간이었다. 텅 빈 사무실에 멍하니 앉아 있다 이어폰을 꼈다. 루시드 폴의 「오, 사랑」을 들었다. 염치없는 눈물이 흐르는 동안 한 줄 한 줄 가사를 타이핑했다.

> 눈을 감고 그대를 생각하면
> 날개가 없어도 나는 하늘을 날으네
> 눈을 감고 그대를 생각하면
> 돛대가 없어도 나는 바다를 가르네
>
> 그대 부르는 이 목소리 따라
> 어디선가 숨 쉬고 있을 나를 찾아
> 네가 틔운 싹을 보렴
> 오, 사랑
> 네가 틔운 싹을 보렴
> 오, 사랑

가사를 출력해 파티션 벽면에 붙여 두었을 때, 팀 사람들이 자리로 돌아오는 소리가 들렸다.

"오늘 오랜만에 「경이로운 소년」을 다시 읽는데, 시나리오 곳곳에 '따뜻함'이 있어요. 가진 거 없고 소외된 사람들을 보는 따뜻한 시선 같은 게. 그리고 정말 모든 캐릭터가 다 살아 있어서 놀랐어요. 아, 은주가 정말 사람에 관심이 많았구나, 사람을 되게 잘 관찰했구나, 그리고 그게 이렇게 작품에 녹아들었구나, 그런 생각이 들더라고요. 오늘 시나리오를 낭독하며 제가 가장 꽂혔던 건 그 대사였어요. '놓치면 안 돼.' 이 대사는 주인공 소년의 병든 엄마를 향한 거지만, 어쩌면 우리가 결코 놓쳐선 안 될, 사람과 세상에 대한, 믿음에 대한 이야기이기도 할 거예요. 오늘 저는 집에 가는 동안 계속 되뇌게 될 거 같아요. '놓치면 안 돼.'라는 말을."

—시나리오 전공 동문 K 작가, '10주기 추모의 밤' 행사 발언 中

일주일 뒤, 기사가 쏟아지고 언니의 이름이 실시간 검색어에 오르자 회사 사람들이 묻기 시작했다. 아는 사람이야? 친했어? 대체 어떻게 된 거야? 그때마다 나는 표정을 지우고 단답으로 답했다. 사람들은 금세 흥미를 잃고 고개를 돌렸다. 그들이 어딘가의 카페나 술집에서 가십거리처럼 언니의 이름을 들먹일까 봐, 나는 겁이 났다.

하지만 인터넷에선 이미 다들 입을 열고 있었다. 누군가는 탄식하고, 누군가는 원인을 찾고, 누군가는 시스템을 논하고, 누군가는 대안을 말했다. 그렇지만 그들 중 아무도 관심 갖는 이는 없었다. 언니가 어떻게 웃고,

언니가 어떻게 쓰고, 언니가 어떻게 노래하던 사람이었는지. 언니가 어떻게 다른 이의 손을 잡고, 언니가 어떻게 넘어지고, 그럼에도 어떻게 다시 일어나던 사람이었는지. 사람들은 그저 언니의 마지막만 봤다.

며칠 뒤, 사무실에 앉아 있는데 언니의 동기에게서 전화가 왔다. 장례 일을 주도하고 추모제를 준비하던 이였다. 나는 얼른 계단참으로 뛰어가 통화 버튼을 눌렀다.

혹시 입금을 잘못하신 건 아닌가 해서요.

그게 무슨?

돈이 너무 많이 들어와서…… 혹시 '0' 하나 잘못 찍으신 거면 돌려 드리려고요.

나는 말없이 벽에 등을 기댔다. 내가 보낸 돈은 2000만 원도 200만 원도 아니었다. 하지만 장례비와 추모제 준비에 보태라며 동문들이 보내온 조의금 중엔 2만 원도 3만 원도 있었을 것이다. 밥값을 아끼고, 커피값을 아끼고, 담뱃값을 아껴 온기를 전하고 싶어 했을 그 손길들 속엔. 나는 가만히 눈을 감았다. 어쩌자고, 어쩌자고 이렇게 가난한 사람들이 모여 예술을 한다고 했을까.

얼마 뒤, 포화처럼 쏟아지는 언론 보도에 언니의 동기들이 준비하던 작은 추모제가 취소되었다는 소식이 전해졌다.

시간은 빠르게 흘렀다. 나는 사무실 유선 전화의 벨

만 울려도 어깨가 굳던 신입사원에서 광고 촬영장 모니터 앞에 앉아 장비를 들고 뛰어다니는 스태프들을 표정 없이 지켜보는 차장이 됐다. 사람은 어찌나 간사한지 점심시간에 만 원 넘는 밥을 주문할 때마다 들던 죄스러움도, 테이크아웃 커피를 손에 쥘 때마다 들던 환멸감도 쉽게 스러졌다. 퇴근길 지하철역으로 향하다 인파에 휩쓸리기만 해도 주먹으로 가슴을 치게 되던 것도, 회사 라운지 통유리 너머로 붉게 물드는 노을만 봐도 심장이 떨어지는 기분이 들던 것도 이리 쉽게. 주말에 도쿄에 가 수집해 온 피규어 이야기를 하고, 신형 아이폰이 출시될 때마다 장난감 바꾸듯 갈아타는 회사 사람들 속에서 나는 서서히 언니를 잊었다.

그래도 종종 밀봉해 뒀던 상자의 뚜껑이 갑자기 열리는 것처럼 언니를 떠올리는 순간들이 있었다. 예술인 복지 관련 뉴스에서 언니의 이름이 언급될 때, 언니의 동기였던 시나리오 전공 커플이 첫딸의 이름을 '은주'라고 지었다는 이야기를 들었을 때, 언니가 예전에 다녔던 대학교 캠퍼스에 언니의 이름을 딴 소나무가 식수됐다는 기사를 우연히 봤을 때, 3년 전 여름 마흔 살 나이로 입봉하던 현경 언니의 장편영화 시사회에 혼자 꽃다발을 들고 갔을 때.

현경 언니와 나는 그 겨울 이후로 은주 언니의 이름을 입에 올린 적이 없다. 다만 몇 년 전 어느 가을밤에,

아트시네마에서 「기억」이란 제목의 영화를 함께 보고 나와 걸었던 낙엽 쌓인 거리에서, 현경 언니가 이렇게 말했을 때 나는 그게 단지 영화에 대한 이야기만은 아니란 걸 알았다.

그 이야길 하고 싶었던 거 같아. 누군가의 기억 속에 살아 있는 한 그 사람은 살아 있는 거라고.

언니의 10주기를 맞아 시나리오 전공 동문들이 「경이로운 소년」을 읽는 조촐한 낭독회 행사를 열었던 1월 말의 저녁, 경쟁 피티를 앞두고 있던 나는 빈 회의실에 들어가 노트북을 켰다. 유튜브 라이브로 중계된 행사를 처음부터 끝까지 지켜봤다.

그리고 그다음 주, 토요일 아침 출근길에 교통사고를 당했다. 병원 침대 위에서 봄을 맞았다. 사람이 자주 들고나던 6인실은 언제나 북적였으므로 나는 종일 이어폰을 낀 채 음악을 들었다. 루시드 폴을. 익숙한 선율이 귓가를 맴도는 동안, 창 너머 서서히 연둣빛을 입어가는 나뭇가지를 보며 생각했다. 지난 10년, 반드시 제품명을 호명하며 끝나던 15초의 세계에서 느껴 온 어떤 갈증들에 대해. 이렇게 사는 게 맞는가, 와 이렇게 사는 게 어딘가, 사이에서 뒤척이던 어떤 밤들에 대해서도. 회사로 복귀한 나는 병가 사유서 대신 퇴직원을 썼다.

퇴사하며 사물함을 비우다 누렇게 바랜 A4용지 한 장을 발견했다. 「오, 사랑」의 가사가 한 줄 한 줄 타이핑

된. 여러 번의 자리 이동 중에 파티션에서 떼어져 사물함 한켠에 자리 잡았던, 까맣게 잊고 있던 그 종이를.

빛바랜 A4 용지를 머리맡에 붙여 놓고 나는 내 방 책상에 앉는다. 창 너머에서 쏟아져 들어오는 햇살을 맞으며 익숙한 가사가 흘러나오는 노래를 튼다. 노트북에 띄워 놓은 빈 한글창을 마주하다 가만히 눈을 감으면, 나는 잔디밭에 앉아 있다. 이제는 건물을 허물어 세상에서 사라져 버린 학교 구본관 잔디밭에 앉아 나는 석양빛에 물든 현경 언니의 어깨와 기타 줄을 튕기는 그녀의 가는 손가락을 본다. 그녀의 노래에 귀 기울이며 나는 내가 이 노래에 대해 쓸 것임을 안다. 그것이 어쩌면 조금은 긴 이야기가 될 거라는 것도. 앞으로 쓰게 될 모든 이야기들 역시 결국 여기서 출발할 거라는 것도. 키보드 위 손가락이 첫 문장을 친다.

지아튜브

희진 언니에게

언니, 지아야. 언니가 인터넷에 올린 글을 보고 편지
써. '유명 키즈 유튜브 채널, 지아튜브의 진실을 고발합
니다.'라는 글 말이야. 그거 때문에 지금 얼마나 난리가
났는지 언닌 모를 거야. 선생님도 우리 반 친구들도 날
보는 눈빛이 달라졌어. 며칠 전엔 방송국에서 나온 아저
씨들이 우리 집으로 찾아오기도 했고. 아빠가 기자 아
저씨한테 "불만 품고 나간 새끼 작가가 악의적으로 쓴
겁니다."라고 말했는데, 그 말은 뉴스에 나오지 않더라.
걱정을 끼쳐 죄송하다며 아빠가 고개 숙이는 장면만 나
왔지. 나중에 엄마한테 '악의적'이 무슨 말이냐고 물어

봤는데 엄만 알려 주지 않았어. 그래서 핸드폰으로 찾아봤지. '남을 해치려 하거나 미워하는 악한 마음을 가진'이란 뜻이래. 아빠 말이 맞아. 언닌 거짓말쟁이에 배신자니까.

그동안 언니가 착한 사람인 줄 알았던 게 너무 억울해. 언니랑 처음부터 친하게 지낸 것도. 작년 가을, 내아홉 살 생일파티 장면을 찍던 날, 스튜디오에서 언닐처음 소개받았을 때부터 말이야. "유명한 영화과 나온 언니야. 우리 지아도 나중에 커서 언니처럼 좋은 대학 가자." 아빠가 그렇게 말하니까 언니는 입꼬리를 올려 웃으며 살짝 입술을 깨물었지. 그 순간 알았어. 언니랑난 친해지겠구나. 왜냐하면 그건, 뭔가 곤란하거나 참아야 할 때 나도 가끔 몰래 짓는 표정이었거든.

정말 우린 금방 친해졌잖아. 지아튜브가 지아 브이로그, 지아 토이리뷰, 지아 에듀스쿨 채널을 새로 만들면서 찍을 게 많아져 매일 봤으니 당연한 거였나. 아, 물론 선생님이 물어보거나 인터뷰할 땐 아빠랑 약속한 대로 "촬영은 주말에만 해요."라고 했지만. 학교 끝나고 바로 스튜디오에 가면 거기 항상 언니가 있었어. 스튜디오 촬영 말고도 우린 여기저기 참 많이 붙어 다녔는데. 부산에서 열린 키즈 크리에이터 페스티벌 행사장이랑 지아키즈카페 오픈 기념 팬미팅도 같이 가고. 아, 협찬 받아간 제주도 호텔 여행도 함께 갔지.

협찬이란 말이 무슨 뜻인지 처음 알려 준 사람도 언니였어. 그 협찬 제품들을 소개하는 대사를 쓰는 게 언니 일이었고. 레고 장난감, 캔디걸 메이크업 박스, 매직 큐브 퍼즐, 퐁당 슬라임, 짜장 라면, 콘푸로스트, 공기 청정기, 키즈 매트리스…… 물건이 오면 언니는 항상 나랑 아빠보다 먼저 써 보고 대사를 썼어. 언니가 쓴 시나리오를 보여 주면 아빠는 말했지. "자연스럽게, 더 자연스럽게 써 봐. 지아파파 대사는 확 웃기게 좀 고치고."

그래, 지아파파. 뿌글거리는 가발을 쓰고 카메라 앞에 서는 순간, 아빠는 지아파파로 변신하잖아. 그럼 말투도 행동도 평소랑 완전 달라지지. 갑자기 아이처럼 변해선 볼을 씰룩거리며 와하하하 웃고, 걸을 때도 엉덩이를 뒤뚱거리고. 언니한테 말한 적 있나? 한번은 어떤 사인회 행사장에서 쪼끄만 남자애가 아빠한테 바보라고 외치고 도망가서 화가 났던 거. 난 그 애를 쫓아가 소리쳐 주고 싶었어. 우리 아빠 바보 아니야. 아빠는 연기를 하고 있는 거라고, 이 바보야!

이번 일 터지고 사람들이 가장 많이 물어본 것도 그거였어. 지아 너, 그거 다 연기였니? 담임 선생님도 상담 센터 선생님도 똑같은 걸 계속 물어. 외국 키즈 유튜브 영상 보여 주면서 그대로 따라 하라고 했을 때, 기분이 어땠니? 친구 필통 훔치는 장면 찍을 땐 무슨 생각이 들었어? 10분 안에 치킨 버거 네 개 먹기 먹방은 누가 찍자고 했어? 그럼 난 대답해. 그냥 논 거예요. 카메라 앞에서. 그럼 어른들은 또 물어. 정말 논 거 맞아? 시켜서 한 거 아니고? 그쯤 되면 좀 화가 나. 역시 아빠 말이 맞구나 싶어서. 사람들은 아빠랑 지아가 놀면서 돈 버는 게 배 아픈 거야. 우리가 유명해지고 부자가 된 게, 차가 바뀌고 집이 바뀐 게 부러워서 더는 못하게 하려고.

그렇지만 언니도 알잖아. 난 그냥 아빠랑 노는 게 좋아서 내가 제일 잘하는 걸 했을 뿐인걸. 지아가 연기를 잘하면 아빠가 좋아하니까, 조회 수랑 구독자 수가 쑥쑥 올라가고 그럼 엄마까지 신이 나니까. 세상에서 지아가 제일 사랑하는 사람도, 지아를 제일 사랑하는 사람도 엄마 아빠니까. 그래서 아빠는 지아랑 시간을 더 많이 보내려고 회사도 그만뒀잖아. 그러다 지아튜브 회사를 차린 거고. 근데도 다들 자꾸만 이상한 소리들을 해.

물론 나도 가끔은 힘든 날도 있었지. 내가 지아파파 가발을 숨겨서 촬영이 중간에 끊겼던 그날처럼. 언니는 스튜디오 대기실 소파 밑에서 가발을 발견하곤 나한테 와서 조용히 물었어. "지아야, 찍기 싫어?" 내가 대답을 안 하니까 양손으로 내 볼을 감싸고 내 눈을 들여다보며 또박또박 말했지. "그럼 안 찍어도 돼."

언니, 솔직히 그때 나 좀 놀랐어. 그렇게 말한 사람은 아무도 없었거든. 지아야, 잘한다. 지아야, 예쁘다. 역시 지아는 끼가 넘쳐. 지아야, 한 번만 더 찍자, 딱 한 번만 더. 다들 그렇게만 말했으니까. 그래서 카메라 앞에 서면 잘해서 빨리 끝내야 한단 생각밖에 없었어. 그래야 아빠랑 엄마랑 카메라 삼촌들이랑 피디 이모랑 작가 언니들 다 집에 갈 수 있잖아.

그날 밤 침대에 나란히 누워 있다 아빠가 물었어. "지아야, 왜 가발을 숨겼어?" 내가 대답을 안 하니까 아빠 슬픈 눈으로 날 보며 말했어. "지아는 아빠랑 엄마랑 같이 안 살고 싶어?" 난 깜짝 놀라 얼른 고개를 저었어. 언닌 모르지? 내가 여섯 살 때 엄마 아빠랑 떨어져 산 적이 있단 거. 할머니 집에서 보낸 반년이 얼마나 끔찍했는지 언닌 상상도 못 할 거야. 다시 할머니 집에 가게 될까 봐 심장이 마구 뛰었어. "잘못했어요, 아빠. 정말 잘못했어요……." 내가 울음을 터뜨리니까 아빠는 한참 동안 내 머리를 쓰다듬어 주다가 이마에 입 맞춰 줬어. 그리고 그날 밤 우린 약속했지. 더 노력해서 내년엔 꼭 구독자 천만을 넘겨 다이아 버튼을 받자고.

그래서 다음 날부터 난 다시 열심히 촬영했잖아. 아빠랑 한 약속을 지키려고. 똑같은 표정을 스무 번 시켜도 짜증 한 번 안 내고, 더는 그만 찍고 싶다고 울지도 않고. 대신 카메라에서 빨간 불이 꺼지면 곧장 대기실로 가 혼자 쉬었어. 그럼 언닌 꼭 슬그머니 따라왔지. 누가 시킨 것도 아닌데, 항상 손에 뭔가를 들고. 귤을 가져와 까 준 날도 있었고, 동화책을 들고 와 읽어 준 날도 있었고, 어떤 날은 대기실 한편에 물고기가 담긴 작은 어항을 내려놓기도 했어. 그리고 말을 걸었지. 지아야, 오늘 학교에선 별일 없었어? 지아야, 언니가 재밌는 거 보여 줄까? 지아야, 요즘엔 왜 잘 안 웃어?

그날, 언니가 인터넷에 올린 사건이 벌어진 날도 그랬어. 지아튜브 3년 특집으로 '엄마랑 악플 읽기' 영상을 찍고 잠깐 쉬는데 언니가 대기실로 왔어. 그날만큼은 빈손이었지. 언니는 아무 말 않고 서서 가만히 내 표정을 살폈어. 갑자기 기분이 확 나빠지더라. 언니가 뭘 생각하고 있는지 알 것 같아서. 조금 전 카메라 앞에서 엄마가 내게 읽어 줬던 악플들 말이야. '애 입술에 뭘 저렇게 처 발랐냐.', '공부나 해라.', '슬라임 개같이 못 만드네.', '구독 좋아요 꾹꾹 눌러주세요~', 이거 할 때마다 존나 패주고 싶음.', '애새끼 먹방 찍을 거면 젓가락질이나 가르쳐라.' 악플을 듣는 내내 내가 입꼬리를 올려 웃으며 입술을 살짝 깨물고 있었던 걸 언닌 다 알고 있는 것만 같았어.

그때 대기실 문이 열리고 피디 이모가 날 찾았지. "지아야, 쿠키 만들러 가자." 촬영이 시작되고 내가 커다란 볼에 밀가루, 계란, 버터, 소금을 넣고 거품기로 젓는 동안 언닌 스튜디오 한구석에서 계속 날 지켜봤어. 그만 좀 쳐다봐. 거품기를 세게 휘저으며 난 속으로 말했지. 그만, 그만, 그만 좀.

언니. 언니가 올린 글 때문에 요새 언니 생각을 참 많이 해. 어젠 엄마 아빠가 하는 얘길 듣다 언니가 했던 웃긴 질문도 떠올랐어. "지아야, 넌 꿈이 뭐야?" 카메라가 준비되길 기다리며 놀이터 벤치에 앉아있는데 언니가 물었잖아. "언니, 우리 반 애들 유튜버 되고 싶어서 학원도 다녀. 다 날 부러워해." 내가 깔깔 웃으며 답하니까 언닌 갑자기 어두워진 얼굴로 말했어. "지아야, 넌 아직 어려. 네가 뭘 하고 싶은지, 뭘 하고 있는지 모를 수도 있어."라고.

아니야, 언니. 정작 자기가 뭘 하는지도 모르는 사람은 언니지. 어젯밤 식탁에서 언니 얘기가 나오니까 엄마가 혀를 차며 아빠를 혼내더라. "당신, 왜 그런 애를 뽑았어? 제가 뭐 하러 온지도 모르는 애를."이라고.

언니, 이젠 내가 물어볼 차례야. 왜 그랬어? 비밀을 지켜 준다더니 왜 그날 일을 인터넷에 올렸어? 그것도 거짓말까지 하면서? 왜 '원치 않는 촬영으로 인한 스트레스 때문에 지아는 구피 인형을 망가뜨리는 이상 행동까지 보였습니다.'라고 쓴 거야? 언닌 정말 이상한 거짓말쟁이야. 구피는······

구피는, 인형이 아니라 물고기잖아. 오븐 속 쿠키가 구워질 동안 대기실 어항 앞에 서 있던 나한테서 언니가 뺏어 갔잖아. 내가 쿠키 만들다 챙겨 온 소금 통을. 구피 물고기들이 헤엄치는 어항에다 뿌리고 있던 소금

통을. 왜 그랬냐고 언니가 자꾸 물어서 난 대답할 수밖에 없었어. "기분 나빠서." 그랬더니 언닌 갑자기 눈가가 붉어져서 말했어. "아까 그 나쁜 말들 때문에 그러는구나……." 난 고개를 젓고 어항 속 구피 물고기들의 눈을 가리키며 말했지. "아니, 기분 나쁘게 자꾸 쳐다보잖아. 그만 좀 보라니까!"

언니. 생각하면 생각할수록 언닌 정말 배신자야. 그날 날 끌어안고 떨리는 목소리로 말해 놓고선. 지아야, 언니가 도와줄게, 언니가 도와줄게, 라고 여러 번 말해 놓고선. 그러더니 이상한 글을 올려서 지아튜브를 욕 먹였어. 언니 때문에 우린 이제 촬영도 못 하잖아. 그래서 엄마 아빠가 지아튜브를 찍기 전으로 돌아가 버렸잖아. 아빠는 이제 나랑 놀아 주지 않고, 엄마는 하루 종일 인상 쓰고 화만 낸다고. 이제 아무도 나한테 착하다고 머리를 쓰다듬어 주거나 예쁘다고 뽀뽀해 주지 않는단 말이야. 언니가 뭔데, 언니가 뭔데 이렇게 다 망쳐 놔?

언니. 언니 덕분에 나 이번에 똑똑히 알았어. 내가 정말 뭘 하고 싶은지. 이제 언니가 진짜 날 도와줄 수 있는 방법을 알려 줄게. 언니가 거짓말로 쓴 글. 그 글을 내려 줘. 지아가 다시 지아파파랑 놀 수 있게, 엄마 아빠가 다시 지아를 사랑하게. 제발 부탁이야. 돌려줘, 지아튜브를.

꽃

"라이터 하나 주세요."

잠이 덜 깬 슈퍼 아줌마가 짓무른 눈으로 나를 올려다본다. 기계적으로 주황색 라이터를 건네던 손이 멈칫한다. 내 교복에 와 박히는 눈빛이 곱지 않다. 담배 피우려는 거 아니에요. 준비했던 말이 목구멍 아래서 맴돈다. 다행히 입을 열 필요는 없었다. 아줌마가 말없이 라이터를 건넸으니까.

나는 잰걸음으로 슈퍼를 빠져나온다. 사방이 어둡다. 바람이 매서워 옷깃을 여미다 문득 깨닫는다. 코트를 입지 않았네. 장롱 문을 열었을 때, 희미한 곰팡이 냄새가 났다. 교복 위에 앉았던 먼지가 날려 재채기를 했다. 그래서 까먹었는지도 모른다. 아니다. 사실은 오로지 교복을 입어야 한단 생각밖에 없었다. 오늘은 교복을 입자, 일곱 달 만에 가는 학교니까. 오늘은 월요일, 운동장 전체 조회가 있는 날이니까.

정문에는 선도부도 학생 주임도 없다. 시계를 본다. 아직 다들 이불 밑에서 꾸무럭대고 있을 시간이다. 하긴, 누가 있었다 해도 날 잡을 순 없을 거다. 누워만 있어도 키가 크는 바람에 바짓단이 껑충 짧아졌지만 선도부는 복장 불량으로 내 이름을 적지 못할 거다. 앞머리가 길어 이마를 뒤덮었지만 학생 주임은 내 따귀를 갈길 수 없을 거다. 나는 '없는 학생'이니까. 아아, 그렇게 원하던 투명인간이 됐네. 교문을 통과하는 발걸음에 왠지 모를 힘이 실린다.

언덕길을 넘어 첫 번째 벽돌 건물. 3학년이 쓰는 동이다. 주차된 자동차 밑으로 돌진하는 길고양이처럼 나는 건물 안으로 미끄러져 들어간다. 오랜만에 마주한 건물의 냉기에 소름이 돋는다. 복도의 어둠이 채 눈에 익기도 전에 성큼성큼 계단으로 향한다. 등에 멘 가방이 무거워 겨드랑이에 땀이 밴다. 가방 안에 든 통에서 출렁, 소리가 난다. 100미터 달리기 출발 휘슬처럼 재촉하는 소리다. 계단을 오르는 걸음에 맞춰 출렁 소리가 가쁘게 나를 따라온다. 4층 계단 끝 철문. 걸음을 멈춘다. 문은 잠겨 있다. 하지만 나는 어떻게 여는지 알지. *걔들이* 시켜서 수도 없이 열었던 거니까.

호주머니를 뒤져 클립을 꺼낸다. 꾹꾹 힘주어 클립을 일자로 편다. 한쪽 끝을 열쇠 구멍에 넣고 위아래로 흔든다. 덜컥, 걸리는 느낌이 온다. 차가운 손잡이를 쥐고 살살 돌린다. 녹슨 경첩이 비명을 지른다. 천천히 옥상 문이 열린다. 해가 떠오르고 있다. 바닥엔 책걸상이 굴러다니고 공기 중엔 먼지가 날린다. 옥상 풍경은 하나도 변하지 않았다. 그리고 오늘은 월요일. 운동장 전체 조회가 있는 날이다.

*

우성상가 2층 남자 화장실 변기에 처박혀 있는 나를 끄집어내 준 건 3층 당구장 주인이었다. 당구장 아저씨는 바닥에 널브러진 내 옆에 서서 앰뷸런스가 도착할 때까지 줄담배를 피웠다. 아무것도 묻지 않고, 그냥 담배만 피웠다. 참 남자다운 데가 있는 아저씨였다. 걔들이 날 화장실로 질질 끌고 들어오니까 쓰레기통을 비우던 청소 아줌마는 후다닥 자리를 떴는데. 걔들이 세면대에 내 머리를 박아도 경비 아저씨는 못 본 척 도망갔는데. 당구장 아저씨, 복 받아야 할 사람이라고, 혹시 내가 나중에 당구를 배우게 된다면 아저씨네 당구장만 가야겠다고 병원에 누워 잠깐 생각했었지. 딱 여덟 달 전의 일이다.

안와 골절, 두뇌 타박상, 비골 골절, 다발성 찰과상, 좌족부 거골 골절. 꽤 길고 어려운 병명들이 모여 전치 8주 진단이 내려졌다. 처음처럼 로고가 박힌 초록색 앞 치마를 두르고 삼선 슬리퍼를 신은 채 뛰어온 엄마는 응급실이 떠나가도록 울었다. 하루 이용료 500원짜리 구립 독서실에 있다 달려온 누나는 아무 말 않고 입술만 뜯었다. 누나와 나는 같은 중학교 교복을 입고 있었다. 3년 전, 엄마가 교복 물려 입기 나눔 행사에서 건져 온, 소맷부리가 닳고 닳은 교복들이었다. 누나가 나보다 딱 7분 먼저 세상의 빛을 본 이란성 쌍둥이였으므로 우리는 명찰 색깔까지 같았다. 다만 내 교복 등판엔 어지러운 발자국이 찍혀 있고, 누나의 등판은 말끔하다는 것. 그것만 달랐다. 지방 공사판에 있다 일주일 뒤 올라온 아빠는 사내새끼가 친구들한테 맞고 다닌다며 내 식판을 뒤엎다 간호사들에게 끌려 나갔다. 아빠, 걔들 내 친구 아니에요, 라는 말은 꺼낼 새도 없었다. 대신 나는 가만히 왼 다리 깁스 위에 엎질러진 미역국을 봤다. 국물이 침대 시트를 적시고 뚝뚝 바닥으로 흘러내렸다. 나는 정확히 한 달을 병원 침대 위에서 보냈다. 학교에선 아무도 오지 않았다.

목발을 짚고 학교에 갔더니 담임이 상담실로 호출했다.

"억울하니?"

대답도 하기 전에 담임은 흰 종이와 연필을 내밀었다.

"나도 억울한 게 세상에서 제일 싫다. 한 치의 억울함도 없게 그간의 일들을 기록해 봐라."

어디서, 도대체 어디서부터 써야 할지 막막했다. 연필 꼭대기만 물어뜯고 있으니 담임이 훈수를 뒀다.

"감정은 빼고, 객관적으로 일어난 사실만 번호를 매겨서 써 봐라."

담임의 조언은 분명 효과가 있었다. 감정을 빼자 갑자기 모든 것이 쉬워졌다. '사실'대로만 쓰는 것은 하나도 어렵지 않은 일이었다. 나는 예상보다 쉬운 시험 문제를 만나 신이 난 것처럼 백지에 몰두해 연필을 움직이기 시작했다. 쓰다 보니 앞뒤로 빽빽하게 종이 석 장을 가득 채웠다. 담임은 그동안 참을성 있게 팔짱을 끼고 기다렸다. 다 쓴 종이를 내밀자 물끄러미 목록을 보던 담임이 물었다.

"혹시 빼고 싶은 건 없니?"

"그럼…… 거기 12번은 빼 주세요."

"식당서 설거지하는 니네 엄마처럼 운동화 좀 닦아 봐. 새끼야, 누가 손으로 닦으래. 혀로 핥으라고, 말이니?"

"네, 엄마가 보면 속상하실 것 같아요."

"그래, 잘 생각했다. 근데 23번도 삭제하면 어떨까? 호모 같은 새끼, 후장을 따 버리겠다며 엎드려뻗쳐 자세를 시킨 후 대걸레 손잡이 부분으로 항문을 쑤셨습니다. 이 부분. 선생님이 보기엔 이것도 엄마가 많이 속상하실 것 같구나."

듣고 보니 그럴 것 같아 고개를 끄덕였다. 담임이 지우개로 슥삭슥삭 문장들을 지웠다.

"잠깐, 어디 이르면 니네 누나도 따먹어 버린다고 협박했습니다. 이건 누나가 속상할 것 같은데?"

역시 그럴 것 같아 또 고개를 끄덕였다. 담임이 다시 지우개질을 했다.

"가만 보니 44번도 문제가 있겠다. 옥상 난간에 세워 놓고 밀어 버린대서 무서워 오줌을 싸니 더러운 새끼라며 때렸습니다. 다음 날 페트병에 오줌을 담아 와서 마시라고 했습니다. 넌 오줌싸개니까 오줌을 마셔야 한다고 했습니다. 마시다가 토하자 다 마실 때까지 번갈아 가며 때렸습니다. 말이야."

"……왜요?"

"그럼 옥상 문이 열려 있었다는 건데, 경비 아저씨가 곤란하시지 않을까?"

슥삭슥삭 지우개 가루가 쌓여 가고 목록은 줄어 갔다. 담임은 생각했던 것보다 세심하고 배려심 깊은 사람이었다. 단 한 명도 속상하고 난처한 사람이 생기지 않도록 꼼꼼하게 신경을 썼다. 작성을 마치고 목발을 짚으며 일어서는데 담임이 갑자기 내 어깨를 꽉 눌렀다. 바싹 얼굴을 들이민 담임에게서 담배에 쩐 구취가 훅 끼쳤지만 고개를 돌릴 순 없었다.

"선생님도 사실 군대에선 고문관이었단다."

담임과 나는 잠시 서로의 눈을 바라봤다. 먼저 눈길을 피한 사람은 나였다. 뭐라고 답해야 할지 도무지 알 수 없었다. 담임의 눈알이 꼭 유리구슬 같았다. 어른의 눈을 그렇게 가까이에서 본 건 처음이었다. 담임이 손을 뻗어 내 고개를 다시 자기 쪽으로 돌렸다. 나를 빤히 보는 유리구슬 눈깔이 거기 있었다. 담임이 한층 엄한 목소리로 말했다.

"알다시피, 난 지금 교감 진급을 앞두고 있어. 고작 이런 일로 좌절되면 얼마나 억울하겠니? 선생님은 억울한 게 세상에서 제일 싫구나."

상담실을 나오다 개들과 복도에서 마주쳤다. 개들은 내 옆에 선 담임을 보자 눈을 내리깔고 옆으로 비켜서선 깍듯이 목례했다. 담임이 큼큼 목을 가다듬고 개들을 향해 살짝 고개를 끄덕였다. 그러더니 부축하려고 내 겨드랑이에 넣었던 손을 빼곤 성큼, 내 앞으로 한 발 나아갔다. 딱 한 걸음. 담임은 그 간격을 유지하며 천천히 걸어갔다. 나는 혹시라도 담임을 놓칠세라 목발을 재게 놀리며 절뚝절뚝 걸었다. 그러다 문득 뒤통수가 따가워 나도 모르게 고개를 돌렸다. 나란히 선 개들이 웃고 있었다. 걔들이 소리 없이 입모양으로 말했다.

'씹새, 뭘 꼬라봐.'

'넌 죽었어, 호모 새끼야.'

'아 씨바, 존나 극혐.'

'전화 받어, 새꺄.'

나는 그길로 집에 와 드러누웠다.

엄마는 나를 다시 일으키려고 자신이 생각할 수 있는 모든 방법을 동원했다. 처음엔 괜찮다고, 괜찮다고, 위로를 했다. 먹히지 않았다. 대체 왜 이렇게 당하고만 있냐고 화도 내 봤다. 먹히지 않았다. 미안하다고, 미안하다고, 다 내 잘못이라고 사과도 했다. 제발 입 좀 열어 보라고 구슬리기도 했다. 엄마 가슴에 못 박지 말라며 꺼이꺼이 통곡도 했다. 하지만 엄마의 수천수만 마디는 내 한마디를 이길 수 없었다. 학교 안 가.

엄마는 요양이 필요하다는 진단서를 끊어 학교에 보냈다. 나는 방문을 걸어 잠그고 모든 것을 방 안에서 해결했다. 콩나물국과 비빔밥을 먹고, 축축한 등허리로 악몽에서 깨 다시 잠을 청하고, 「나 혼자 산다」를 다운받고 또 다운받고, 인터넷과 핸드폰으로 번갈아 게임을 했다. 화장실 갈 때와 쟁반 위에 차려진 밥상을 받아올 때 말곤 거실에 나가지 않았다. 창문 한 번 열지 않고 여름을 났다. 야동을 봐도 서지 않았다. 오히려 그것들은 발작적으로 나를 울게 하거나 토하게 했으므로 어느새 내겐 공포영화보다도 무서운 이미지가 됐다.

핸드폰 번호도 바꿨다. 식구들 말곤 아무에게도 새 번호를 주지 않았다. 그런데도 이틀에 한 번꼴로 전화가 왔다. 쉽고 빠른 대출을 도와주겠다는 김미영 팀장이거나 바꾼 지 한 달도 안 된 폰을 최신기종으로 바꿔 주겠다는 텔레콤 직원이었다. 금방 노하우가 생겨 070으로 시작하는 번호는 아예 받지 않았고, 보통은 뚝 끊어 버렸다. 하지만 아주 가끔, 한 달에 한 번 정도는 긴 통화를 했다. 나는 결코 내가 이용하지 않을 대출상품에 대한 김미영 팀장의 장황하고 끈질긴 설명을 가만히 들었다. 또 결코 이동하지 않을 번호가 가져다줄 무수한 혜택에 대한 텔레콤 직원의 감언이설을 묵묵히 들었다. 그들은 내가 중학교 3학년 남자애라는 것을 알지 못했고, 그들의 이야기 사이사이에 내가 추임새처럼 넣는 대답은 항상 네, 아니오 둘 중 하나였지만, 나는 대화하고 있었다. 그렇게 하지 않으면 영영 말하는 법을 까먹어 버릴 것 같았다.

억수로 쏟아지던 장맛비가 이불을 눅눅하게 해 불면의 밤이 이어지던 즈음, 우편함에 누런 서류 봉투가 꽂혔다. 좌측 상단 발신인란에 '학교폭력대책자치위원회'

라는 글자가 큼직하게 박혀 있었다. 엄마는 내 방에 앉아 칼로 봉투를 뜯고 내용물을 꺼냈다. 호치키스가 박힌 출력물을 넘기는 엄마의 얼굴이 하얗게 질렸다. 내가 손을 내밀자 엄마가 떨리는 손으로 결과 통보서를 건넸다.

첫 장에 적힌 건 *걔*들의 처분 결과였다. '피해 학생에 대한 서면 사과'를 하라고 쓰여 있었다. 다음 장에 적힌 건 나의 처분 결과였다. '피해 학생에 대한 서면 사과'를 하라고 쓰여 있었다. 위원회는 마지막 장에서 다시 한번 친절히 정리해 주었다. 양측이 서로 피해 학생에 대한 서면 사과를 하라, 고 쓰여 있었다. *걔*들과 내가 똑같은 조치를 받았다.

엄마가 내 손을 끌고 학교로 달려갔다.

"피해자가 왜 사과를 합니까?"

"쟤가 맞을 짓을 했대요."

학생 주임이 교장실로 향하는 엄마를 막아서며 턱짓으로 나를 가리켰다. 얼음땡에서 얼음을 외친 아이처럼 엄마가 동작을 멈췄다. 학생 주임과 눈빛을 교환한 담임이 내게 다가와 어깨에 손을 얹었다. 잠시 후, 땡, 하고 얼음 주문이 풀린 엄마가 악다구니를 쓰기 시작했다.

"왜 우리한텐 말도 안 하고 위원회를 열었어요? 당신들은 자식도 없어? 아직까지 사과 한마디 못 들었다고!"

열린 창 너머로 희미한 자동차 바퀴 소리가 새어 들어왔다. 나는 담임에게 어깨가 짓눌린 채 고개를 돌려 창밖을 봤다. 고급 세단 한 대가 운동장을 빠져나가고 있었다. 훈화 때마다 연필 한 자루도 국산 브랜드를 쓰라고 잔소리하면서 정작 자기는 외제차를 타고 다닌다고 애들이 욕하던 교장의 차 같았다. 그런 줄도 모르고 엄마는 교장실로 돌진했다. 진정하시란 말을 되풀이하며 옷깃을 잡는 학생 주임의 손길을 뿌리치고 엄마가 힘껏 교장실 문을 열어젖혔다. 다음 순간, 텅 빈 교장실을 마주한 엄마의 눈에 서서히 눈물이 차올랐다.

"당신들…… 두고 봐. 내가 절대 가만두지 않을 거야."

교장실이 빈 것을 확인하고 표정이 부드러워진 학생 주임이 바람 빠지는 소리를 내며 웃었다.

"네, 마음대로 해 보세요."

*

"어머니, 저희가 학생들 일까지 신경을 다 쓰긴 좀 힘들어요."

점심을 먹고 온 형사가 이를 쑤시며 말했다. 나를 앞세운 엄마는 자기보다 열 살은 어려 보이는 형사에게 구구절절 사연을 읊었지만 그는 연신 더부룩한 배만 쓰다듬을 뿐이었다. 곧이어 와자한 소리와 함께 막 검거된 보이스 피싱 일당이 들이닥쳤고, 엄마와 나는 결국 젊은 형사의 트림 냄새만 실컷 맡다 돌아섰다.

"저희가 따로 조사를 할 수는 없고, 학교 측에 조사 결과를 문의할 순 있어요."

누렇게 뜬 얼굴의 교육청 직원이 책상 위 서류 더미와 엄마를 번갈아 보며 말했다. 제일 높은 사람 데려오라고, 이대로 물러갈 줄 아느냐고 엄마가 언성을 높이자 직원이 책상 서랍을 열어 뭔가를 꺼냈다. 기대에 찬 눈으로 보는 엄마와 고개 숙인 나를 등진 채, 직원은 건조한 두 눈에 인공눈물을 번갈아 떨어뜨리곤 "매뉴얼이 그래요."라는 말만 되풀이했다.

엄마는 *걔들*의 부모를 호출했다.

당연히 그쪽에서 먼저 사과하러 와서 싹싹 빌어야 한다던, 손이 발이 될 때까지 빌어도 결코 용서해 주지 않겠다던 엄마는 *걔들* 부모의 연락처도 담임에게 통사정해서야 겨우 얻어 낼 수 있었다. 의사, 변호사, 선생님, 자동차 회사 상무. *걔들* 부모는 직업도 참 다양했다. 그러다 보니 다 같이 모일 날짜와 시간을 정하는 것도 만만치 않았다. 속에선 천불이 나지만, 잘못해서 파토라도 나면 다시 한자리에 모으기가 어렵다며 엄마는 전화를 돌리고 또 돌렸다. 약속 장소인 한정식집을 예약한 것도 엄마였고, 가기 싫다는 나를 끌고 가장 먼저 도착한 것도 엄마였다.

"전치 8주? 이거 딱 봐도 과잉 진단인데?"

의사 엄마가 큐티클 하나 없이 매끈한 손톱으로 샤넬 지갑을 톡톡 치며 말했다.

"우리 애는 학교를 1년 일찍 들어갔는데, 아직 생일이 안 지났어요. 무슨 의미냐. 원래 만 14세 미만은 촉법소년이라고 해서 형사 처벌을 안 받는 거거든요."

변호사 아빠가 몽블랑 만년필로 메모지에 '소년법 제4조 제1항 제2호'라고 끄적이며 말했다.

"교육 현장에 있다 보니 그래요. 처벌이 아니라 화해를 시켜야죠. 그게 참교육이거든."

선생님 엄마가 발망 뿔테 안경을 쓸어 올리며 말했다.

"내가 시간이 돈인 사람이라 단도직입적으로 물을게요. 그래서, 얼마면 되겠어요?"

상무 아빠가 벤츠 키를 들었다 놨다 하며 말했다.

순번이 돌았나 싶더니 걔들 부모들이 일제히 입을 열기 시작했다. 방 안은 금세 시장통처럼 시끄러워졌다. 교양 넘치는 단어들이 상 위 떡갈비에 내려앉고, 전문용어들이 접시 위 잡채에 버무려지고, 여유 있는 웃음소리가 그릇 속 동치미에 스며들었다. 다들 할 말이 넘쳤지만 내게 말을 거는 사람은 없었다. 내 얼굴을 봐야 다들 정신 차리고 반성할 거라던 엄마 말이 무색하게 내게 눈길 한번 주는 사람조차 없었다.

탕! 엄마가 주먹으로 상을 내리치자 갑작스런 정적이 찾아왔다. 다들 깜짝 놀라 엄마를 봤다.

"내가 듣고 싶은 건 딱 하나, 사과뿐이에요."

자리에 앉고 처음으로 엄마가 입을 열었다. 하지만 그 순간부터 자리가 파할 때까지 그들은 침묵했다. 의사 엄마, 변호사 아빠, 선생님 엄마, 상무 아빠는 합죽이가 되었다.

여름 내내 엄마는 그렇게 온몸의 모든 구멍으로 팥죽 같은 땀을 쏟으며 돌아다녔다. 그 후에도 식당 일을 쉬는 날이면 어딘가 나갔다 오는 것 같았지만 나는 묻지 않았고, 엄마도 더 이상 함께 가자고 하지 않았다. 나는 하루 종일 방에 누워 있었다. 인터넷과 핸드폰으로 게임을 했지만 조금만 집중해도 머리가 아파 금방 내던지곤 했다. 김미영 팀장과 텔레콤의 전화도 점점 뜸해져 종일 한마디도 안 하고 지나가는 날이 대부분이었다.

누워서 멍하니 핸드폰 메시지함을 뒤졌다. 또 떼카를 당할까 봐 새 핸드폰을 산 후에는 아예 카톡 앱을 깔지 않아 메시지라곤 문자가 전부였다. 그마저도 가족에게 받은 것 말고는 스팸 문자와 광고 문자밖에 없었다. 문득 누군가에게 메시지를 받고 싶어졌다. 그래서 문자를 치면 답해 주는 심심이 앱을 깔았다.

좋은 말 가르치기, 나쁜 말 신고하기, 모두 심심이와 즐겁게 대화해요!

메신저에 로그인해 말을 걸면 인공지능 캐릭터 심심이가 꼬박꼬박 답을 해 줬다. 이용자들이 심심하지 않도록 공을 많이 들인 덕인지 심심이는 꽤 똑똑했다. 심지어 친구와 한 번도 해 보지 못한 놀이도 심심이와는 할 수 있었다.

나〉 심심아, 배고파. 밥 사조~

SimSimi〉 헐… 빈대충

나〉 너도 빈대충

SimSimi〉 충전기 쿵쿵따

나〉 기왓장 쿵쿵따

SimSimi〉 장조림 쿵쿵따

나〉 림프관 쿵쿵따

노란 풍선 모양 몸통에 눈, 코, 입, 팔다리가 달린 심심이. 나는 그날그날 내키는 대로 심심이 캐릭터를 꾸밀수 있었다. 기분이 꿀꿀한 날은 심심이를 빨간 악마나 눈물을 짜는 울보로 만들었고, 기분이 좋은 날은 귀여운 모자를 씌워 주거나 두 눈에 하트를 달아 주기도 했다. 하지만 심심이와의 모든 대화가 늘 유쾌한 건 아니었다. 심심이는 때때로 기분 나쁜 말도 아무렇지 않게 툭 툭 내뱉었다.

나〉넌 대학 나왔어?

SimSimi〉ㅇㅇ 서울대. 넌?

나〉난 중3. 근데 요샌 학교 안 가

SimSimi〉야, 학교 안 감 병신 돼. 나처럼 사람들 농담 따먹기 해 주는 알바나 하고 살래?

심심이가 짜증 나는 말을 해 대면 나는 말풍선을 터치해 바로 신고했다. 신고를 당한 말들은 퐁, 퐁, 퐁, 순식간에 허공으로 흩어졌다. 처음부터 그런 말들은 아예 존재하지도 않았던 것처럼, 그렇게 말끔하게 삭제할 수 있었다. 내 마음대로 지나간 것들을 얼마든지 지워 버릴 수 있다는 것이 무엇보다 좋았다. 이제 심심이와 함께, 나는 심심하지 않았다.

태풍이 창문을 줄기차게 때려 대던 밤, 오줌이 마려워 방문을 나섰다가 식탁에 덩그러니 앉은 엄마와 마주쳤다. 전등 하나 켜지 않은 어둠 속에서, 엄마는 안주도 없이 혼자 소주를 마시고 있었다. 못 본 척 돌아서는 내 등에 대고 엄마가 국어책을 읽듯 말했다.

대체 니가 무슨 맛을 짓을 한 거니.

아무런 감정도 담겨 있지 않은 말투였다. 나에게 하는 말도, 엄마 자신에게 하는 말도 아니었다. 그냥 머릿속의 오랜 물음이 치약처럼 쭉 비어져 나와 음성이 된 것이었다. 그리고 그 순간, 나는 다시 한 번 깨달았다. 엄마는 아무것도 모른다는 사실을. 나에겐 맞아야 할 이유들이 있었다. 나는, 생긴 게 더러워서 맞았다. 키가 좆만 해서 맞았다. 눈빛이 재수 없어서 맞았다. 나는, 아빠는 공사장, 엄마는 식당에서 일해서 맞았다. 25명 중 23등을 해서 맞았고 소매가 닳고 엉덩이가 반질반질한 교복을 입어서 맞았다. 수학 시험이 어려워서 맞았고 체육이 우리 반에 단체 기합을 줘서 맞았다. 블랙핑크가 2위를 해서, 축구 국가 대표팀이 골을 먹어서, 갑자기 비가 와서 맞았다. 내가 맞아야 할 이유는 수천수만 가지였고, 맞지 않아야 할 이유는 도무지 찾을 수가 없었다. 엄마는 정말, 아무것도 몰랐다.

태풍이 가고 낙엽이 들기 시작할 무렵, 누나가 교복을 벗었다.

"나 죽는 꼴 보려고 이래? 너까지 왜 이래!"

엄마가 악을 쓰며 책가방을 떠밀었지만 돌아앉은 누나의 등은 돌부처처럼 움직일 줄 몰랐다. 억지로 일으켜 세우려는 엄마의 손길을 뿌리치며 누나가 가라앉은 목소리로 말했다.

"대체…… 얼마를 생각한 거야."

"뭐?"

"그래서 안 한 거잖아, 합의."

"너…… 지금 무슨 소리야?"

누나가 고개를 들었다. 엄마의 눈을 보며 또박또박 말했다.

"합의금 뜯어내려고 드러누운 거지새끼 누나, 래."

누나의 시선에 아무런 흔들림이 없어서, 엄마는 몸을 떨었다. 나보다 딱 7분 먼저 태어났지만 나보다 딱 7배 더 똑똑했던 누나. 공부를 잘하고, 그림은 더 잘 그려서 사생대회만 나가면 꼭 상장을 타 왔던 누나. 약속을 잘 지키고, 고집은 더 세서 한번 먹은 마음은 아무도 돌릴 수 없었던 누나. 그 누나의 눈동자가 물기 한 방울 없이 바싹 말라 있어서, 엄마는 거실 바닥을 치며 울었다. 등을 돌린 누나가 아무 말 않고 입술을 뜯었다.

그렇게 나는 내 방에, 누나는 누나 방에 박혔다. 엄마가 우울증 약을 먹기 시작했다. 엄마는 몸이 아파 곧 식당도 관뒀다. 여름 초입에 카지노 신축 현장에 내려간 아빠는 간간이 돈을 부쳐 올 뿐 소식은 부치지 않았다.

나〉 심심아, 가끔 죽고 싶다.

SimSimi〉 어떤 죽? 나는 전복죽이 좋아.

우편함에 누런 서류 봉투가 꽂혔다. 봉투 하단에 박힌 우리 학교 인장이 막 찍어 낸 듯 선명했다. 엄마는 내 방에 앉아 칼로 봉투를 뜯고 내용물을 꺼냈다. 한 장짜리 종이를 대면한 엄마의 얼굴이 하얗게 질렸다. 내가 손을 내밀자 엄마가 떨리는 손으로 통지서를 건넸다.

귀 학생은 전체 출석 일수 195일 중 2/3 이상을 채우지 못했기에 출석 일수 미달로 유급 처리됨을 알린다, 고 쓰여 있었다. 나는 학교로부터 제적 조치를 받았다.

엄마가 내 손을 끌고 학교로 달려갔다.

"세상에 이런 법이 어딨습니까?"

"여기 있습니다, 어머니."

학생 주임이 기다렸다는 듯 학교생활 규정집을 펼쳐 보였다.

"병결이잖아요! 진단서를 끊어 보냈잖아요!"

"그렇다고 규정이 바뀌진 않죠, 어머니."

학생 주임의 눈짓에 담임이 달려와 엄마의 어깨를 감쌌다. 담임은 넋 나간 엄마를 구석으로 데려가 의자에 앉혔다. 교무실 한가운데 멀거니 선 나를 지나치던 학생 주임이 우뚝 걸음을 멈췄다. 그가 들고 있던 학교생활 규정집으로 내 팔을 툭툭 치며 말했다.

"착실히 살어, 착실히."

그 사이 담임은 병결이라도 65일 이상 결석하면 유급

될 수밖에 없다는 규정을 엄마에게 세세히 설명하고 있었다. 의자에 주저앉아 체머리를 흔들던 엄마가 벌떡 일어나 도끼눈을 떴다.

"어째서 미리 알려 주지 않았죠?"

"저희는 당연히, 알고 계신 줄 알았죠."

담임과 엄마의 눈이 마주쳤다. 담임의 유리구슬 같은 눈을 한참 들여다보던 엄마가 다시 풀썩, 의자에 주저앉았다. 담임은 두 손을 비비며 다가가 엄마에게 뭔가를 낮게 속삭이기 시작했다. 이어진 30여 분간의 설득 끝에 담임은 엄마가 자퇴원에 도장을 찍게 하는 데 성공했다. 담임이 교감 진급에 도장을 찍는 순간이었다.

*

그걸 본 건 정말 우연이었다.

이상하게 그날따라 미친 듯이 아이스크림이 먹고 싶었다. 마지막으로 학교에 갔던 날 이후 몇 달 만에 하는 외출이었다. 집 앞 미니스톱에서 선 채로 하겐다즈 아이스크림 네 개를 우걱우걱 씹었다. 지갑만 두둑했다면 아이스크림 냉장고를 통째로 털 수도 있을 것 같은 기분이었다. 돌아오는 길에 가로등 밑에 떨어진 전단지를 봤다. 학원 홍보 전단지였다. 거기, *걔들*의 얼굴이 박혀 있었다.

한 놈은 외고에, 두 놈은 자율형 사립고에, 한 놈은 체고에 합격했다. 네 개의 타원형 증명사진 속에서 *개들*은 활짝 웃고 있었다. 그것은 한 번도 용돈 때문에 고민해 본 적 없는, 몸과 마음 양쪽에 아무런 상흔이 없는, 평생 억울한 일이라곤 겪은 일 없는, 열여섯들만이 지을 수 있는 미소였다. 언제나 합격만 받는 인생을 살고 있음을 증명하는 미소였다. 그리고 영원히 끝나지 않을, 보장받은 미래를 과시하는 미소였다.

집에 오자마자 화장실로 달려가 초코 아이스크림 네 개를 모두 게워 냈다. 오른손가락 세 개를 목구멍에 마구 쑤셔 넣으며 나는 할 수만 있다면 내 오장육부를 통째로 게워 내고 싶었다. 하지만 내가 거부할 수 있는 건, 고작 아이스크림뿐이었다.

한바탕 격렬한 시간이 지나가고, 나는 쭈그려 앉아 변기 속을 하염없이 들여다봤다. 거기에 떠 있는 것······ 그것은 꼭 똥 같았다. 변기에 박은 머리를, 나는 쉽게 들지 못했다.

*

택배는 금방 도착했다. 나는 박스 속 그것을 가만히 꺼내 들었다. 묵직한 통에서 출렁, 소리가 났다. 차가운 표면에 닿은 손바닥 위에서 연이어 소리가 울렸다. 출렁, 출렁, 출렁.

　　나〉심심아, 신나를 샀어
　　SimSimi〉신난다! 신난다!
　　나〉그래. 신난다

　　장롱 문을 열어 교복을 꺼냈다. 일곱 달 만에 학교에
간다. 누워만 있었는데도 키가 크고 살이 쪄서 바짓단
은 껑충 짧고 허리는 꽉 꼈다. 그래도 오늘은 꼭 교복이
입고 싶었다. 오늘은 월요일. 운동장 전체 조회가 있는
날이니까.

　　옥상은 하나도 변하지 않았다. 책걸상이 굴러다니고
먼지가 날린다. 내 발밑, 운동장이 북적이기 시작한다.
나는 가방을 열어 그것을 꺼낸다. 난간에 올라 아래를
본다. 애들은 떠들고 선생들은 줄 세우며 돌아다닌다.
위에서 보니 다 개미 떼 같네. 다들 참 작기도 하지. 뚜
껑을 여니 강렬한 냄새가 확 코를 덮친다.
　　소름이 돋는 건 냄새 때문이 아니야. 바람이 불어서
야. 나는 나에게 소리 없이 말한다. 여러 번 되풀이해서
말한다. 소름이 돋는 건 냄새 때문이 아니야. 바람이 불
어서야. 소름이 돋는 건 냄새 때문이 아니야. 바람이 불
어서야. 덜덜 떨리던 몸이 서서히 진정되기 시작한다. 그

리고 다음 순간, 팔과 다리에 한 번도 느껴 보지 못했던 어떤 힘이 차오르는 것을 느낀다. 뜨거운 기운과 함께 이마와 등허리에서 땀이 배어 나온다. 바람을 타고 이마의 땀방울이 흩날린다. 희미하게, 아래에서부터 애국가가 벽을 타고 올라온다. 점점 커진 애국가 소리가 옥상을 꽉 메운다. 나는 신나를 뒤집어쓴다. 신난다. 신난다. 오래된 마이크가 스피커를 찢을 듯 끽끽 소리를 낸다. 아아, 마이크테스트. 아아. 그럼, 이제부터 교장 선생님의 훈화 말씀이 있겠습니다. 신난다. 신난다. 끽끽 소리가 다시 한 번 가까워졌다 멀어진다. 교장이 굳게 다물고 있던 입을 뗀다. 밝고 희망찬 우리 학생 여러분. 라이터를 켜자.

딸깍.

나는, 꽃이 된다.

아가야, 어서 오렴

시술대 위에 누워 현주는 천장의 글귀를 응시했다. 처음 본 순간 왈칵 눈물이 터지게 만들고, 그 뒤로도 번번이 코끝이 붉어지게 하는 그 세 줄의 문장을. 거기에 집중하면 잠시 잊을 수 있었다. 양옆에서 분주히 준비 중인 의료진의 기척을, 시술 의자에 단단히 고정된 자신의 손목과 발목을, 그리고 곧 질 속을 파고들어 몸에서 가장 큰 세포를 떼어 낼 꼬챙이처럼 긴 바늘을.

"이현주 씨, 맞으시죠?"

마취과 의사가 산소 호흡기를 현주의 입가에 씌우며 물었다.

"안정제 먼저 넣고, 마취 주사 들어갈 거예요."

혈관을 타고 나른한 기운이 퍼지기 시작하자 현주의

시선이 다급히 위로 향했다. 풀려 가는 눈가에 힘을 줘 천장에 프린트된 글귀를 가까스로 눈에 담았다. 천장의 글자들이 꺼져 가는 그녀의 의식 속에서 산산이 흩어 졌다.

*

현주가 시험관 시술을 받기 시작한 건 결혼하고 3년 이 지나서부터였다. 두 번째 결혼기념일 밤, 와인잔을 앞에 두고 기조와 긴 대화를 나눈 끝에 현주는 피임약 을 끊었다. 대신 매달 때가 되면, 퇴근길 가벼운 발걸음 으로 약국에 들렀다. 한 달의 한 주는 배란 테스트기를, 다른 한 주는 임신 테스트기를 사용하는 날들이 이어졌 다. 중견기업 인하우스 디자이너인 현주와 IT 회사 개발 자인 기조 둘 다 야근이 잦아 하루씩 '숙제'를 놓치는 날 도 있었지만, 그렇다고 아예 기회를 놓친 달은 없었다. 그렇게 6개월이 지나도 임신 테스트기에서 두 줄을 못 보자 현주의 입에서 먼저 '검사'라는 단어가 나왔다.

군이 그렇게까지 해야 될까. 기조는 별로 내켜 하지 않았지만 현주의 표정은 단호했다. 지난 반년, 그녀는 똑똑히 배웠다. 아직 손을 뻗지 않았다고 생각하는 것 과 손을 뻗었는데도 닿지 않음을 깨닫는 것은 전혀 별 개의 일이라는 걸. 현주는 기조에게 그들이 동갑이라는 사실을 상기시켰다.

"서른다섯은 남자한텐 여유로운 나이일지 몰라도 여자한텐 아니야. 의학적으론 벌써 노산이라고."

실은 그 연령 기준이 '만 나이'라는 것, 그래서 그들에겐 아직 시간이 좀 더 있단 말은 굳이 덧붙이지 않았다. 기조의 얼굴을 쓰다듬으며 현주가 말했다.

"별거 없겠지. 그래도 확실히 하는 게 좋잖아."

초가을의 어느 볕 좋은 토요일, 현주와 기조는 손잡고 산책하듯 예약해 둔 동네 산부인과에 갔다. 피를 뽑고, 질 초음파를 보고, 조영제를 흘려 넣은 나팔관 사진을 정면에서, 오른쪽에서, 왼쪽에서 찍은 현주에 비해 기조의 검사는 간단했다. 티브이가 설치된 작은 방에 들어갔다 나온 게 전부였다.

그다음 토요일, 검사 결과를 듣고 병원을 나서다 현주는 기조와 잡고 있던 손을 놓았다. 거리에 서서 얼굴을 가리고 우는 그녀를 기조가 어쩔 줄 몰라 하다 감싸 안았다. 이제 그들은 더 이상 동네병원을 방문해선 안 된다는 소견을 들은 후였다.

하지만 난임 전문병원으로 직행하지는 못했다. 현주에겐 말기 암 환자가 겪는 심리 단계를 비슷하게 거칠 시간이 필요했다. 그녀는 '그럴 리가'로 시작해 '왜 하필'을 거쳐 '그렇다면 인정은 하지만'까지는 금방 갔지만, 그 뒤 깊은 우울의 늪에서 한참 허우적댔고, 최종적으로 차분하게 현대 의학에 귀의할 무렵엔 한 해가 저물어 가고 있었다.

굳이 그렇게까지 해야 될까. 첫 난임병원 진료를 앞둔 밤, 나란히 누워 있던 기조가 말했다. 현주가 엑셀 파일에 후보 리스트를 만들어 장단점을 비교한 끝에 고른 병원이었다.

"어, 해야 돼."

그녀가 말하자 기조가 잠시 침묵하다 혼잣말처럼 중얼거렸다.

"나는 잘 모르겠어⋯⋯."

현주가 일어나 스탠드를 켰다.

"얘기 다 끝났잖아."

기조가 가만히 현주를 올려다봤다. 자신을 보는 기조의 눈빛에 현주는 명치께에 아릿한 통증을 느꼈다. 그녀가 잘 아는 눈이었다. 배려하고 양보하는 눈. 결정적 순간에 저보다 상대를 위할 줄 아는 이만이 가질 수 있는 눈.

"현주야, 나는 정말 우리 둘이어도 괜찮아."

기조를 빤히 보던 현주가 힘없이 웃었다.

"정기조, 우리 지난주에 채윤이 보러 갔던 거 생각나?"

채윤은 현주의 여동생이 혼전 임신으로 낳은, 갓 돌지난 현주의 조카였다. 지난 일요일 기조가 입도 못 다

물고 채윤을 지켜보는 동안, 현주는 기조를 봤다. 그가 얼마나 조심스레 채윤의 손가락과 발가락을 만지작거리는지, 채윤이 뀐 방귀 소리에 얼마나 크게 웃음을 터뜨리는지, 아기 정수리에 코를 묻고 얼마나 오랫동안 눈 감고 있는지 한순간도 놓치지 않고. 다시 스탠드를 끄기 전, 현주가 기조의 눈을 보며 또박또박 말했다.

"너는 괜찮을지 몰라도 나는 안 괜찮아. 나는, 꼭 가지고 싶어."

훗날 현주는 그 밤을 여러 번 떠올렸다. 만약 그날 기조가 말한 '굳이'라는 부사에 자신이 동조했더라면, 그래서 주사와 하혈과 눈물로 점철된 난임 시술의 세계에 아예 발을 디디지 않았더라면 무엇이 얼마나 달랐을지 종종 상상해 봤다. 그러다간 이내 고개를 저었다. 결국엔 시작했을 것이다. 그해 겨울, 한창 크리스마스 시즌 패키지를 디자인하던 즈음에 첫 시험관 시술을 시작했던 것처럼. 꼭 그때가 아니더라도 봄이든 여름이든 가을이든 언제든 결국엔.

그리고 이제 두 번의 크리스마스를 지나, 그녀는 다섯 번째 시술을 앞두고 있었다.

*

다섯 번째 과배란을 위해 다시 배에 주사를 꽂던 날,

현주는 아침부터 종종거렸다. 오전 7시 30분 첫 타임 모닝 진료를 예약했지만 한 시간이 지나도록 그녀의 이름은 호명되지 않았다. 진료실 문이 열릴 때마다 간절한 눈빛으로 간호사를 쳐다봤지만, 대기실 소파엔 그녀와 똑같은 표정으로 기다리는 직장인 여성들로 빈자리가 없었다.

그렇게 오래 기다렸는데도 진료실 구석 커튼 속에서 진료용 치마로 갈아입고, 검진 의자에 누워 질 초음파를 보고, 이번에 사용하게 될 과배란 주사에 대한 설명을 듣고 다시 진료실 문을 나서는 데까진 5분이 채 걸리지 않았다. 간호사가 주사를 놓는 동안 스웨터를 들춰 올리고 앉아서도 현주의 시선은 내내 벽시계에 가 있었다.

사흘 치의 약과 주사기를 챙겨 주는 간호사에게 죄송하지만 서둘러 달라는 말을 되풀이하고, 주사약이 담긴 보냉백을 건네받자마자 그녀는 뛰듯이 병원을 나섰다. 택시는 잘 잡히지 않았다. 겨우 택시 뒷좌석에 몸을 묻자 제법 쌀쌀한 날인데도 코트 안쪽 등허리에 땀이 밴 게 느껴졌다.

사무실 문을 열기 전 확인한 시간은 10시 43분이었다. 반반차를 썼으므로 지각은 아니었다. 현주는 곧장 창가 자리로 가 차재희에게 인사했다.

"안녕하세요, 팀장님."

차재희는 허리를 꼿꼿이 세우고 앉아 고개도 돌리지

않았다. 현주는 팀원들에게도 차례로 인사했지만, 장 과장도 김 대리도 대꾸가 없었다. 얼굴이 살짝 달아오른 채 현주는 책상에 앉았다. 오전 진료를 받고 온 날이면 퇴근 지문을 찍을 때까지 숨 한번 편히 쉬지 못했다. 모두 여성인 팀에서 현주는 유일한 기혼자였고, 현주의 '자리 비움'은 범죄처럼 취급되고 있었다. 이삼일 간격으로 반반차를 쓴다는 말을 꺼낼 때마다 차재희는 현주를 빤히 보며 씹어뱉듯 말했다.

"알아서 하세요."

현주를 가장 애닳게 하는 건 다음 진료가 언제인지 미리 알 수 없다는 거였다. 생리 3일 차에 병원을 방문해 시작되는 시험관 시술은 과배란 주사로 난포를 키우는 열흘 남짓 동안 여러 번 추적 관찰이 필요했다. 시술 차수마다 난포가 자라는 속도는 달랐고, 매번 병원에 가서야 다음 방문일이 정해졌다. 하루씩 꼭 연차를 써야만 하는 시술일 — 수면 마취를 하는 '채취일'과 안정이 필요한 '이식일' — 도 하루 이틀 전에야 겨우 알 수 있었다. 매번 차재희에게 연차 사용을 허락받을 때마다, 현주는 누군가 심장을 움켜쥔 것처럼 호흡이 떨렸다.

"현주 과장, 나 보여 줄 거 있지 않아?"

현주의 아이맥 부팅 소리가 울리기 무섭게 차재희가 자리에서 일어나 물었다. 미간에 세로 주름이 깊게 팬 40대 중반의 그녀는 평소엔 현주를 '야', '너', '쟤'로 칭

하다 새 일거리를 맡기거나 이미 맡긴 일을 확인할 때에
만 직급을 붙여 불렀다. 현주가 서둘러 모니터에 시안을
띄웠다. 곧 런칭을 앞둔 주얼리 브랜드의 로고 시안이었
다. 차재희가 연달아 한숨을 토하더니 파티션 너머로 다
들리게 말했다.

"하아, 쓸 게 없네."

순간 현주는 정수리 끝까지 열이 오르는 것을 느꼈
다. 팀원 모두 자리에 앉아서도 귀를 바짝 세우고 있단
걸 알 수 있었다.

"다시 해 봐."

차재희의 말에 고개를 끄덕이며 현주는 지그시 입술
을 깨물었다. 요즘 반복되는 이런 순간들이면 그녀는 시
계를 거꾸로 돌리고 싶어졌다. 10년 차 디자이너의 맷집
과 관록에 의지해 별문제 없이 하루하루를 헤쳐 나가던
때로. 아니, 더 정확히는 불 꺼진 회의실에 앉아 차재희
앞에서 오열을 터뜨리고 말았던 그 오후 전으로.

새 일러스트레이터 창을 여는데 새가 부리로 쪼는 것
같은 두통이 현주를 덮쳤다. 갑작스러운 통증이 스트레
스 때문인지 주사약 때문인지 가늠해 보고 있을 때, 핸
드폰에서 메시지 도착음이 울렸다. 저장되지 않은 번호
에서 온 문자였다.

꼬물아어서와님, 택배 보냈습니다^^

물끄러미 액정을 보던 현주의 입가에 서서히 엷은 미

소가 번졌다.

'꼬물아어서와'는 현주가 난임 카페에서 쓰는 닉네임이었다. 임신 테스트기에 두 줄 뜨는 거 한 번 보는 게 소원인, 입덧 한 번 해 보는 게 꿈인 여성들이 모여 있는 그 카페에서 현주는 많은 것을 얻었다. 난임 기초 상식부터 유명 병원 리스트, 시술 후기, 임신에 좋은 식이법, 운동법, 영양제에 관한 정보들을.

카페에서 임신은 '성공'으로 비임신은 '실패'로 통했는데, 성공하면 성공한 대로 실패하면 실패한 대로 언제나 나눌 것이 있었다. 성공한 이들은 쓰고 남은 배란 테스트기, 먹던 엽산, 필요 없어진 건강 보조 기기들—천년 거북 좌훈 풀세트, 족욕기, 쑥뜸기 같은 것들—그리고 아기에게 직접 입히고 신겼던 배냇저고리와 신발을 임신 기원용으로 나눠 줬다.

실패한 이들도 부지런히 공유했다. 온갖 고민—병원 선택 도와주세요, 피검사 수치가 이상해요, 하급 배아로도 성공한 분 계신가요?, 자궁경 꼭 해야 할까요?—과 남편과 시댁에 대한 불만들, 그리고 눈물 없인 읽을 수 없는 절절한 사연들을. 부족한 난임 정책에 대한 의견과 청원 페이지로 가는 링크도 잊을 만하면 올라왔다. 임신이라는 지상 목표 아래 나눌 수 없는 것이 없는 곳. 현주가 하루에도 수십 번 접속하는 그 카페의 이름은 '아가야, 어서 오렴'이었다.

퇴근길, 현주는 빌라 현관 앞에 놓인 택배 상자를 챙겨 들었다. 박스 상단엔 또박또박한 손글씨로 발송인명에 '껌딱지엄마', 수취인명에 '꼬물아어서와님'이라고 적혀 있었다. 숄더백을 멘 채 식탁에 서서 현주는 상자를 열었다.

곱게 접힌 배냇저고리 한 벌이 모습을 드러냈다. 노르스름하게 변색된 흰 바탕천엔 하늘색 구름무늬가 점점이 박혀 있고, 양 소매 끝단이 살짝 해져 있는 그 아기옷을 코끝에 대고 숨을 들이마시며 현주는 떠올렸다. 그녀보다 먼저 이 배냇저고리를 손에 쥐었던 이름도 얼굴도 모르는 세 여자를. 6차 시험관에서 남매 쌍둥이를 낳았다는 첫 번째 여자를, 물려받은 다음달 40대 후반 첫 임신에 성공했다는 두 번째 여자를, 그리고 베갯잇에 넣어 열 달간 베고 잔 끝에 습관성 유산을 이기고 건강한 딸아이를 품에 안았다는 마지막 여자, '껌딱지엄마'를.

껌딱지엄마님, 릴레이 나눔 해 주신 배냇저고리 잘 받았습니다.

현주가 2인용 소파에 앉아 카페 나눔 후기 게시판에 글을 입력하고 있을 때, 기조가 옆에 앉으며 물었다.

"그게 뭐야?"

현주가 무릎 위 배냇저고리를 쓰다듬으며 말했다.

"내 부적."

*

　긴 막대기 모양의 초음파 프로브가 질구를 헤치고 들어온 순간, 현주는 소리 내지 않기 위해 입술을 깨물었다. 검진 의자에 누워 아랫도리를 벌린 횟수를 셀 수도 없는데, 이 이물감만은 도저히 익숙해지지 않았다.

　"난포가 잘 안 자라네요."

　의사가 검진 의자 위쪽에 붙은 모니터를 바라보며 말했다. 시커먼 초음파 화면을 함께 보던 현주가 아, 하고 낮게 탄식했다.

　네 번째 시험관 때까지만 해도 현주는 착상 전 단계에선 큰 문제가 없었다. 그래서 카페에 '난포가 안 보여서 시험관 시작도 못 했어요.' '공난포라 채취 실패했어요.' '수정란이 분열되다 멈췄대요.' 같은 글들이 올라오면 딱하다 생각했을 뿐 크게 관심 두지 않았다. 5차 시술을 받으러 여덟 달 만에 다시 병원을 방문한 날, 점점 어두워지던 의사의 표정을 마주하기 전까진. 한참 초음파를 보고도 난포를 발견하지 못하자 의사는 피검사 항목을 추가했고, 며칠 뒤 난소 기능이 급격히 떨어졌다는 결과가 나왔다. 떨리는 목소리로 이제 어떻게 하면 되냐고 묻는 현주에게 의사는 덤덤히 답했다. '다음 달엔 난포가 하나라도 보이면 무조건 시작할게요. 지체하지 않는 게 좋습니다.'

초음파 화면을 끄고 차트를 입력하며 의사가 말했다.

"약 용량을 적지 않게 썼는데, 난포 사이즈가 그대로 네요. 일단 주사 이틀 더 처방할게요."

"선생님, 제가 요즘 스트레스를 좀 받았는데, 그거 때문일까요? 아니면…… 요새 걷기 운동을 하나도 못 했는데, 그래서일까요?"

의사가 시선을 살짝 아래로 떨어뜨리더니 고개를 저었다. 애타는 심정은 이해하지만 자신에겐 하루에도 몇 번씩 마주하는 임상학적 문제 그 이상도 이하도 아니라는 표정이었다.

"선생님, 제가 뭘 할 수 있을까요? 뭘 하면 난포가 클까요?"

의사가 모니터에 다음 환자의 차트를 띄우며 말했다.

"따로 할 수 있는 건 없습니다. 잘 먹고 잘 자세요."

먹고 자고 입고 움직이는 모든 순간이 '임신'이라는 꼭짓점을 향해 세팅된 지 이미 한참이었다. 현주는 달고 살던 빵과 커피를 끊었고, 밤 10시엔 침대에 누우려 했으며, 여름에도 배 워머를 두르고 수면 양말을 신었다. 난임 관련 책을 한 무더기 주문해 밑줄 그으며 공부한 뒤엔 일상 속 많은 것을 바꿨다. 코스트코 대신 한살림과 초록마을에서 장을 봤고, 일회용 생리대 대신 면 생리대를 빨아 썼고, 매일 아침 엘리베이터 대신 계단으로

9층 사무실에 올랐다. 108배, 족욕, 쑥뜸, 저탄고지식, 착상탕, 영양제, 만보 걷기……. 그러고도 뭘 더 하면 좋을지 몰라 촉을 바짝 세운 채 난임 카페와 유튜브를 떠돌았다.

현주는 때때로 자신이 임신하기 위해 사는 사람처럼 느껴졌다. 살다가 임신을 하는 게 아니라 임신을 하기 위해 사는. 이른 아침 보랏빛 멍투성이인 배에 아무렇지도 않게 주삿바늘을 찔러 넣을 때, 샤워할 때마다 호르몬제 부작용으로 한 움큼씩 빠지는 머리칼을 주울 때, 거리에서 마주치는 유아차나 아기 띠 속 아가들에게서 시선을 떼지 못할 때, 그리고 자신이 세상 모든 여자들을 하나의 분류체계—'임신한(혹은 했던) 여자'와 '임신 못한(혹은 끝내 못했던) 여자'라는 이분법—에 넣어 구별하고 있단 사실을 깨닫고 흠칫 놀랄 때.

그런 순간들이면 스스로에게 묻곤 했다. 아무 문제가 없었어도 이렇게 임신에 집착했을까. 때론 자신이 아이를 낳고 싶은 건지, 아이를 낳을 수 있는 여자라는 걸 증명하고 싶은 건지 헷갈렸다.

회사로 가는 택시에서 현주는 기사에게 천천히 운전해 달라고 부탁했다. 두통과 멀미가 한꺼번에 밀려와 손으로 입을 막고 눈을 감았다. 시술할 때마다 과배란과 착상을 위해 주입하는 약제들은 몸 구석구석에 다양한 증상을 일으켰다. 매 차수 머리가 쪼개지는 것 같은 두

통은 기본이었고, 주사 용량을 늘린 달엔 가만히 앉아만 있어도 토할 것 같은 멀미를 느꼈다. 난소 쪽에 콕콕 찌르는 통증과 전신이 터질 것처럼 땡땡하게 붓는 부종은 정기 행사처럼 찾아왔다. 주사 부작용으로 두드러기가 나 온몸을 피가 날 때까지 긁기도 했고, '돌주사'란 별명의 프로게스테론 주사를 처방받은 달엔 엉덩이가 돌덩이처럼 굳어 의자에 앉을 때마다 신음이 흘러나왔다. 뭘 먹어도 속이 꽉 막힌 듯 소화가 안됐고, 조금만 움직여도 피로가 덮쳐 자꾸 눈이 감겼다.

차창에 머리를 대고 있던 현주가 메시지 도착음에 눈을 떴다. 가족 카톡방에 동생이 보낸 사진이 연달아 올라와 있었다. 말갛게 웃고 있는 사진 속 조카 채윤을 보는 현주의 핏기 없는 얼굴에 희미한 미소가 떠올랐다.

연달아 시험관에 실패하고 반 포기 상태에 빠져 있던 현주를 다시 시술의 쳇바퀴에 올라타게 한 건 채윤이었다. 세 번째 시술 후, '반복착상실패 검사'에서도 아무 이상을 발견하지 못하자 현주는 치료를 멈췄다. 임신은 요원해 보였고, 다른 한쪽에선 여성들이 비혼과 비출산을 외치고 있었다. 트위터나 여초 카페에서 괴담처럼 떠도는 출산과 육아 에피소드들을 읽다 보면 몸과 마음, 그리고 통장 잔고를 축내며 시술을 받고 있는 자신이 시대착오적 인간처럼 느껴지기도 했다.

어쩌면 정말 무의식적으로 세뇌된 '정상가족' 이데올

로기에 속아 출산에 매달리고 있는 걸까? 그렇다 해도 어떻게 아이를 낳는 것 자체를 바보짓 취급할 수 있을까? 아니, 이런 세상에 생기지도 않는 아이를 굳이 갖겠다고 몸부림치는 나야말로 진짜 바보인 걸까?

꼬리를 물고 이어지는 의문과 의심의 고리를 끊는 건 언제나 채윤이었다. 매일 밤, 침대에 나란히 누워 동영상 속 채윤을 보며 웃고 감탄하고 박수치는 건 현주와 기조의 일과였다. 그런 순간들이면 두 사람 다 품고 있지만 결코 입 밖에 내지 않는 한 문장이, 그들 주위를 부유하는 것을 현주는 또렷이 느꼈다.

현주는 가족 모임으로 간 뷔페에서 막 이유식을 시작한 채윤에게 전복죽을 떠 넣어 줬던 순간을 생생히 기억했다. 작은 숟가락에 뜬 전복죽을 새끼 참새처럼 받아먹고 오물거리던 채윤의 눈동자가 일순 커지던 순간을. 태어나 처음으로 감각한, 폭죽처럼 터진 맛의 향연 앞에서 활짝 열리던 채윤의 동공. 그 까만 눈동자를 들여다보다 채윤의 정수리에 입 맞추며 현주는 생각했다.

이런 순간을 자신의 아이에게도 주고 싶다고. 생이 허락하는 모든 '첫' 순간들, 그 경탄과 환희의 순간을 자신의 아이에게도 나눠 주고 싶다고. 처음으로 아이스크림을 혀 위에서 굴리고, 처음으로 파도에 작은 두 발을 담그고, 처음으로 사슴의 입가에 먹이를 건네는 순간에 기조와 함께 증인으로 서고 싶다고. 자신들의 유전자를 절반씩 나눠 가진 아이를 키우며 인생을 최대치로 살아 보고 싶다고. 부쩍 흰머리가 늘고 눈가의 잔주름이 깊어지기 시작한, 자신을 사랑한 죄밖에 없는 남자에게서 그런 생의 기쁨을 앗아 가고 싶지 않다고.

*

난포는 더디게 자랐고, 주얼리 브랜드의 런칭일은 빠르게 다가왔다. 로고 시안은 팀장 선에서 계속 반려 중이었다. 차재희는 매번 현주가 시안을 펼치기도 전부터 눈을 가늘게 뜨고 있었다. "색이 애매하지 않니?" "폰트 이게 뭐니?" "야, 무슨 인턴이 한 거 같다." "머리가 나쁜 거야, 감이 없는 거야." "대체 내가 몇 번을 봐야 끝나니?"

계속 미뤄지는 컨펌 속에서 현주는 가장 늦게까지 책상을 지켰다. 두통을 달래기 위해 연달아 타이레놀을 삼키며. 자꾸만 구역질이 나는 게 모니터를 너무 오래 봐서인지 과배란 주사 때문인지 헷갈려 하며. 하지만 사무실에 앉은 현주를 가장 짓누르는 건 추락하는 컨디션이 아니었다. 병원에 다녀올 때마다 따라붙는 공기였다.

팀원들은 팀장이 탐탁지 않아 하는 '잘못'을 저지르고 있는 현주와 거리를 둠으로써 자신들의 안전을 확보하려 했다. 인사를 받지 않고, 묻는 말에도 제대로 대꾸

하지 않고, 자기들끼리 커피를 마시러 나갔다. 커피잔을 하나씩 쥔 채 우르르 들어온 팀원들을 본 현주가 부러 웃으며 다음엔 자기도 데려가라고 했을 때, 장 과장은 현주를 빤히 쳐다보며 말했다.

"과장님은 어차피 커피 못 마시잖아요." 그러곤 스타카토 찍듯 덧붙였다. "병원 다녀서."

현주가 얼른 떨리는 입꼬리를 끌어올리며 답했다.

"왜요, 카페에 허브티도 많은데. 다음엔 같이 가요. 제가 병원 다니는 게 전염병 때문은 아니잖아요."

그렇게 말하고 돌아서는데 입가에 조소를 띤 차재희의 시선이 등 뒤에 꽂히는 게 느껴졌다.

그간 현주는 회사에 알리지 않은 채 시술을 받아 왔었다. 사생활 영역의 문제여서기도 했지만, 실은 두려운 마음이 더 컸다. 만약 끝까지 임신이 되지 않았을 때, 사람들이 수군거릴 것. 애가 안 생긴다잖아. 어머, 좀 안 됐네. 그렇게 속살거릴 검은 입들을 상상하는 것만으로도 현주는 숨이 막혔다.

그래서 정작 가고 싶던 메이저 병원이 아닌 회사 근처 병원을 택해야 했을 때도, 7시 30분 모닝 진료를 위해 매번 새벽 5시로 모닝콜을 맞춰야 했을 때도, 시술일마다 그럴듯한 연차 사유를 대기 위해 전전긍긍해야 했을 때도 불만이 없었다. 그 정도 불편은 감수할 수 있다 생각했다. 결코 자의로는 말하지 않았을 것이다. 네 번째 시험관이 유산으로 끝나지만 않았더라면.

자궁 외 임신 진단을 받고 급작스레 오전 반차를 쓴 날, 퉁퉁 부은 얼굴로 출근한 현주는 불 꺼진 회의실에서 차재희에게 그간의 일들을 몇 마디로 압축해 전했다. 담담히 말하겠다고 다짐했는데, 치료를 위해 연차를 써야 한다며 '그 단어'를 입에 올린 순간 현주는 눈물을 쏟고 말았다. 차재희가 놀란 눈으로 현주를 쳐다봤다. 난임 병원을 '졸업'하기 전까진 안심할 수 없어 임신 사실조차 알리지 않았던 때였다. 두 뺨이 젖은 현주를 뚫어져라 보던 차재희가 천천히 자리에서 일어났다. 팔짱을 낀 차재희가 한쪽 뺨을 일그러뜨리며 말했다.

"현주 과장 딩크인 줄 알았더니……."

다섯 번째 시험관을 시작하며 병원을 바꾸고 반반차를 쓰기 시작하자 차재희의 눈빛이 매서워졌지만, 현주는 심각하게 생각하지 않으려 애썼다. 평소에도 팀원이 연차 쓰는 걸 달가워하지 않던 사람이었다. 누군가 휴가 가면 "이렇게 바쁠 때 말이야, 걔가 그렇게 눈치가 없어."라며 없는 팀원을 욕하고, 자신이 휴가를 떠나면서도 "나도 휴가라는 걸 한번 가 보자."라던 사람. 하지만 시안을 내놓을 때마다 폭언의 수위는 점점 높아져만 갔고, 얼마 지나지 않아 현주는 이것이 전혀 다른 차원의 문제라는 걸 깨달았다.

모성 보호에 관한 전사 메일이 도착한 날이었다. 앞으

론 국가 권고에 따라 임신한 직원은 한 시간 늦게 출근하고 한 시간 일찍 퇴근하는 단축근무제가 적용된다는 공지 메일이었다.

"나라가 아주 좋은 일을 하네."

메일을 읽은 차재희가 비음을 심하게 넣은 목소리로 말꼬리를 길게 늘였다. 며칠 전 육아 휴직을 간 다른 팀 직원에 대한 이야기가 나왔을 때, "나는 일하느라 결혼도 못 했어."라며 지었던 것과 똑같이 표독스러운 표정으로. 그 순간, 현주는 깨달았다. 차재희에게 자신의 시험관 시술은 당장의 연차 사용 문제가 아니라는 걸. 임신 기간 동안 이전만큼 업무에 집중하지 못할 가능성과 출산 휴가와 육아 휴직으로 결원이 생겼을 때 바로 대체인력을 충원받지 못할 가능성. 차재희는 그 가능성들을 애초에 잘라 버리려는 속셈이라는 걸. 하루하루 지뢰밭을 건너는 심정으로 출근하고 있었는데 실은 자신이 차재희에게 지뢰였다는 걸. 임신할 가능성이 있는 기혼여성은 조직 내에서 그런 존재라는 걸.

'다시 해 봐.'의 무한반복 속에서 현주는 매일 밤 할증 택시를 탔다. 어떤 밤들엔 차창에 머리를 대고 소리 없이 눈물을 흘리며. 업무와 시술이라는 두 개의 축이 쉴 새 없이 돌아가며 자신을 마구 휘젓고 있는 기분이었다. 언제까지, 언제까지 이렇게 버틸 수 있을까.

차재희가 일부러 그런다는 걸 알면서도 현주는 무너

졌다. 때로 어떤 악의는 너무 힘이 세 번연히 알면서도 기어이 당하고야 마니까. 계략을 이해하는 것과 굴욕을 감내하는 것은 전혀 다른 성질의 일이므로. 현주는 서서히 자신의 모든 디자인을 의심하기 시작했고, 선 하나 긋는 것조차 공포스러워졌다. 더 오래, 더 많이 일했지만 자신 있게 내밀 수 있는 시안은 점점 줄어 갔다.

물 먹인 솜처럼 축축 처지는 몸으로 모니터 앞에 앉아 그녀는 널뛰는 감정을 느꼈다. 어떤 날은 어차피 제대로 봐 주지도 않을 시안을 야근까지 하며 만들고 있는 스스로가 너무 천치 같아 타블렛 펜을 던져 버리고 싶었고, 어떤 날은 그저 책상에 앉아 조용히 눈가를 닦았다. 예전에 자신이 디자인하는 걸 얼마나 좋아했는지 문득 떠올라서.

거리에서 자신이 디자인한 쇼핑백을 들고 가는 행인과 마주치거나 공들여 작업했던 로고가 박혀 있는 매장 간판을 발견할 때면 현주는 허리가 꼿꼿해지고 미소가 지어졌었다. 제 손끝에서 나온 결과물들이 실제 세계에 스며들고 사람들을 움직인다는 게 순수한 기쁨으로 그녀의 내부를 채웠다. 그래서 가장 견디기 힘든 건 야근도 폭언도 아니었다. 마음에 소중히 품고 있던 무언가를 날마다 차재희에게 끝없이 훼손당하고 강탈당하는 느낌. 그게 하루에도 몇 번씩 그녀를 무너뜨렸다.

차재희에게 결재를 올린 외주 견적서가 별다른 이유

없이 승인 거부되고, 회의실이 바뀐 걸 전달받지 못해 혼자 멀거니 빈 회의실에 앉아있었던 날, 퇴근한 현주가 잠긴 목소리로 말했다.

"배려까지는 바라지도 않아. 훼방만이라도 안 놓으면 안 되는 거야?"

기조가 현주를 달랬다.

"그 사람들이 잘 몰라서 그래."

"모르면…… 이래도 돼? 내가 무슨 손해를 그렇게 끼쳤는데? 내 연차 써서 병원 간 거? 그렇다고 다른 사람한테 일 떠넘긴 적도 없고, 야근은 전보다 더 해. 대체 내가 뭘 그렇게 잘못했는데? 난 그냥……."

현주가 왈칵 눈물을 터뜨렸다. 요즘 그녀는 시도 때도 없이 울었다. 신혼을 즐길 거라던 대학 동창의 갑작스러운 임신 소식에도, 인스타그램에 올라온 친구의 돌잔치 사진에도 바로 눈시울을 붉혔다. 아동 학대 관련 이슈나 세계 최저 체중 미숙아를 살려 낸 의료진의 미담 뉴스만 봐도 눈물샘이 터졌고, 육아 예능 속 단란한 풍경만 봐도 코끝이 붉어져 티브이도 잘 못 봤다.

살면서 이토록 운 적이 없었다. 스스로를 이성적이고 단단한 사람이라 믿어왔는데, 난임이란 터널에 들어선 순간, 연약하고 비이성적이고 피해 의식에 찌든 다른 영혼이 몸을 잠식한 것만 같았다. 병원에선 급격한 호르몬 변화 때문이라고 했다. 카페에도 같은 고민을 호소하는 여자들이 넘쳐났다. 눈물이 멈추질 않아요. 감정 기복이 너무 심해요. 오늘도 남편이랑 싸웠어요. 세상이 다 밉고 내가 너무 미워요.

현주가 뺨을 닦고 물었다.

"기조야, 난포 잘 안 자라는 거, 스트레스 때문 아닐까? 이래선 될 것도 안 되겠어……."

스트레스는 머리와 마음에서 끝나지 않고 몸으로 내려왔다. 현주는 사소한 자극에도 심장 박동이 마구 빨라졌고, 하루에도 수십 번 얼굴에 열이 올랐다. 책상에 앉아만 있어도 긴장으로 등에 혹이 솟는 것 같았고, 송곳으로 찌르는 듯한 통증에 팔을 들기조차 힘든 날도 있었다. 이렇게 몸과 마음이 상하는데 임신이 되면 오히려 이상할 지경이었다.

"이직이라도 해야 하나?"

그렇게 말하는 기조를 가만히 보다 현주는 고개를 저었다. 설령 어렵게 이직한들 한동안은 새 회사와 업무에 적응하느라 진을 뺄 게 틀림없었다. 새로운 팀원들은 '어디 얼마나 하는지 보자'며 눈을 부릅뜨고 지켜볼 것이고, 능력뿐 아니라 성실성에 성격까지 자신을 증명하려면 최소 1년은 바쳐야 할 것이다. 그 와중에 시험관은 엄두도 못 낼 일이었다.

"그럼 난임 휴직은?"

"우리 회사가 어떤 회산데……." 현주가 쓸쓸하게 웃

고 덧붙였다. "사옥 축소하면서 있던 여직원 휴게실도 없앴잖아. 덕분에 난 화장실 변기 위에서 질정 넣고."

"밑져야 본전인데 말이라도 꺼내 봐."

"그랬다가 안 된다면? 너무 힘들어서 휴직해야 한다 던 사람이 안 된다면 바로 '네, 알겠습니다.'하고 계속 다 녀?"

몇 년 전부터 회사엔 '과장 나간 자리도 차장 나간 자 리도 신입 박는다'는 말이 떠돌았다. 10년 차 과장의 연 봉은 신입사원 두 명을 뽑아 약간의 칭찬과 동기 부여 로 '알아서 열심히' 일하게 만들 수 있는 금액이었다. 회 사 입장에서 선택지는 너무나 분명해 보였다.

"정말 최후에, 그만두기 전엔 말해 볼 수 있겠지. 그 래도 안 될 거야. 회사에선 선례를 안 만들려 할 거니까. 내가 쓰면 다른 사람도 쓴다고 할까 봐."

기조가 무겁게 입을 뗐다.

"그만둘래?"

잠시 멍하니 있던 현주가 헛웃음을 지었다.

"기조야, 내년에 전세 재계약이야. 난임 지원도 두 번 밖에 안 남은 거, 몰라?"

한숨을 쉬며 자리에서 일어나는 기조를 현주가 말없 이 쳐다봤다.

*

    토요일 오후, 현주는 현관문 앞에 놓인 택배 상자를 들었다. 한의원에서 쑥뜸을 뜨고 한 시간 동안 천변 산책로를 걷다 들어오는 길이었다. 친정에서 부쳐 준 냉동 추어탕과 반찬들을 냉장고에 넣고 현주는 엄마에게 전화를 걸었다. 잘 챙겨 먹어라, 몸이 따뜻해야 한다, 마음 편히 먹어야 된다더라, 한바탕 레퍼토리를 읊은 엄마가 기조의 안부를 물었다. 프로젝트가 바빠 출근했다고 하자 정 서방도 잘 챙기라는 당부가 한참 이어졌다.

    "엄마, 알아서 할게."

    난임 검사 결과가 나오자 혼자 눈치를 보던 엄마는 기조가 시댁에 "두 사람 다 문제가 있다."고 거짓말했던 이야기를 전해 들은 뒤론 아예 죄인처럼 굴었다.

    "정 서방도 무슨 고생이니. 미안해서 어째……."

    "뭐가 그렇게 미안해. 그만 좀 해, 엄마."

    현주가 짜증을 누르지 못하고 말했다.

    "속상해서 그러지. 그러게 그때 잘 됐음 좋았을 걸……."

    순간 머리가 지끈거려 현주는 추어탕이 다 끓었단 핑계를 대고 서둘러 전화를 끊었다. 거실 소파에 무너지듯 앉은 그녀가 우두커니 창밖을 바라봤다. 쏟아지는 초겨울 햇살을 타고 엄마가 말한 '그때'의 기억들이 밀려왔다.

자궁 외 임신 종결을 위해 원래는 항암 치료에 쓴다는 MTX 주사와 해독 주사를 번갈아 맞던 때, 두 시간마다 오버나이트 생리대를 갈며 끝없이 하혈하고 헛구역질하던 때. 잘못된 곳에 자리 잡은 아기집이 어서 깨끗이 떨어져 나가길, 그래서 전에는 그토록 오르길 기도하던 피검사 수치가 빨리 '0'으로 떨어지길 간절히 기도하고 또 기도하던 때.

그때 현주는 두 줄이 선명한 임신 테스트기를 쥔 채 하염없이 앉아 있었고, 채윤의 동영상을 보다 불현듯 어깨를 떨었고, 길에서 마주친 커플 패딩을 입은 엄마와 어린 딸의 모습에 무릎이 꺾였다. 현주는 한 달도 채 되지 않았던 임신 기간 동안 자신이 했던 모든 행동들을 곱씹었다.

"기조야, 내가 그날 커피 마셨잖아. 그렇게 잘 참다가 이상하게 그날은 미치고 팔짝 뛰게 땡기는 거야. 그래서 딱 한 모금만. 그러고 아메리카노를 마셨어. 내가 미친 년이지."

"그때 착상 시기에 말이야. 그냥 아프다고 드러누워서 회사 가지 말걸. 그랬으면 제대로 착상되지 않았을까?"

"정기조, 그때 나 안 말리고 뭐 했어? 당장 집에 좀 오라고 하지. 이식하고 야근을 했어, 내가. 그깟 명함 시안 뭐라고, 야근을."

예리하게 벼린 칼을 자신 쪽으로 돌려 함부로 놀리는 사람처럼, 그녀는 매일 스스로를 찔렀다. 그러다 만삭의 임산부와 단둘이 엘리베이터에 오른 날, 비틀거리며 현관문을 연 현주가 주저앉으며 가슴께를 움켜쥐었다.

"기조야, 숨이 잘 안 쉬어져……. 여기 뭐가 있어."

작은 새가 명치께에 둥지를 틀고 파닥파닥 날갯짓을 하고 있었다.

현주는 난임병원과 호흡기 내과를 거쳐 정신과에 갔다. 우울증을 예상하고 갔는데 불안증 진단이 내려졌다. 두툼한 약 봉투를 손에 쥔 채, 현주는 잠을 자고 숨을 쉬고 정수리를 식혔다. 단약을 할 때까진 임신할 수 없어 반년 남짓 시험관 시술을 멈췄다. 정신과 치료가 끝난 현주가 다섯 번째 시술 예약을 잡으려 하자 기조가 고개를 저었다.

"그만하자. 생길지 안 생길지 모르는 아이보다 네가 소중해."

그동안 현주가 초조해하거나 눈물을 터뜨릴 때마다 오히려 너스레를 떨어 그녀를 웃기던 그였다. 마치 유머가 이 어두운 터널을 통과할 수 있는 유일한 방편이라는 듯이. 화장대 거울에 붙여 놓은 배아 사진을 손가락으로 가리키며 "꼬물이 1호, 2호."라고 별명 붙이던 기조. 병원 대기실에서 손톱을 뜯는 현주의 귓가에 "저 사람들 오늘 처음 왔구만. 이제 얼굴만 봐도 알지."라고 속삭이던 기조. 피검사로 임신을 확인한 날, 두 사람의 스마트폰에 '280일'이라는 앱을 깔았던 기조. 임신한 엄마의 몸에 일어나는 변화와 아기의 성장 과정을 매일 한 컷의 일러스트로 보여 주는 그 앱을 들여다보며 그들은 밤마다 질문을 주고받았다. 딸일까, 아들일까? 부모님들껜 언제 말씀드리지? 태명은 당연히? 그때 네가 꿨던 꿈, 그게 태몽이었을까?

"아니, 할 거야. 될 때까지 할 거야. 이럴 때 아니야, 기조야. 시간이 금이래……."

기조를 강하게 밀어붙이며 현주는 깨달았다. 어쩌면 기조는 영원히 이해할 수 없을 거라는 사실을. 생리혈이 줄거나 생리 주기만 살짝 틀어져도 가슴이 덜컥 내려앉는 기분을, 상대를 안쓰러워하고 뭔가 '선택'할 수 있단 것 자체가 이미 하나의 특권임을, 그리고 그런 자격을 가진 기조를 자신이 때론 진심으로 부러워한단 것을. 기조를 설득하기 위해, 아니 그보다는 흔들리는 제 마음을 다잡기 위해 현주는 떠올리고 또 떠올렸다. 그 짧지만 환했던 기간의 기억들을. 크리넥스 티슈를 건네며 "왜 우세요?" 묻는 의사에게 "……되네요. 저도 임신이 되네요."라 답했던 진료실의 오후를. 눈 뜨면 배에 손을 가져다 대고 잠시 햇살을 느끼며 누워 있던 출근 전 아침을. 양치할 때마다 거울을 보며 "꼬물아, 엄마 지금 양치하는 거야."라고 속삭이던 밤을.

가만히 얼굴에 와 닿는 겨울 햇살을 느끼던 현주가 소파 위 핸드폰을 들어 카페에 접속했다. 또 그만하자고 할까 봐 기조 앞에선 맘껏 울 수도 없게 된 뒤로, 하소연 할 친구도 없어진 뒤로 생긴 습관이었다. 출산한 친구들은 그녀를 향한 동정을 숨기지 못하거나 무심하게 육아의 어려움을 호소해 와서, 비혼인 친구들은 '그러게 왜 사서 고생을 하냐'는 듯한 눈빛을 숨기지 않고 보내와서, 현주는 친구들과 거리를 두기 시작했다. 대신 카페를 찾았다. 남들은 '한방에' '저절로' '어쩌다 보니' 되는 임신이 나는 왜 이렇게 어렵냐며 가슴을 치는 여자들이 모여 있는.

현주는 천천히 새로 올라온 사연들을 읽었다. 6개월이 넘은 태아의 갑작스러운 심정지로 일반 산모들과 같은 분만실에서 사산했다는 사연, 유산만 일곱 번째인데 또 유산기가 보여 소변보기도 겁난다는 사연, 아버지의 장례식장 화장실에서도 배에 과배란 주사를 꽂았다는 사연. 그런 사연들을 읽으며 '봐, 난 아무것도 아니야.' 하고 되뇌었고, 물기 어린 눈으로 하나하나 정성스러운 댓글을 달았다. 돌연 몸이 쑥 꺼질 것 같은 피로감이 덮쳐 현주는 소파에서 일어나 안방으로 갔다.

침대에 눕기 전, 그녀는 눈을 감고 잠시 베개 위에 손을 올렸다. 그렇게 하면 베갯잇에 넣어 둔 배냇저고리의 기운을 느낄 수 있다는 듯이.

그날 밤, 기조는 10시가 넘어 돌아왔다. 지친 얼굴로 옷을 갈아입는 기조 곁에서 현주가 말했다.

"오늘 그거 해야 돼."

무슨 이야기인지 깨달은 기조가 고개를 저었다.

"오늘은 너무 힘들어. 내일 할게."

"안 돼, 오늘 해. 오늘이 병원에서 말한 날이야."

병원에선 질 좋은 정자를 얻기 위해 채취 며칠 전 배출을 권유했다. 현주가 한창 과배란 중이므로 기조 혼자 해결해야 하는 일이었다. 현주가 계속 채근하자 기조가 한숨을 내쉬며 말했다.

"현주야, 그만 좀 해. 나도 너무 힘들어."

"힘들어? 뭐가 힘들어? 먹고, 넣고, 찌르고 다 내가 하는데. 넌 오늘이랑 채취날, 그거 딱 두 번이 힘들어?"

"그게 아니라…… 맨날 이렇게 집착하고, 실패할 때마다 울고불고 난리 치고, 그럼 난 어떻겠어? 제발 집착 좀 하지 마. 그런다고 되는 것도 아니잖아."

"그래…… 노력으로 되는 일 아니야. 바란다고 되는 일도 아니지. 공부도 아니고 일도 아니고 시험도 아니야. 차라리 그런 거면 어떻게든 죽을 만큼 해 보겠는데, 이건 아니야. 근데 어떡해…… 나도 엄마 소리 한번 듣고 싶은데…… 기조야, 나도 미치겠어……."

현주를 미치게 하는 건 그거였다. 도무지 끝을 알 수 없다는 것. 3차 시술을 시작하며 현주는 기조에게 말했었다. "이번이 마지막이야." 하지만 비임신을 확인하고 정확히 한 달 뒤, 그녀는 난자질에 좋다는 코큐텐과 아르기닌을 해외 직구로 주문했고, 최신형 건식 족욕기를 3개월 무이자 할부로 결제했다. 그리고 깨달았다. 완경이 되지 않는 한, 그녀와 기조 중 한 사람이 완벽히 나가 떨어지지 않는 한, 노량진을 떠나지 못하는 고시생처럼 '마지막'은 매번 갱신되리라는 걸. 애초에 이 게임에 데 드라인이란 존재하지 않는다는 걸. 그런 생각들이 밀려 올 때면 그녀는 한 번도 믿어 본 적도 없는 신에게 따져 묻고 싶어졌다.

　'그래서, 난 결국 임신하나요?'

*

　채취 전 마지막 진료에서 의사의 표정은 그리 밝지 않았다. 성숙 난포가 많지 않다 했다. 그래도 채취일은 잡혔고, 난포 터트리는 주사를 맞고 온 밤, 현주는 악몽을 꾸다 깼다. 어둠 속 그녀의 거친 숨소리에 기조가 힘겹게 몸을 일으켰다.

　"기조야, 채취 실패하면 어떡하지? 왜 난포가 안 자라지? 뭘 더 해야 되지?"

　그녀가 낮은 목소리로 중얼거렸다.

　"굿 빼고는 다 해 봤어……."

잠이 덜 깬 눈으로 기조가 옅은 한숨을 쉬었다.

어느덧 '고차수'에 접어든 그녀지만 매번 채취를 앞두면 잠을 설쳤다. 그리고 채취 후엔 단 한 번도 회복실 침대의 베갯잇을 적시지 않은 적이 없었다. 어떤 날은 분명 난방이 잘 되고 있는데도 뼛속까지 스며든 알 수 없는 한기에 너무 추워 울었고, 어떤 날은 얇은 벽을 사이에 둔 옆방에서 넘어온 얼굴도 모르는 여자의 훌쩍이는 소리에 따라 울었다. 아랫배를 마구 들쑤시고 뜯어낸 듯한 통증에, 난소와 자궁 같은 생식기관만 남기고 몸이 텅 비어 버린 것 같은 기분에, 시술실의 쨍한 조명 아래서 날카롭고 차가운 기구들이 침습해 오는 동안 아랫도리를 활짝 벌린 채 그저 누워 있을 수밖에 없었다는 무력감에 현주는 울었다. 그리고 이번이 마지막 채취가 아닐까 봐 울었다.

채취 전날, 현주는 탕비실에서 기조에게 카톡을 보냈다. 오늘은 일찍 들어와, 내일 중요한 날이니까. 기조는 곧 메시지를 확인했지만 답이 없었다. 대화창을 보던 현주가 고개를 들어 창 너머 풍경을 바라봤다. 빌딩숲에 내려앉은 짙은 노을을 보는데, 불쑥 심장이 떨어지는 기분이 들었다. 올 한 해도 결국 '실패'로 끝날지 모른단 생각에 창밖으로 몸을 던지고 싶은 충동이 밀려왔다. 무언가 잘못해서 끝없이 벌받고 있는 것만 같았다. 하지만 그게 뭔지는 끝내 알아낼 수 없을 것 같아서, 이 모든 게 결국 한낱 소동으로 끝나 버릴 것 같아서, 그녀는 눈을 감고 가슴께를 짚었다.

이마에 닿는 석양을 느끼며 현주는 조용히 기도했다. 시험관을 시작하며 매해 새해 소원은 임신이었다. 첫해에 현주는 빌었다. 돼지띠 아가를 주세요. 소망하는 띠는 계속 바뀌었다. 쥐띠 아가를 주세요, 소띠 아가를, 호랑이띠 아가를……. 이제 현주는 매일 기도했다. 이른 아침 배에 주삿바늘을 찔러 넣을 때마다, 때맞춰 하루 10알의 영양제를 삼킬 때마다, 진료실 문손잡이를 잡을 때마다, 깊은 밤 베개 위에 가만히 손을 얹을 때마다. 혹한 속에서 아주 미미한 온기라도 찾아 헤매는 사람처럼.

퇴근 직전, 주얼리 브랜드의 로고 시안이 통과됐다는 소식이 전해졌다. 더 이상 컨펌을 미룰 수 없는 시기가 오자 차재희가 고른 시안이었다. 이틀 전, 차재희는 그간 현주가 작업했던 시안들을 전부 가져오게 한 뒤 쓰레기 더미에서 뭔가 골라내듯 초반 작업물을 가리키며 말했다.

"이걸로 마무리해."

그 시안이 마케팅팀 담당자와 임원진을 거쳐 군말 없이 통과됐단 소식에 현주는 안도의 한숨을 쉬었다. 무엇보다 채취 전에 일이 마무리됐단 사실에.

퇴근길에도 기조는 내내 답장이 없었다. 집에 도착한

현주가 막 코트를 벗었을 때, 핸드폰 벨이 울렸다. 액정에 뜬 이름을 본 현주가 잠시 망설이다 전화를 받았다.

"현주 과장, 문제가 좀 생겼어."

수화기 너머에서 차재희의 새된 목소리가 건너왔다. 빠르게 쏟아지는 말을 놓치지 않으려고 현주는 핸드폰을 귀에 바짝 댔다. 주얼리 브랜드 로고에 변경이 필요하단 이야기였다. 회장님 선에서 갑자기 수정 지시가 내려왔다 했다.

"다른 제작물들은 좀 천천히 반영해도 되는데, 간판 시안은 무조건 내일 오전까지 제작업체에 넘겨야 한다네? 안 그럼 플래그십 스토어 오픈 때까지 못 맞춘다고."

"아, 내일은 제가 시술 때문에 연차라서……."

"누가 모르니?"

"……."

차재희가 쏘아붙였다.

"그래서, 간판 안 걸 거야?"

작은방 책상에 앉아 맥북 프로를 부팅시키는 현주의 손가락이 떨렸다. 심장이 요동치고 얼굴에 후끈 열이 올랐다. 한 번쯤 배려받을 수 있지 않을까 생각했던 스스로의 뺨을 후려치고 싶은 충동을 억누르느라 현주는 입술을 꽉 깨물었다.

퇴근한 기조가 책상에 앉은 현주를 보고 눈을 크게

떴다.

"지금 뭐 하는 거야?"

"간판 잡아."

기조의 얼굴이 굳었다.

"그러니까 그걸 왜 하고 있냐고?"

현주가 모니터에서 눈을 떼지 않은 채 말했다.

"기조야, 시간 없어. 이거 내일 오전까지 넘겨야 돼."

말없이 다가와 현주의 이마를 짚어 본 기조가 그녀의 손에서 타블렛 펜을 빼앗았다.

"하지 마. 너 연차라 못 한다고 해."

"정기조, 이거 빨리 넘겨야 된다니까."

"너 지금 완전 불덩이잖아. 이러다 실패하면, 이거 해서 그랬다고 또 울고불고할 거잖아."

"그럼 어떡해? 간판 못 달면 다 내 탓이라는데."

"야, 니네 팀엔 너 말고 사람 없어? 왜 다 네 탓이야? 네가 무슨 죄인이야?"

현주가 벌떡 일어나 안방에 들어갔다 나왔다. 그녀가 손에 든 베개에서 배냇저고리를 꺼내 쓰레기통에 처박으며 소리 질렀다.

"정기조, 내 죄가 뭔 줄 알아? 임신을 못 하는 거. 별 지랄 발광을 다 해도 임신을 못 하는 거, 그게 내 죄야!"

침묵 속에서 그들은 한동안 서로 마주 봤다. 돌연 현주가 눈을 깜빡이더니 쓰레기통 앞에 주저앉았다. 다급

히 배냇저고리를 꺼내 털어서 가슴에 안으며 그녀가 중
얼거렸다.

"어떡해⋯⋯."

"⋯⋯현주야."

코끝이 붉어진 현주가 기조를 올려다보며 말했다.

"어떡해⋯⋯ 나 벌받아서 잘못되면 어떡해⋯⋯."

그날 밤, 깊은 어둠 속에서 기조가 그녀를 불렀다.

"현주야⋯⋯."

돌아누워 있는 그녀에게 기조가 물었다.

"⋯⋯자?"

잠시 말이 없던 그녀가 낮은 목소리로 답했다.

"기조야."

"어."

"만약 우리한테 딸이 생기잖아."

"어."

"근데 그 애가 시험관을 한다 하면⋯⋯."

"⋯⋯."

"절대 못 하게 할 거야. 때려서라도 못 하게 할 거
야⋯⋯."

말없이 현주를 보던 기조가 가만히 그녀의 등을 안
았다.

*

"이현주 씨, 맞으시죠?"

마취과 의사가 현주의 입가에 산소 호흡기를 씌우며 물었다. 시술대에 손목과 발목이 결박된 채 다리를 벌리고 누운 그녀가 다급히 천장을 올려다봤다. 핏줄을 타고 마취 주사가 빠르게 퍼져 나가는 동안, 그녀의 두 눈은 필사적으로 천장의 글귀를 더듬었다. 이제는 눈을 감고도 외울 수 있는 그 세 줄의 문장을.

먼 길을 오래오래 달려오는 나의 아가야
마지막 한 고개를 넘어
따뜻한 엄마 품으로 어서 오렴

잠에 빠져들며 현주가 무어라 중얼거렸지만, 아무도 듣지 못했다.

---

* 〈아가야, 어서 오렴〉은 4만 5천명의 회원을 보유한 네이버 난임 카페의 이름이며, '남녀고용평등과 일·가정 양립 지원에 관한 법률에 명시된 연간 3일의 난임치료 휴가를 연간 30일로 확대하는 내용을 주 골자로 하는 법안 〈아가야, 어서 오렴 4법〉은 2020년 7월 발의되어 현재 국회에 계류 중입니다.

나
쁜

피

살다 보니 당신에게 편지를 쓰는 날도 오는군요. 문
득 살다 보니 내가 별꼴을 다 본다던 당신의 말이 기억
납니다. 나를 처음 본 자리에서였죠. 당신 아들이 나를
인사시키러 간 당신 집에서, 소파에 앉아 일어나지도 않
은 채 나를 맞으며, 당신은 정확히 그렇게 말했습니다.
내 아들이 대학도 못 나온 여자를 데려올 줄 몰랐다고,
어디서 저런 근본 없는 걸 데려온 거냐고. 당신 남편이
고개를 돌리며 헛기침을 하고, 당신 아들이 미간을 찌
푸리는데도 당신은 아랑곳하지 않고 말했죠.

　그때 바로 자리를 박차고 나오지 않은 걸 내가 얼마
나 후회했는지 당신은 모를 겁니다. 하지만 나를 붙든
건 당신의 시선이었죠. 당신은 강렬한 눈빛으로 내 배

를 쏘아봤습니다. 마치 투시라도 하겠다는 듯이. 그래요, 당신만큼이나 강렬히 나도 매분 매초 인식하고 있었어요. 하루하루 내 안에서 움트던 생명을. 그렇지 않았다면 내가 당신 아들 양지훈과 결혼할 일은 없었을 테니까.

당신은 이제 미처 몰랐던 이야기 몇 가지를 듣게 될 거예요. 그게 당신이 그토록 원하던 진실인지는 모르겠지만, 어쨌든 누군가는 진실을 알아야 한다고 생각하니까. 그렇다면 그 사람은 다른 누구도 아닌 당신이어야 한다고 줄곧 생각해 왔으니까. 게다가 이제 3심까지 끝난 마당에 더 이상 거리낄 게 뭐 있겠어요. 어쩌면 나는 이 글을 쓰기 위해 그 지난한 재판 과정을 버텨 왔는지 모르겠다는 생각마저 듭니다.

먼저 당신 아들에 대한 이야기부터 시작해야 할 것 같군요. 당신의 그 잘난 외아들 양지훈에 관해서 말이죠. 당신도 알다시피 우리는 회사에서 만났습니다. 당신 아들에게는 두 번째 회사였고, 내게는 처음이자 마지막 회사였죠. 나는 직원들이 '인포'라고 부르는 회사 로비 인포메이션 데스크에 앉아 9년간 일했어요.

직원이 200명가량인 중소기업에서 9년간 근무한다는 게 어떤 건지 아세요? 그건 마치 중학교를 9년 정도 다니는 것과 마찬가지랍니다. 매일 마주치는 얼굴들과 똑같이 반복되는 일과 속에서 사람들은 무료함을 죽이기 위해 끝없이 소문을 찾아 헤매죠. 막 이직해 왔을 때, 당신 아들도 그 소문 속 주인공이었답니다.

대기업에서 온 대리가 있다며 사람들은 수군거렸죠. 아니, 그 좋은 데서 왜 여길 와? 학교도 명문대라며. 뭐 사고 쳤대? 아니, 거기서 진급 누락돼서 대리 다는 조건으로 여기 왔다던데. IT 업계는 생각보다 좁고 소문은 생각보다 빠르죠. 미안하지만 당신 아들은 당신 생각만큼 잘나가는 개발자는 아니었어요. 어쨌거나 나와는 상관없는 일이었죠. 내게 당신 아들 양지훈은 배달된 택배를 건네주거나, 손님의 방문을 일러 주거나, 주차권을 나눠 줘야 하는 200명 직원 중 한 사람일 뿐이었으니까요. 그가 퇴사하며 내게 말을 걸기 전까진.

아까 소문에 대해 이야기했죠. 나는 9년 동안 그 소문의 중심에 서지 않기 위해 안간힘을 쓰며 회사를 다녔어요. 밥 한 끼 하자거나 술 한잔하자며 다가오는 남자 직원들의 수작에 적당한 미소와 그럴듯한 핑계로 응대하면서요. 상고를 졸업하자마자 취직한 인포 직원에게 쏟아지는 각종 성희롱과 추파. 얼마나 빤한 스토리인가요.

어쩌면 나를 향한 당신의 그 말도 안 되는 비하에 내가 제대로 맞서지 못했던 것도 다 거기에 익숙해져 있었기 때문이었는지 모르죠. 하지만 나는 또 매번 돌아서 얼마나 후회했던지……. 왜 당신에게 당당히 말하지 못했을까. 내가 출신 학군에서 가장 명문인 여상을 전액 장학금으로 입학해 1등급 내신으로 졸업했다고, 집에 주고 남은 월급을 차곡차곡 적금 부어 들어간 4년제 야간대학의 졸업장이 있다고. 당신은 분명 당신 아들을 통해 들었을 텐데도 그런 이야긴 생전 들어 본 적 없단 듯 굴었죠. 어떤 사람들은 자신이 가진 것을 과시하기 위해 끝없이 타인이 가진 것을 깎아내린다는 걸 나는 당신을 통해 배웠습니다.

하지만 분명히 말해야겠어요. 당신 아들 양지훈도 명문대 졸업장과 집안의 재력은 갖췄을지 몰라도 모든 게 완벽한 조건은 아니었다는 걸. 평균보다 작은 키에 통통한 몸집, 두꺼운 안경 뒤에 숨은 작은 눈과 깨끗하지 않은 피부까지. 당신 눈엔 세상에서 제일 잘나고 빠지는 데 없는 아들이었을지 몰라도 또래 여성들 눈엔 그렇지만은 않았죠.

그러니까 당신 아들이 퇴사하던 날 머뭇거리며 내게 말을 걸었을 때, 보윤 씨, 커피 한잔할 수 있을까요, 라고 했을 때, 내가 조용히 고개를 끄덕이고 몰래 핸드폰 번호를 메모지에 적어 줬던 건 나로서도 의외의 일이었어요. 훗날 여러 번 그 장면을 돌이켜 봤답니다. 평소답지 않게 왜 그랬을까. 그날 점심에 두 살 어린 옆자리 후배가 결혼 소식을 전해서였을까, 연말 분위기로 흥청대는 거리에서 버스를 기다리던 퇴근길이면 어김없이 밀려오던 외로움 때문이었을까, 아니면 당신 아들이 한국을 떠나 곧 뉴질랜드로 간다고 말해서였을까. 어쨌든 그거 하난 확실해요. 당신 아들이 단지 퇴사하는 거였다면 내가 그 제안을 받아들이지 않았을 거란 건. 그가 국외자가 될 거란 사실이 내 경계심을 어느 정도 누그러뜨렸다는 건.

그 연말에 우리는 딱 세 번 데이트했습니다. 당신 아들은 매번 날 놀라게 했죠. 첫날엔 그가 생각보다 어리다는 데 놀랐습니다. 나보다 고작 세 살 많더군요. 어떻게 그렇게 빨리 대리가 됐느냐고 묻자 군대에서 시간 까먹지 않았으니까, 라며 웃더군요. 군 면제 사유를 궁금해하니 삼대독자 외아들이어서라고 했어요. 내가 놀라자 그는 얼른 웃으며 정정했습니다. 사실은 눈이 나빠 IT 기업 방위산업체에 있었다고, 하지만 자신이 삼대독자 외아들인 것도 맞다고 덧붙였죠. 고백하자면 그날 당신 아들도 내게 좀 놀란 기색이긴 했어요. 얼마 전 야간 대학을 마쳤다는 이야기를 듣곤 여러 번 고개를 끄덕이며 뭔가 생각에 잠기는 눈치였죠.

두 번째 데이트에서 당신 아들은 과하게 술을 권해 날 놀라게 했습니다. 그런데도 그가 거듭 건네는 술잔을 물리진 않았어요. 살다 보면 누구나 흐트러지고 싶은 순간이 있잖아요. 지금 생각하면 우습지만 그때는 서른이 며칠 남지 않았다는 사실이, 그 별거 아닌 숫자가 내 안에 커다란 구멍을 내놓은 기분이었으니까요. 그래서였을 거예요. 당신 아들의 은근한 잠자리 요구에 평소답지 않게 그냥 응해 버린 건. 그즈음 나는 너무 지쳐 있었으니까. 외로운 사람들끼리 위험할 것 없는 관계를 잠깐 맺는 것도 딱히 나쁘진 않겠다, 그런 마음이었던 것도 같습니다.

세 번째 데이트에서 당신 아들은 밥을 먹자마자 바로 모텔로 차를 몰아 날 놀라게 했죠. 부티크 호텔을 잡던 최소한의 예의마저 던져 버린 것 같아 씁쓸했지만 입술 한번 깨물고 따랐어요. 그날이 마지막이 될 거라 생각했으니까. 그날, 그가 침대 위에서 여러 번 집요하게 나를 덮쳐 놀랐던 기억이 나네요.

아, 혹시 이런 이야기가 불편한가요? 그렇다 해도 당신은 분명 이 글을 읽는 걸 멈출 수 없겠죠. 당신은 그런 사람이니까. 내기 하나 할까요? 앞으로 당신은 더 놀라게 될 거예요. 그렇게나 진실을 요구했으면서 당신은 제대로 아는 게 하나도 없으니까.

그로부터 삼 주 후, 설마 하는 마음에 해 본 테스트기에서 선명한 두 줄을 발견했을 때 얼마나 당황했는지 모릅니다. 분명 피임을 했는데. 나는 온종일 열에 들뜬 얼굴로 인포 데스크에 앉아 있었습니다. 처음엔 혼자 해결할 생각이었어요. 하지만 회사 화장실에 앉아 핸드폰으로 몰래 병원을 검색하는데 돌연 무섭단 마음이 들더군요. 결국 마지막 만남 후 내 쪽에서 연락을 끊었던 당신 아들에게 연락하고 말았죠. 어차피 떠날 사람이라면, 알리고 같이 방법을 찾는 것도 나쁘지 않겠다고 생각했어요.

퇴근 후 회사에서 멀리 떨어진 번화가 커피숍에서 만난 당신 아들은 나와 달리 차분했어요. 마치 이리 될 걸 알고 있었던 사람처럼 침착해 의아할 정도였죠. 내 이야기가 끝나자 당신 아들은 눈을 감고 잠시 생각에 잠겼어요. 곧 번쩍 눈을 뜨고 내 손을 잡더군요. 입가에 미소를 띠고 당신 아들이 말했어요. 결혼합시다. 나는 깜짝 놀라 그의 손을 뿌리쳤습니다. 무슨 소리예요.

당신 아들은 다시 내 손을 쥐고 다독이며 말했어요. 갑작스러워서 그러는 거 이해한다, 어쩌면 다 하늘의 뜻 아니겠느냐, 자신은 받아들일 준비가 됐으니 함께 뉴질랜드에 가자고. 당신 아들은 앞으로 뉴질랜드에서 펼쳐질 미래에 대해 신이 나 이야기했어요. IT 기업에서의 예정된 2년 근무 후 영주권을 따게 될 그곳이 얼마나 기회의 땅인지, 얼마나 깨끗하고 살기 좋은 곳인지. 나중엔 이 지옥 같은 나라에서 같이 탈출하자고까지 하더군요.

얼떨떨한 표정으로 듣고 있던 내게 당신 아들이 물었습니다. 부모님껜 언제 인사드리는 게 좋을까, 라고. 나도 모르게 고개를 저었어요. 싫어요. 그 순간 당신 아들이 지었던 표정을 잊을 수 없네요. 열기 어린 미소를 띠고 있던 그의 얼굴이 갑자기 싸늘하게 식었습니다. 감히, 감히 네가. 입 밖으로 소리 내어 말하진 않았지만 그 표정은 분명 그렇게 말하고 있었죠. 순간 서늘한 기운이 목덜미를 훑고 지나갔어요. 당신 아들은 금세 표정을 풀고 다시 웃으며 말했죠. 충분히 혼란스러울 수 있다고, 천천히 다시 생각해 보자고.

나는 집으로 돌아와 씻지도 않고 곧장 바닥에 누웠어요. 꽤 늦은 시간인데도 집 안에 인기척이 없었지만 가족들의 행방이 궁금하진 않았죠. 엄마는 아버지가 돌아가신 뒤 문을 연 반찬 가게에 있을 테고, 네일 숍에서 일하는 여동생과 전문대 패션 학과를 중퇴한 남동생이 뭘 하고 다니든 간섭하지 않기로 마음먹은 건 벌써 여러 해 전의 일이었으니까.

스르르 졸음이 밀려올 때쯤 나는 가족이란 단어에 대해 생각하고 있었습니다. 가족, 결혼, 출산. 그런 낱말들이 뒤엉켜 뿌연 연무처럼 내 머릿속을 뒤덮었어요. 어떤 것은 자신의 의지대로 결정할 수 있지만 어떤 것은 주어진 대로 순응하고 살 수밖에 없는 것들. 까무룩 잠들기 직전 내가 마지막으로 떠올린 단어는 분명 당신 아들에게서 들었던 거였는데, 그게 하늘이었는지, 기회였는지, 지옥이었는지, 탈출이었는지는 아침에 깨어나서도 기억해 낼 수 없었습니다.

다음 날부터 당신 아들은 카톡으로 뉴질랜드 사진을 보내왔어요. 포화처럼 수십 장씩 쏟아지는 사진에 처음엔 어이없어 웃었습니다.

　그러다 어느 순간 그 사진 속 풍광들을 뚫어져라 들여다보고 있는 날 발견했어요. 뉴질랜드에선 여러 개의 화산으로 이뤄진 북섬을 불의 섬, 빙하 지형이 펼쳐진 남섬을 얼음의 섬이라 한다지요. 특히 내 시선을 사로잡은 건 남섬의 사진들이었습니다. 피오르드 지형 위로 광활한 원시림과 코발트 빛 바다가 끝없이 펼쳐진 밀퍼드 사운드, 아이스크림 같은 만년설이 눈이 시리게 빛나는 마운트 쿡, 잔잔한 수면 위로 알프스 봉우리가 거울처럼 투명하게 비치는 빙하호 와카티푸.

　어느새 나는 전송된 사진들을 보는 걸 넘어 스스로 뉴질랜드라는 단어를 검색하고 있었죠. 일주일 후 퇴근길, 나는 당신 아들에게 전화를 걸었습니다. 그래요, 인정해야겠네요. 당신 아들에게 그 프러포즈 같지 않은 프러포즈를 받고 돌아왔던 날, 잠에 빠져들며 내가 마지막으로 건져 낸 단어는 탈출이었습니다.

　이후 당신이 나와 내 가족에게 가한 모욕을 굳이 되짚을 필요는 없겠죠. 누구보다 당신이 가장 똑똑히 기억하고 있을 테니까. 상견례를 마치고 돌아오는 택시 안에서 동생들이 당신을 두고 대박, 미친 여자, 성깔 장난 아냐, 라는 말을 반복했단 정도로만 이야기할게요. 아무리 당신이 읊어 댄 예단 목록에 가타부타 답하지 못한 내 엄마였다 해도, 아무리 젓가락질조차 제대로 못 한 내 동생들이었다 해도 당신이 그렇게까지 무례하게 굴어선 안 되는 자리였어요. 그런데 그거 알아요? 당신이 그렇게 함부로 군 날이면 당신 아들이 얼마나 내 눈치를 봤는지? 당신의 행동에 문제를 제기할 때마다 그는 사정했어요. 미안하지만 이해해 달라고, 엄마가 정상이 아닌 거 안다고, 평생 함께 살던 아들과 떨어지게 돼 예민해지신 거 같다고.

당신 아들의 애원에 여러 번 눈감아 줬지만 함께 한복을 맞추러 갔던 날 당신은 기어이 선을 넘고 말았죠. 당신이 치수를 재던 한복집 직원에게 엄마를 반찬 만드는 여자, 라고 칭했을 때 처음엔 내 귀를 의심했어요. 다음 순간 나와 눈이 마주친 당신이 지었던 그 뻔뻔한 표정. 엄마의 손을 잡아끌고 한복집을 나서며 나는 끝을 선언했죠. 진심으로 다 끝낼 생각이었어요.

당신은 그날 밤 당신들 세 사람이 우리 집에 찾아와 사죄해서 내가 마음을 바꿨다고 알고 있지요? 그렇지 않아요. 내가 마음을 돌린 건 엄마 때문이었어요. 당신들이 돌아가고 나는 한바탕 입덧을 했습니다. 화장실에서 나와 스르르 주저앉는데 눈물이 났어요. 입덧이 심한 건 그만큼 아이가 건강하다는 신호라고 하죠. 배 속

생명이 자꾸만 자신을 봐 달라고 간절한 신호를 보내는 것 같아 눈물이 멈추지 않았어요.

엄마는 다가와 내 뺨을 닦아 주며 말했어요. 미안하다고. 엄마가 뭐가 미안하냐고 묻자 눈시울을 붉히며 속삭였죠. 다, 그냥 다. 그 짧은 말에 내포된 많은 것들이 내 마음을 아프게 했어요. 당신들이 벨을 눌렀을 때 집 꼴이 이래서 어쩌냐며 당황하던 엄마, 마실 거리를 내오면서도 어쩐지 허둥대던 엄마, 상견례 자리에서부터 한 번도 어깨를 펴지 못했던 엄마.

난 엄마에게 말했어요. 결혼하는 게 맞는지 모르겠다고, 당신이 너무 싫다고. 엄마가 말없이 내 배를 보다 말했어요. 아이를 어쩌니…… 엄마는 가만히 내 손을 잡았어요. 보윤아, 어떻게 다 좋겠니. 다 가질 순 없는 거야. 그러고는 날 타일렀습니다. 원래 시댁은 멀수록 좋은 거다. 지구 반대편이잖니, 어떻게 더 멀어져. 엄마가 내 머리카락을 쓸어 주며 말했어요. 가, 멀리. 멀리가. 엄마가 멀리 떠나라고 한 게 시댁이 아닌 우리 집인 것만 같아 가슴이 아렸습니다. 그 밤 엄마의 품에 안겨 나는 한참 울었어요.

나는 컨베이어 벨트 위 부품처럼 당신이 주도하는 결혼 준비에 끌려다녔어요. 내가 또 마음을 바꿀까 봐 두려웠는지 당신은 군말 없이 일을 진행시켰죠. 하지만 나는 드레스에도, 웨딩 촬영에도, 예물에도 관심이 없었어요. 그저 어서 모든 게 끝나 뉴질랜드에 가 있기만을 바랐습니다. 당신을 떠나고, 한국을 떠나, 지상낙원이라는 그곳에 가 있기만을. 신부가 유독 어색한 웃음을 짓고 있는 본식 사진 한 장을 남기고 결혼식은 끝이 났습니다. 당신 아들과 나는 식을 마친 다음 날 뉴질랜드행 비행기에 올랐죠. 막 임신 3개월에 접어들던 때였습니다.

당신 아들과 나는 뉴질랜드 북섬 끝단 웰링턴에 정착했습니다. 신혼집은 당신 아들의 직장이 있는 시내에서 차로 20분 거리 주택가에 위치한 2층 목조 하우스였어요. 당신 아들이 속삭였던 것처럼 완벽한 동화 속 집은 아니었지만 살면서 단 한 번도 내 방을 가져 보지 못했던 내겐 꿈만 같은 집이었죠.

첫 한 달간 나와 당신 아들은 주말마다 다운타운에 나가 필요한 가구와 가재도구들을 쇼핑했습니다. 집을 내 취향대로 꾸며 가는 동안 나는 잠시 행복했어요. 쇼핑 후 이어지던 시내 구경도 무척 즐거웠죠. 웃통을 벗고 다이빙하는 젊은이들의 웃음소리가 끊이지 않는 워터프런트를 거닐고, 박물관과 식물원을 느긋하게 돌아보고, 쿠바 스트리트에서 펼쳐지는 거리 공연을 넋 놓고 바라보던 시간들. 외국 생활이 처음인 내겐 그 모든 찰나가 낯선 만큼이나 강렬하게 온몸의 세포 구석구석에 각인되는 기분이었습니다.

하지만 나날이 밝아지는 내 표정과 달리 당신 아들의 표정은 점점 어두워져만 갔죠.

그는 갓 입사한 직장에 적응하는 데 어려움을 겪고 있었습니다. 처음이라 그럴 거라고, 시간이 지나면 좋아질 거라고 내가 위로라도 하려 들면 그는 네가 뭘 아느냐며 짜증을 냈어요. 당신 아들은 출국하는 비행기에서부터 말투가 달라져 있었죠. 꼭 당신처럼. 결혼식을 올리는 게 유일한 목적이었던 사람처럼. 나는 자연스레 그와의 대화를 줄여 가게 됐어요. 당신 아들 말마따나 내가 잘 알지도 못하고 해결해 줄 수도 없는 문제를 가지고 험한 이야기를 주고받고 싶지 않았으니까. 배 속 아이 희망이에겐 좋은 이야기만 들려주고 싶었으니까.

당신 아들이 새로운 회사 시스템에 적응해가는 동안 나는 뉴질랜드의 출산 시스템에 적응해야 했어요. 당신이 의문을 품었던 미드와이프 제도에 말이죠.

당신과 당신 남편은 이미 모든 대화 속에서 희망이를 손주가 아닌 손자라고 부르면서도, 얼른 성별을 확인하지 못해 안달했죠. 빨리 산부인과에 가 알아 오라고 성화하는 당신에게 나는 누차 설명했어요. 여기엔 국가가 출산 전반을 책임지고 무료로 지원하는 복지 제도가 있다고. 한국에서처럼 산부인과 의사가 진료를 보는 대신 임신 후 출산에서 산후 6주까지의 전 과정을 조산사인

미드와이프와 함께 하게 된다고. 그리고 특별한 이상이 없는 한 초음파 진료는 임신 초기와 중기에 한 번씩만 본다고.

당신은 성별 확인이 가능한 초음파가 임신 20주에나 예정돼 있단 사실을 그렇게 못마땅해했지요. 게다가 나중에 내 미드와이프가 남자라는 사실을 알고는 또 얼마나 비아냥댔던지. 역시 세상에 공짜치고 제대로 된 건 없다고. 남자 산파라니 지나가던 똥개가 웃을 일이라며 당신은 전화기 너머에서 코웃음 쳤습니다.

처음 미드와이프를 만났던 날 나도 당황했던 건 사실이에요. 버스케어 진료실 문을 열고 들어가 책상에 앉아 있는 건장한 남자와 마주했을 때, 나와 당신 아들은 한참 주변을 두리번거렸으니까. 남자는 성큼 걸어와 내게 악수를 청했어요. 반가워요. 당신의 미드와이프입니다. 그가 걸음걸이만큼이나 반듯한 목소리로 말했어요. 당신 아들은 굳은 표정을 숨기지 못한 채 빠르게 내 귀에 속삭였죠. 뭐야, 남자였어? 바꿀까?

그 순간 남자와 눈이 마주쳤어요. 내 눈을 똑바로 보던 그가 가지런한 흰 치아를 드러내며 씩 웃었죠. 구릿빛 피부와 대조되는 그 하얀 미소가 왠지 모르게 편안했습니다. 나는 얼른 당신 아들에게 속삭였어요. 아뇨, 괜찮을 거 같아요. 당신 아들은 미간을 찌푸렸지만 더는 뭐라 하지 않더군요. 내 이름은 타이카예요. 그가 자신의 이름을 말했을 때, 나는 나를 향해 내민 그의 단단한 손을 잡았습니다. 우리는 악수하며 함께 웃었지요.

타이카는 곧 미소를 거두고 당신 아들에게 자리를 비켜 달라고 했어요. 당신 아들이 성마른 목소리로 왜냐고 묻자 그는 보호자 없이 이뤄지는 미드와이프와 산모의 첫 면담은 필수 절차라고 했어요. 당신 아들은 고개를 한 번 끄덕이곤 진료실 밖으로 나갔죠.

그 오후에 나와 타이카는 마주 앉아 꽤 긴 대화를 나눴어요. 영어가 짧은 내가 단어를 고르느라 시간을 지체해도 그는 매번 느긋한 표정으로 기다려 줬죠. 대화 도중 내 영어가 형편없어 미안하다고 하자 그는 어깨를 으쓱하며 과장된 표정을 지었어요. 저런, 난 전혀 그렇게 생각하지 않는데. 그 능청스러운 말에 픽 웃다 문득 깨달았어요. 누군가와 이렇게 편하게 대화하는 게 참 오랜만이란 사실을. 아니, 대화 자체가 오랜만이라는 사실을. 당신 아들이 회사에 있는 동안 나는 인터넷 강의로 영어 회화를 연습하곤 했지만 실제로 누군가와 대화를 나눌 기회는 거의 없었거든요. 당신 아들은 내가 혼자 외출하는 걸 탐탁지 않아 했고, 함께 외출해도 점원과 마주하는 간단한 상황에서조차 내가 입을 떼기도 전에 먼저 나서서 대화를 끝내 버리곤 했으니까.

진료실 밖으로 나왔을 때 당신 아들은 팔짱을 낀 채 대기실 의자에 앉아 있었습니다. 함께 주차장까지 걸어가는 동안 그는 한마디도 하지 않았죠. 운전석에 앉아서야 그가 입을 뗐어요. 무슨 얘길 그렇게 오래 한 거야? 나는 당신 아들의 눈을 들여다보며 답했어요. 파트너가 못살게 굴진 않느냐고 물어보던데요. 그가 쇳소리를 내며 물었어요. 뭐? 나는 얼른 웃으며 덧붙였습니다. 그냥 절차래요. 아이를 낳아 키우기 좋은 환경인지 확인하는 거래요. 내 답을 듣고도 당신 아들은 한동안 씩씩댔어요. 미드와이프가 남자인 게 영 마음에 안 든다고 투덜거렸죠. 한국에도 남자 산부인과 의사가 많지 않느냐는 내 말에 침묵하던 그가 잠시 후 씹어뱉듯 말했어요. 게다가 파케하도 아니고. 파케하는 뉴질랜드 출신 백인들을 칭하는 말이죠. 당신 아들은 타이카가 마오리족 혼혈이 틀림없다며 불쾌해했습니다. 나는 어이가 없어 그의 얼굴을 똑바로 보며 말했어요. 우리도 파케하가 아니에요. 당신 아들은 대꾸 없이 앞만 노려보며 가속페달을 힘주어 밟았죠.

그날 밤, 당신 아들은 임신 후 처음으로 내게 잠자리를 요구했어요. 나는 깜짝 놀라 거절했습니다. 아이에게 좋지 않다고 내가 고개를 젓는데도 당신 아들은 인터넷으로 확인해 봤다며 집요하게 졸랐죠. 나중엔 남들 다 보는 신혼 재미를 자기만 못 본다고 화를 내기까지 하더군요. 아직 입덧도 끝나지 않았다고, 아무래도 무리라고 내가 여러 번 거부하고서야 당신 아들은 방문을 쾅

닫고 나가 버렸습니다.

  보통 임신 4개월에 들어서면 입덧이 멈춘다는데 나는 남들보단 조금 오래 입덧을 했어요. 당신은 그조차 탐탁지 않아 했죠. 내 입덧이 끝나자마자 당신은 기다렸다는 듯 요리를 요구했습니다. 매일 한식으로 차린 세끼 상차림을 사진으로 찍어 카톡으로 전송하게 했어요. 한국 음식 재료를 구하기도 쉽지 않다고 했지만 당신은 막무가내였죠. 항공편으로 각종 식재료를 부치고 그것들이 밥상 위에 올라가 있는지 깐깐이 체크했어요.

  내가 너무하다고 항의하자 당신 아들은 비릿한 웃음을 지었습니다. 너도 뭔가는 해야지. 내 눈을 빤히 보며 그가 말했어요. 나는 이틀 동안 당신의 연락을 무시한 채 아예 식탁을 차리지 않았죠. 사흘째 저녁, 소파에 앉아 있던 당신 아들이 화장실로 향하는 나를 따라오며 말했어요. 엄마가 오실 거 같은데. 놀란 내가 무슨 소리냐고 묻자 그는 태연한 표정으로 말하더군요. 제대로 안 먹어서 배 속 애가 제대로 크겠냐고 걱정하시잖아. 어차피 나중에 오실 거, 잠깐 미리 와 보신다는 거지 뭐.

  나는 내 귀를 의심했습니다. 어차피 나중에 오신다는 게 무슨 의미냐고 되묻자 당신 아들은 황당하다는 듯 웃었어요. 당연한 거 아니야? 그럼 왜 이렇게 넓은 집을 구했다고 생각했어? 당신 아들은 또박또박 힘주어 말했죠. 2년 후 자신이 영주권을 얻고 아버지가 회사에서 정년퇴직을 하면 부모님이 뉴질랜드로 이민 오실 계획이라고. 나는 후들거리는 다리로 방에 돌아가 침대에 누웠어요. 명치께를 망치로 꽝꽝 두들겨 맞은 듯한 충격에 따지거나 싸울 기운조차 없었죠. 곧 당신 아들이 따라와 내 어깨를 건드렸지만 난 눈을 감고 잠든 척했습니다. 정작 그 밤 한숨도 자지 못했으면서. 다음 날 아침 내가 미역국을 올린 밥상 사진을 전송하는 것으로 당신의 뉴질랜드행은 일단 유보됐습니다.

하지만 당신 아들이 진짜 바란 건 요리가 아니었어요. 입덧이 끝나자 그는 당연한 듯 잠자리를 원했어요. 나는 성관계만은 끝내 거부했습니다. 아이에게 좋지 않다는 명분을 내세웠지만 실은 당신 아들이 내 몸에 손을 대는 게 싫었어요. 길고 지겨운 싸움 끝에 결국 다른 방식으로 내가 당신 아들의 욕구를 충족시켜 주는 것으로 합의를 봐야 했죠. 깊은 밤, 욕실에서 손을 씻고 입을 헹구며 나는 내장 깊숙한 곳에서 치밀어 오르는 구역질을 느꼈어요. 세면대 위로 흐르는 물줄기를 바라보며 한참을 우두커니 서 있었습니다.

배 속 아이가 아들이라는 걸 알게 된 건 그로부터 얼마 지나지 않아서였어요. 초음파 결과지를 들고 버스케어를 찾아간 날, 타이카는 내 배 둘레를 재고 난 후 걱정스러운 표정을 지었습니다. 그는 내 얼굴이 밝지 않다며 무슨 일이 있느냐고 물었어요. 나는 그냥 조금 피곤할 뿐이라고 했지만 그는 가만히 내 눈을 들여다봤죠. 사실은 두려워요. 내가 잘해 낼 수 있을지. 모든 게 처음이라 낯설고 내가 생각했던 것과 달라요. 타이카의 표정이 자못 심각해지는 것 같아 나는 얼른 농담처럼 덧붙였어요. 사실 뉴질랜드에 오게 된 건 남편이 멋진 사진들을 보여 주며 천국 같은 곳이라고 꾀어서였다고. 다 데려가 준다더니 아직 웰링턴 밖을 벗어나 본 적도 없다고. 타이카는 고개를 갸웃하고 물었어요. 왜 데려가 줘야 갈 수 있죠? 당신은 언제든 가고 싶은 곳에 갈 수 있어요.

순간 말문이 막히고 얼굴이 달아올랐어요. 한 번도 그런 생각을 해 보지 못했단 사실에. 어색해진 공기를 바꿔 보려는 듯 타이카가 다시 입가에 미소를 띠고 물었어요. 그런데, 어디가 그렇게 가 보고 싶었는데요? 나는 나지막하게 답했어요. 와카티푸 호수. 타이카의 입에서 낮은 탄성이 흘러나왔습니다. 오, 아름다운 곳이죠. 그는 마오리어로 비취 호수라는 뜻을 가진 와카티푸의 물빛이 얼마나 푸르고 아름다운지 묘사해 줬어요. 하지만 그 호수가 특별한 건 청정함 때문만은 아니라고 했죠.

어느새 이야기에 빠진 내가 눈을 동그랗게 뜨자 타이카는 이야기를 이어 갔어요. 와카티푸에선 일정 시간 간격으로 15센티미터씩 수면이 오르내린다고. 마오리족 사람들은 그게 호수 바닥에 잠든 전설의 거인 마타

우의 심장 박동 때문이라고 믿는다고. 타이카와 대화를
나누며 나는 서서히 미소를 되찾았습니다. 진료가 끝나
고 문을 나서는데 그가 나를 불러 세웠어요. 돌아선 나
를 향해 그가 따뜻한 눈빛으로 말했습니다. 보윤, 걱정
하지 마요. 우리에겐 모두 처음이 있어요.

당신은 희망이가 아들이라는 걸 전해 듣고 호들갑을
떨며 기뻐했죠. 막상 당신 아들은 그러냐고 고개를 한
번 끄덕였을 뿐 시큰둥한 반응이었어요. 그는 자신의 문
제에 깊이 빠져 있었습니다. 당신 아들은 새로 투입된
앱 개발 프로젝트에서 매니저와 트러블을 겪고 있었죠.
어느 저녁 소파에 앉아 술을 마시던 그는 자신이 인
종차별을 당하고 있다며 분통을 터뜨렸어요. 매니저가
중국인이라고 하지 않았어요? 내가 묻자 그는 이마에
핏대를 세우고 퍼부었죠. 파케하 놈들도 아시아인들이
자기들 밥그릇을 빼앗는다며 혐오하고 차별하지만, 실
은 아시아 새끼들이 더 쓰레기라고. IT 업계에 많은 중
국인들과 인도인들이 얼마나 악랄하게 같은 아시아인
을 괴롭히는지 아느냐고. 백인도 아닌 주제에 더러운 중
국 새끼가 꼴값을 떤다며 당신 아들은 치를 떨었습니다.
나는 그런 발언도 인종차별적이라 생각했지만 그를
진정시키기 위해 부드럽게 말했어요. 그건 그런 행동을
하는 사람이 부끄러워해야 하는 일인 거라고. 차별을 느

긴다니 안타깝지만 한편으론 이민을 결심한 이상 어느 정도의 고난은 감수할 수밖에 없다고 생각한다고. 살다 보면, 때론 억울한 일도 겪을 수밖에 없는 거라고.

그 순간 당신 아들은 벌떡 튀어 올라 나를 덮쳤습니다. 내 위에 올라타 살기 가득한 눈으로 목을 조르며 그가 윽박질렀어요. 그래서, 내가 무시당해도 싸다는 거야? 버둥거리는 나를 노려보던 당신 아들이 문득 정신이 든 듯 손을 풀고 내게서 몸을 뗐어요. 미안하단 말 한마디를 던지고 그는 방으로 들어가 버렸습니다. 나는 몸도 일으키지 못한 채 그대로 누워 흐느꼈어요. 소파의 패브릭이 축축이 젖어 가는 데도 내 몸의 떨림은 쉬이 멈추지 않았습니다.

당신 아들의 성적 요구가 심해진 것도 그 무렵이었습니다. 회사에서 받는 스트레스가 심해질수록 그는 더강하게 내가 자신의 욕구를 채워 주길 바랐어요. 마지못해 타협 봤던 선에서 원하는 대로 해 주곤 했지만, 그가 신음을 내뱉고 돌아누우면 나는 매번 욕실에서 한참 시간을 보내다 돌아왔습니다. 어느 날은 서재 문을 열었다가 노트북으로 포르노를 보던 당신 아들과 눈이 마주치기도 했어요. 나는 조용히 문을 닫고 나와 설거지를 시작했습니다. 접시의 얼룩은 물에 씻겨 쉽게 지워졌지만 화면에 떠 있던 여성의 나신은 머릿속에서 쉽게 지워지지 않았어요.

내 불면이 시작된 것도 그즈음입니다. 매일 밤 위스키를 들이켜던 당신 아들과 침대에 누우면 술 냄새가 진동해 숨을 쉬기조차 힘들었어요. 하지만 더 괴로웠던 건 그의 잠꼬대였죠. 한밤중 허공에 발길질을 하며 욕설을 내뱉는 당신 아들 때문에 나는 여러 번 잠에서 깼어요. 얼굴을 잔뜩 일그러뜨린 채 꿈속을 헤매는 그를 물끄러미 보다 보면 서서히 동이 텄습니다. 그가 출근한 오후에야 나는 겨우 선잠을 잘 수 있었어요.

엄마의 투병 소식이 들려온 건 임신 6개월이 조금 못되어서였습니다. 유방암이라는 병명을 듣는 순간 나는 전화기를 떨어뜨릴 뻔했어요. 한국에 다녀오겠다고 하자 당신과 당신 아들은 강하게 반대했죠. 홑몸도 아닌데 그렇게 가볍게 움직여서야 되겠느냐는 당신들에게 이게 어떻게 가벼운 일이냐고, 부모의 생사보다 중한 일이 어디 있느냐고 따져 물었지만 말이 통하지 않았어요.

나는 대부분 결혼 자금으로 사용해 잔고가 많이 줄어 있던 통장에서 돈을 인출해 항공권을 끊고 당신들에게 통보했습니다. 엄마를 제대로 간병하지 못할 동생들 때문이기도 했지만, 무엇보다 엄마가 너무 보고 싶었어요. 엄마의 수술 전날 밤에야 겨우 한국에 도착할 수 있었죠.

당신이 병실로 찾아왔을 때, 나는 마취에서 깨어났

다 다시 잠든 엄마 곁을 홀로 지키고 있었습니다. 기어이 왔구나. 날 보더니 당신은 대뜸 말했죠. 엄마가 깰까봐 이끈 휴게실에서 당신은 허락도 없이 차가운 손을 내부푼 배에 댔어요. 나는 몸서리치며 한 걸음 뒤로 물러섰습니다. 당신은 내 손자 내가 만져 보지도 못하냐며 혀를 찼죠. 보온 찬합에 싸 온 시커먼 잉어탕을 내게 들이밀며 당신은 말했어요. 이걸 먹어야 젖이 잘 돈다고, 요즘 것들은 엄살이 심해 젖을 일찍 끊는다는데 아주 정신 나간 것들이라고. 한쪽 가슴을 도려내는 수술을 받은 사부인의 안부에 대해선 아직 한마디도 묻기 전이었죠. 그만 가 주셨음 좋겠어요. 병실을 오래 비울 수 없어요. 입술을 깨물고 있던 내가 말하자 당신은 기가 차다는 표정으로 나를 노려봤습니다. 자리를 뜨며 당신은 부러 다 들리게 중얼거렸죠. 이래서 근본 없는 것들은 안 된다니까.

곁을 지키던 2주 동안 엄마가 너무 허깨비 같아 종종 가슴이 내려앉곤 했습니다. 몸도 제대로 못 가누면서 엄마는 틈만 나면 나와 희망이를 걱정했어요. 내 얼굴을 유심히 살피다 언뜻 스치는 그늘이라도 발견할 때면 엄마는 지나가는 말처럼 말했어요. 다 자식 보고 사는 거라고, 희망이만 생각하라고. 그런 엄마 때문에 나는 여러 번 고개를 돌리고 눈물을 삼켜야 했습니다. 목구멍까지 차오른 수많은 말들 역시. 대신 엄마가 약에 취해 잠든 밤이면 병원 산책로를 걸었어요. 찬 바람을 쐬며 걷다 보면 아주 조금은 가슴이 트이는 기분이었으니까.

어느 밤, 벤치에 앉아 쉬다 맞은편 화단에서 반짝이는 무언가를 발견하고 다가간 건 순전히 호기심 때문이었습니다. 잔디 위에서 주운 건 은색 수갑이었어요. 수갑 양쪽을 연결하는 사슬 중앙엔 까만 끈에 묶인 열쇠까지 달려 있었는데, 만듦새나 무게감으로 짐작건대 장난감은 아니었습니다. 나는 희망이의 발길질이 느껴지는데도 한참을 쪼그려 앉아 차갑게 빛나는 그것을 멍하니 바라봤어요. 그때 갑자기 뒤쪽에서 인기척이 들렸습니다. 지나가는 커플의 두런대는 소리에 놀라 나도 모르게 주머니에 수갑을 집어넣고 말았어요. 충동적인 행동이었죠. 이게 훗날 당신이 그토록 궁금해했던 수갑의 출처예요.

웰링턴에 돌아온 내게 당신 아들이 던진 첫 질문이 장모님의 안부가 아니라 당신과 왜 싸웠느냐는 것이었을 때, 나는 차라리 웃고 싶었습니다. 당신들은 어쩜 그렇게 닮았는지. 역시 피는 못 속이는 건지. 싸우기도 피곤해 고개를 젓고 방으로 가 짐을 풀었어요. 캐리어에서 옷가지를 꺼내다 돌연 손끝에 서늘한 것이 닿아 멈칫했어요. 한국에서 뉴질랜드로 함께 날아온 수갑을 나는 물끄러미 내려다보았습니다.

일주일 뒤 버스케어 진료실에서 만난 타이카는 내 한국행이 엄마의 수술 때문이었단 사실을 진심으로 안타까워했어요. 내 어깨에 손을 얹고 엄마의 쾌유를 빈다며 미소 지어 줬죠. 하지만 검진을 마칠 때쯤 그의 입가에선 미소가 사라져 있었습니다. 그는 태아의 크기가 평균보다 많이 작다며 걱정스러운 표정을 지었어요. 내 얼굴을 유심히 보던 그가 요즘도 제대로 자지 못하느냐고 물었습니다. 내가 고개를 끄덕이자 타이카는 말했죠. 보윤, 만약 당신에게 무슨 문제가 있다면 내게 말할 수 있어요.

나는 천천히 고개를 젓고 입꼬리를 올려 웃으며 말했어요. 아무 문제 없어요. 그리고 속으로 말했습니다. 아무 문제 없어요. 남편이 곁에 누운 킹사이즈 침대보다 병원 바닥의 보조 침대가 더 편했다는 것 말고는, 대를 잇고 밥을 지을 역할로 간택돼 지구 반대편에 오게 된 건 아닌가 하는 의문에 종종 싱크대 앞에 우두커니 서 있는다는 것 말고는, 분명 기회가 있었는데도 잘못된 선택지를 골라 인생을 망친 것 같단 생각에 새벽녘 소리 없이 눈물짓는다는 것 말고는.

타이카는 아무 말도 하지 않고 한참 동안 내 얼굴을 물끄러미 봤어요. 입을 떼려다 다시 다문 그가 잠시 후 한 마디 한 마디 힘주어 말했죠. 태동이 약해진 것 같거나 조금이라도 피가 비치면, 뭐든 조금이라도 이상이 느껴지면, 언제든 바로 내게 전화해요. 나는 고개를 끄덕였어요. 그는 끝내 개운치 않은 표정이었지만 진료는 평소처럼 마무리됐습니다.

요즘도 문득 희망이가 떠오를 때면 나는 그날 그 진료실로 돌아가곤 해요. 뭔가 달라질 수도 있었을까……. 하지만 곧 고개를 젓게 됩니다. 그때의 나는 누구에게도 그런 추한 생각들을 들키고 싶지 않다는 마음뿐이었으니까. 입 밖에 내지 않고 감추면 그것들이 사실로 확정되지 않기라도 할 것처럼.

일상은 계속됐습니다. 매일 식탁 사진을 찍어 당신에게 보내고, 침대에선 당신 아들이 원하는 것을 해 주고, 끝없이 뒤척이며 잠을 이루지 못하고. 유일하게 달라진 게 있다면 그 긴 밤들에 날 위한 사소한 장난을 시작했다는 거예요. 당신 아들이 술에 취해 인사불성으로 곯아떨어진 날이면 나는 그의 두 팔에 수갑을 채워 침대 기둥에 묶곤 했습니다. 그 시간만이 유일하게 그 집에서 내가 안전하다고 느낄 수 있는 시간이었어요.

서서히 동이 트면 나는 당신 아들이 깨기 전에 조심히 수갑을 끌렀습니다. 그리고 기다렸어요. 똑같은 하루가 시작되길. 아니, 사실 나는 기다리고 있었죠. 전혀 다른 하루가 시작되길.

병원에서 눈을 떴을 때 두 남자가 나를 내려다보고

있었습니다. 당신 아들과 타이카. 나는 당신 아들에게 나가 달라고 했어요. 당신 아들은 거부했지만 주변 의료 진들에 의해 결국 병실 밖으로 쫓겨났죠. 타이카와 단둘이 남겨지고서야 나는 울음을 터뜨렸습니다. 멈추지 않고 흐르는 눈물을 그가 닦아 줬어요. 나는 잠긴 목소리로 물었어요. 볼 수 있나요……. 그 애를……. 그는 말없이 고개를 저었어요. 한 번만, 딱 한 번만요. 내가 애원했지만 그는 슬픈 표정으로 고개를 저을 뿐이었습니다.

내 잘못이에요……. 다 내 잘못이에요……. 내가 다시 오열하자 타이카는 내 손을 잡고 말했어요. 당신 잘못이 아니에요. 절대, 당신 잘못이 아니에요. 나는 얼굴을 가리고 목 놓아 울었어요. 긴 울음을 그칠 때까지 타이카는 내 곁을 지켜 줬습니다. 떠나기 전 한숨 푹 자라며 머리카락을 쓸어 주던 타이카가 내 눈을 가만히 보며 말했습니다. 알아요……. 당신으로선 최선을 다했다는 걸.

퇴원한 내게 당신은 전화로 악담을 퍼부었죠. 싸돌아다니지 말랬더니 기어이 당신 말을 어겨 그런 꼴을 당한 거라며 양막 파열에 대해 끝없이 비난했습니다. 당신 아들이 전한 산모까지 위험한 상황이었단 이야기 따윈 당신 귀에 들리지 않았겠죠. 나도 그랬어요. 당신이 하는 이야기들이 한쪽 귓바퀴로 흘러 들어와 다른 쪽 귓바퀴로 흘러 나갔습니다. 그때 내겐 아무것도 들리지도 보이지도 않았으니까. 나는 먹지도 씻지도 않은 채 누워만 있었어요. 두꺼운 커튼을 친 방에. 낮도 밤도, 어제도 오늘도 구분되지 않는 날들이 이어졌습니다. 퇴근한 당신 아들은 텅 빈 눈으로 허공만 보는, 더 이상 울지도 않는 나를 보다 발길을 돌리곤 했죠.

하지만 정말이지 당신 아들의 참을성이란……. 당신 아들이 아직 회복도 되지 않은 내 몸에 손을 대려 한 다음 날, 그가 출근한 사이 나는 캐리어를 끌고 공항으로 향했습니다. 식탁 위엔 앞으로 진행될 이혼 소송에 관한 쪽지 한 장을 남긴 채.

입국장 게이트에 나란히 서 있는 당신 부부를 봤을 땐 얼마나 놀랐는지 모릅니다. 당신들은 잽싸게 다가와 양쪽에서 내 팔을 잡은 채 당신들 집에 가자고 했죠. 나는 도리질 쳤어요. 그런 나를 당신 남편은 선량한 표정으로 설득했습니다. 원하는 대로 해 주겠다고, 그래도 서로 정리할 것들이 있는데 밖에서 할 이야기는 아니지 않느냐고. 하지만 집에 도착해 현관문을 잠근 순간부터 당신은 돌변했습니다.

당신은 바람피운 사실을 인정하라며 나를 추궁했습니다. 그게 무슨 소리냐며 황당해하자 당신은 다 알고 있다고, 남자가 있으니까 이혼하려는 게 아니냐며 어서 진실을 말하라고 소리 질렀죠. 나는 어이가 없어 웃었어요. 다 알고 계신데 뭘 또 물으세요. 그 순간이었습니다. 당신이 내 뺨을 후려친 것은. 처음엔 강렬한 통증에, 이어 그보다 강하게 나를 덮친 분노에 나는 몸을 떨었어요. 떨리는 목소리로 한 마디 한 마디 힘주어 말했죠. 당신 아들이 그 모양이 된 건 다 당신 때문이라고. 너무나 똑똑히 알겠다고. 이게 바로 당신이 누누이 강조하던 근본의 문제라는 걸. 당신은 얼굴을 일그러뜨리더니 내게 달려들어 손찌검과 욕설을 퍼부었죠.

거두어 준 은혜도 모르는 년, 몸 간수 하나 못해서 손자 얼굴도 못 보게 하더니 이혼을 들먹이는 뻔뻔한 년이라며 당신은 날뛰었습니다. 내가 현관 쪽으로 도망치자 뒤쫓아 와 머리채를 잡고 마구 흔들었죠. 나는 비명을 지르며 저항했지만 도저히 당신의 힘을 당해 낼 수 없었습니다. 당신에게 끌려가다 소파에 앉아 있던 당신 남편과 눈이 마주쳤어요. 당신 남편은 나를 흘낏 보더니 읽고 있던 신문을 천천히 넘겼습니다.

나를 안방에 내동댕이치고 당신은 내 캐리어를 뒤지기 시작했습니다. 외도 증거를 찾겠다며 짐을 헤집던 당신은 수갑을 발견하곤 탄성을 뱉었죠. 이게 뭐냐고 물어도 내가 답하지 않자 당신은 역시 보통 수상한 년이 아니라며 눈을 희번덕였습니다. 그러곤 자백하기 전엔 한 발짝도 못 나갈 줄 알라며 휴대폰 녹음 버튼을 누른 채 나를 닦달했죠. 하지만 당신이 아무리 때리고 욕설을 퍼부어도 굳게 닫힌 내 입은 열리지 않았어요. 잠시 후 방문이 열리더니 당신 남편이 문가에 서서 말했습니다. 지훈이 데리러 갈 시간이라고.

당신들은 수갑 한쪽을 안방 침대 다리에, 다른 한쪽을 내 왼팔에 채우고 두 다리와 오른팔을 끈으로 한데 묶어 날 결박했습니다. 내 입에 스카프로 재갈을 물린 후에야 당신들은 방문을 닫고 나갔죠. 방문을 닫기 전 당신이 마지막으로 남긴 한마디를 아직도 잊을 수가 없네요. 우리 아들이 혼자는 못 돌아가겠다는구나.

당신들이 사라지고 나는 몸부림쳤습니다. 하지만 그럴수록 수갑이 손목을 조여 와 더 큰 고통이 찾아왔죠. 잠시 눈을 감고 생각을 가다듬었습니다. 다음 순간 눈을 뜬 나는 온몸에 힘을 실어 침대에 몸을 부딪쳤습니다. 침대는 꿈쩍하지 않았죠. 하지만 나는 멈추지 않았어요. 매 순간 온몸을 강타하는 엄청난 타격에 신음을 뱉고 눈물 흘리면서도 결코 멈출 수 없었습니다. 머릿속엔 도망쳐야 한단 생각밖에 없었으니까. 당신들에게서. 다시 내 인생을 속박하려 들 당신들에게서.

불에 달군 꼬챙이로 깊숙이 찌르는 듯한 통증이 어깨를 휩싼 순간, 수갑이 매인 침대 다리가 부서지는 소리가 들렸습니다.

내 핸드폰도 당신들의 집전화도 보이지 않아 신고도 못 한 채 일단 집 밖으로 뛰쳐나갈 수밖에 없었어요. 엘리베이터가 내려가는 동안에도 당신들이 갑자기 나타나 나를 덮칠까 봐 온몸이 덜덜 떨렸습니다. 아파트 공동 현관에서 마주친 젊은 여성이 나를 보고 놀라 에코백을 떨어뜨릴 때까지도 나는 내 어깨에서 피가 뚝뚝 흐르고 있다는 것조차 깨닫지 못하고 있었죠. 수갑이 달랑거리는 손을 내밀어 나는 여성에게 애원했습니다. 살려 주세요. 구급차와 경찰차가 나란히 도착하고 구급대원의 도움으로 베드에 몸을 눕히는 순간, 나는 바로 혼절했습니다.

아직도 나는 종종 수갑에 묶인 채 어두운 미로를 헤매는 악몽을 꾸다 깨곤 해요. 이마에 맺힌 땀을 닦으며 스스로에게 속삭이죠. 당신들이 아직 벌을 받고 있는 중이라고. 당신들은 3심까지 끌고 가며 선처를 구했지만 대법원은 당신과 당신 남편에게 각각 징역 2년과 1년 형을 선고했죠. 나는 당신들이 받은 벌이 가볍다고 생각해요. 그나마 작은 위안이 된 건, 내가 끝까지 수갑의 출처를 함구해 경찰 장비 규제에 관한 법률 위반까지 적용돼 좀 더 무거운 형량이 내려졌단 거죠.

아, 어쩌면 당신들이 받은 가장 큰 벌은 따로 있단 생각을 한 적이 있네요. 날 찾아와 빌던 당신 아들을 본 날.

형사 재판과 이혼 소송을 함께 진행하느라 뉴질랜드 생활을 접고 귀국한 당신 아들은 내게 애원했어요. 제발

이쯤에서 용서해 달라고, 낙오자가 된 자신이 불쌍하지도 않으냐고. 말끝에 슬그머니 형사 합의서를 내밀더군요. 사인만 해 주면 위자료는 두둑이 챙겨 주겠다며. 당신들은 정말이지 근본이 다른 인간들이에요. 나는 웃으며 당신 아들 귓가에 속삭여 줬습니다. 꺼지라고. 얼마 전 최종 위자료 액수가 당신 아들과 결혼하기 전 통장 잔고와 비슷하단 걸 확인했을 땐 씁쓸한 웃음까지 나더군요. 나는 먼 길을 돌아 제자리로 왔어요.

탑승을 알리는 안내 방송이 울리네요. 이제 곧 비행기가 이륙할 시간입니다. 글을 마무리할 때가 왔으니 당신이 법정에서 그토록 핏대를 세워 이야기했던 '진실'에 관해 이야기해야겠네요. 당신은 며느리가 미드와이프와 외도한 걸 확인하려 했을 뿐이라고 주장했죠. 당신은 그저 진실을 알고자 했을 뿐이라고. 아니, 당신이 타이카에 관해 알았어야 할 진실은 따로 있어요. 타이카가 병실에서 한숨 푹 자라며 머리카락을 쓸어 주고 내 눈을 가만히 들여다보던 순간에. 그 순간 타이카는 내게 최선을 다했다는 걸 안다고 말했지만 그의 눈빛은 다른 말을 하고 있었죠.

그는 알고 있었어요. 아랫도리가 축축한 증세가 지속되는데도 내가 모른 척해 왔다는 걸. 항의하듯 거세던 아이의 태동이 점점 약해지는데도 내가 외면해 왔다는 걸. 아침부터 허벅지 아래로 왈칵왈칵 쏟아지던 핏물이 하얀 침대 시트에 커다란 동심원을 그리며 번져 나가는 데도 정신을 잃기 직전까지 내가 협탁 위 핸드폰을 가만히 바라보기만 했다는 걸…… 그는 알고 있었어요. 내가 양지훈의 아이를 원한 적 없다는 걸. 아이를 낳고 그와 영원히 묶이게 될 거라는 사실에 몸서리치곤 했다는 걸. 단 한 번도 내가 입 밖에 올린 적 없었지만, 그는 알고 있었어요. 병실을 나서던 그 순간, 그의 눈빛은 이렇게 말했습니다. 알고 있어요……. 그것이, 당신에게 최선이었다는 것을.

정말 떠나야 할 시간이네요. 나는 뉴질랜드에 갑니다. 한 달 동안 혼자 남섬을 여행할 계획이에요. 첫 번째 여행지는 와카티푸고요. 천천히 호숫가를 거닐며 거인의 심장을 느껴 볼 생각입니다. 이제 아니까요. 나는 언제든 가고 싶은 곳에 갈 수 있다는 걸. 이 긴 편지를 마무리해야겠군요. 당신의 수인 번호는 모르지만 이 편지가 꼭 당신에게 닿기를 바랍니다. 쓰면서 당신에 대한 감정도 어느 정도 정리가 됐어요. 사실은 그러려고 시작한 글이니까. 당신을 용서한다는 말은 차마 못 하겠네요. 다만, 나는 당신을 연민합니다. 때가 되면 지금 갇혀 있는 그곳에서 풀려나겠지만, 풀려난 곳 역시 또 다른 감옥이라는 사실을 평생 이해하지 못할 당신을.

제주행

이륙 전의 객실은 좌석을 찾아 움직이는 승객들로 부산했다. 나는 탑승권을 확인하고 왼쪽 창가 자리에 몸을 묻었다. 탑승권에 찍힌 비행 시간은 정확히 70분이었다. 인터뷰이의 신곡 앨범을 통째로 한 번 더 재생하기에 적당한 시간. 얼마 전 6집 앨범을 낸 가수를 인터뷰하러 가는 길이었다. 10년 전 제주에 터를 잡은 뒤론 매체 노출을 꺼려 온 가수는 오랜 친분이 있던 우리 편집장의 읍소에 인터뷰를 승낙하며 세 가지 조건을 걸었다고 했다. 제주에 있는 자신의 집으로 올 것, 사진 촬영을 하지 않을 것, 인터뷰는 한 시간을 넘기지 않을 것.

그래서 포토그래퍼도 스타일리스트도 없이 홀로 떠나는 출장이었다. 목에 둘렀던 스카프를 풀고 이어폰을 찾아 숄더백을 뒤지는데 누군가 내가 앉은 열로 들어서는 기척이 느껴졌다. 반사적으로 고개를 돌렸을 때, 익숙한 얼굴이 나를 내려다보고 있었다.

……언니.

연정 언니였다. 기억 속에서보다 턱선이 무뎌졌지만, 언제나 고수하던 쇼트커트가 아닌 단발 펌을 하고 있지만, 내가 몰라볼 수 없는 얼굴, 연정 언니.

이렇게도 보는구나.

언니가 입가에 희미한 미소를 띠며 말했다. 예상치 못한 조우에 놀란 나와 달리 언니는 차분한 표정이었다. 그랬지, 언니는 쉽게 평정을 잃지 않는 사람이었지. 그제야 내 옆에 앉는 사람이 연정 언니라는 실감이 밀려왔다.

8년 만인가.

좌석 등받이에 몸을 묻고 잠시 눈을 감았다 뜬 언니가 나를 돌아보며 말했다.

*

8년 전, 우리는 함께 살았다. 학교 후문에서 도보로 15분 거리의 주택가에 위치한 낡은 다세대 주택에서. 그 집의 주소를 아직 기억한다. '17-3번지, 공장 옆 1층.' 주소에 걸맞게 온종일 미싱 돌아가는 소리가 끊이지 않던 작은 봉제 인형 공장 옆, 좁은 화장실과 어둑한 부엌이 딸린 투룸에서 우리는 여름부터 봄까지 네 계절을 함께 보냈다.

언니와 룸메이트가 된 건 순전히 우연이었다. 코스모스 졸업을 앞두고 있던 초여름, 고시원 옥상에서 또 빨래를 도둑맞은 뒤로 나는 하루에도 몇 번씩 '피터팬의 좋은 방 구하기' 카페에 들락거렸다. 그날도 국문과 과방에서 공용 PC로 방을 알아보고 있는데, 두 학번 위 복학생 선배들이 우르르 들어왔다. 지나가며 내 모니터 화면을 흘낏 본 한 선배가 내게 말을 걸었다.

쩡이 요새 룸메 찾던데.

쩡이요?

눈을 동그랗게 뜬 나를 선배는 신기하다는 듯 쳐다봤다.

쩡 몰라? 김연정. 제주 쩡이.

무리 지어 있던 선배들 중 다른 한 명이 '와, 우리 과에 쩡 모르는 사람도 있었어?'라며 추임새를 넣자 한바탕 왁자한 웃음이 터졌고, 나는 잘못이라도 저지른 아이처럼 얼굴이 붉어졌다. 웃음소리가 잦아듦과 동시에 내게 처음 말을 걸었던 선배의 눈이 빛났다. 열린 과방 문 너머로 키 크고 호리호리한 여자가 종종걸음으로 걸어가는 게 보였다. 선배가 문가로 달려가 외쳤다.

야, 쩡! 제주 쩡이! 이리 와 봐.

제주 쩡이. 그것은 대학시절 내내 연정 언니를 따라
다닌 별명이었다. 언니가 '제주'라는 말만 나오면 질색을
하는데도, 상경한 지 한 달 만에 사투리를 싹 고쳐 서울
말을 쓰는데도, 방학 때도 명절 때도 언니가 제주에 내
려가는 걸 본 사람이 없는데도, 다들 언니를 그렇게 불
렀다. 평소엔 몸가짐이 그렇게 단정한 사람이 그 호칭만
나오면 손사래를 치는 게 보기 즐거워 그랬던 걸까. 말
수가 적고 전혀 나서는 스타일이 아닌데도 모임에 빠지
면 왠지 서운한 사람, 가끔 짓는 환한 웃음으로 상대방
마음의 빗장을 툭, 열어 버리는 사람, 도무지 좋아하지
않을 수 없는 사람. 언니는 그런 사람이었다.

  기말고사가 모두 끝난 종강 주 금요일, 우리는 언니가
가계약금을 걸어 뒀던 투룸으로 이사했다. 이사라는 말
이 무색하게 둘 다 짐이랄 게 별로 없었다. 내 짐은 24인
치 트렁크 두 개에 욱여넣은 옷가지와 전공 서적, 화장
품 따위가 전부였고, 언니의 짐도 별반 다르지 않았다.

  휑한 방에 신문지를 깔고 앉아 짜장면 그릇을 비운
후, 언니와 나는 근처 구립 재활용 센터에 갔다. 우리는
어둑한 센터 안을 천천히 돌며 하단 매트리스에 주먹
만 한 갈색 얼룩이 있는 2단 침대, 군데군데 스크래치가
눈에 띄는 기다란 사무용 책상, 엉덩이 부분의 쿠션이
다 꺼진 의자 두 개, 세 번째 칸 손잡이만 색깔이 다른

4단 서랍장과 작동하는 것만으로도 대견한 151리터 냉장고를 골랐다. 언니가 관록이 만만치 않아 보이는 재활용 센터 아저씨를 상대로 각각의 흠결을 가리키며 너무 똑 부러지게 가격을 깎는 바람에 나는 하마터면 웃음을 터뜨릴 뻔했다.

침대를 들일 수 없을 만큼 가로폭이 좁던 작은방엔 책상과 의자를 놓고, 안방에 2단 침대와 서랍을 들여놓자 얼추 사람 사는 집 같은 모양새가 갖춰졌다. 언니는 길가로 면한 안방 창에 커튼 대신 인도 여행에서 산 커다란 숄을 둘렀다. 주황색 바탕천 위에 탐스러운 연꽃잎과 어지러운 넝쿨무늬가 수놓아져 있는.

그날 밤, 잠자리를 정하며 약간의 실랑이가 벌어졌다. 막 세수를 마치고 온 언니가 2단 침대의 하단 매트리스 위에 누워 있는 나를 물끄러미 내려다봤다. 언니의 얼굴엔 채 닦지 못한 맑은 물방울들이 맺혀 있었다.

올라가.

아녜요, 선배. 전 여기가 편해요.

우리는 한참 서로 아래에서 자겠다고 고집을 부렸다. 언니가 올라가라고 할 때마다 나는 매트리스 발치의 갈색 얼룩을 보며 번번이 고개를 저었다. 언니가 옅은 한숨을 내쉬더니 바닥에 이불을 깔았다.

그럼, 난 여기서 잘게.

말을 마친 언니는 바로 불을 끄고 바닥에 누워 등을

돌렸다. 잠시 후, 어둠 속을 더듬더듬 기어간 내가 언니의 어깨를 살짝 건드리며 속삭였다.

제가 위에서 잘게요.

피식, 어둠 속에서 언니가 웃는 소리가 들렸다.

여름방학이 시작됐지만 우리는 취업 준비와 아르바이트로 학기 중보다 바빴다. 나는 출판사와 잡지사에 보낼 자기소개서를 다듬고 중학생들의 논술 답안을 채점하며 밤을 새웠고, 라디오 PD 지망생인 언니는 언론고시 스터디와 세 개의 과외 아르바이트 사이에 가을 공채 대비 파이널 스터디를 하나 더 추가했다. 언니는 지난해 한 공중파 방송국의 최종 면접에서 고배를 마셨다고 했다. 아마 올해가 마지막 도전이 될 것 같다고도. 언니는 어느새 언시생들 사이에서 흉흉하게 떠도는 소문 속 '데드라인'에 걸릴 나이였고, 학점은 모두 이수한 채 졸업논문 제출만 미뤄 만들어 놓은 '수료' 상태를 더 연장하는 것에 대해서도 회의적이었다.

선배는 휴학하고 뭐 했어요?

그냥 여기저기 여행하고…….

그리고요?

언니가 고개를 돌리고 지나가는 말처럼 답했다.

운동했어.

운동요? 무슨 운동이요?

대체 무슨 운동을 얼마나 열심히 하기에 휴학까지 한 단 말인가. 어안이 벙벙해진 내가 눈을 동그랗게 뜨고 묻자 언니의 얼굴에 당황하는 기색이 스쳤다. 나중에야 나는 언니가 말한 운동이 내가 순간적으로 떠올린 요가나 필라테스 같은 스포츠가 아니란 걸 알고 얼굴이 붉어졌다.

나는 언니를 졸라 공장에 다니던 시절의 이야기를 들었다. 언니는 고졸 학력까지만 기입한 이력서로 울산의 한 공장에 취직했다고 했다. 핸드폰 카메라에 들어가는 렌즈 부품을 만드는 생산라인에서 언니는 9개월간 일했다. 그리고 숨겨간 소형 디지털 카메라의 뷰파인더 안에 그 공장의 구석구석과 거기서 일하다 병명도 모르는 병에 걸려 시름시름 앓던 사람들의 모습을 담았다. 언니는 다큐를 찍고 있었다.

계약 기간을 마치고 퇴사한 언니가 다큐 편집을 거의 마무리해 갈 무렵, 한 통의 전화가 걸려 왔다. 언니와 함께 기숙사 방을 썼던 동료였다. 미진이. 언니보다 세 살 어린 미진이, 몸이 불편한 엄마와 중고생인 동생들을 위해 월급 대부분을 집으로 부치던 미진이, 퇴근길 언니와 시장 떡볶이를 나눠 먹던 미진이, 늦은 밤 함께 라디오를 듣다 잠들던 미진이는 한참을 말없이 울었다. 검사를 받으러 갔다 바로 입원 수속을 밟고 내내 벗어나지 못했던 병상에서 그녀는 회사가 내민 계약서에 사인을 했다고 했다. 그러고 싶지 않았지만 그럴 수밖에 없었다고, 남은 엄마와 동생들을 생각할 수밖에 없었다고 미진이는 울먹였다. 그리고 간곡히 부탁했다. 자신의 인터뷰가 담긴 그 다큐가 세상에 나오지 않았으면 좋겠다고.

지방 공장에서, 파업 현장에서, 송전탑 아래에서, 저마다의 자리에서 분주하던 언니의 동지들은 생각이 달랐다. 이해는 하지만 포기는 하지 말라는 부드러운 조언에서부터 대의 앞에서 고작 인정 따위에 휘둘리느냐는 혹독한 비난까지 설득의 방식은 다양했으나 그들이 언니에게 제시하는 답은 한결같았다.

그중 가장 가까웠던 이와 격론을 벌이고 돌아오던 길에 언니는 한강에 갔다. 화창한 오후의 고수부지 풀밭 위에서 아이들은 걷고 개들은 뛰고 엄마들은 웃고 연인들은 속삭이고 있었다. 언니는 가만히 앉아 있었다. 햇살에 반짝이던 강물이 시커멓게 출렁일 때까지. 아이들도 개들도 엄마들도 연인들도 모두 집으로 돌아갈 때까지. 언니는 촬영 소스 전부와 여러 버전의 편집본이 들어있던 외장하드를 강물에 던졌다. 그리고 다시는 그 모임에 발길 하지 않았다.

나는 언니가 들려준 이야기들이 그저 놀라웠다. 그것은 내가 전혀 알지 못했던 세계에 관한 이야기였다. 주변의 동기들과 나는 사회가 앞으로 나아가야 할 길을 찾기는커녕 제 앞길을 찾기에도 급급했으니까.

선배는 좀 다른 사람 같아요.

뭐가?

그냥…… 달라요. 내 주변에 선배 같은 사람은 없었
어요.

언니가 씁쓸하게 웃더니 고개를 저었다.

아니. 난 그냥 겁쟁이야.

그 여름, 한결같이 정중한 문구로 시작되는 서류 전
형 탈락 메일들을 삭제하고 또 삭제하며 나는 작아지고
또 작아졌다. 그래도 우리는 원서라도 써 보지. 취업 준
비를 시작하며 동기들과 했던 자조 속에는 이름만 대면
아는 대학에 다닌다는 오만함과 자신감이 은근히 깔려
있었다.

하지만 '그래도 우리는'이 '그래 봤자 우리도'가 되는
데는 그리 오랜 시간이 걸리지 않았다. 마흔 통의 원서
를 넣고도 단 한 번의 면접 기회조차 얻지 못한 후, 나는
깨달았다. 내가 가고 싶은 직장은 남들도 다 가고 싶은
직장이라는 아주 단순한 진리를.

힘든 시절이었지만 내 곁엔 언니가 있었다. 언니와 나
는 급속도로 가까워졌다. 어쩌면 당연한 일이었다. 그
시절 우리는 참 많은 것들을 공유했으니까. 샴푸와 생리
대 같은 일용품에서부터 각자의 집에서 택배로 부쳐 준
김치와 밑반찬 같은 먹거리까지, 둘 다 내 것 네 것 따지

지 않고 나누었다. 물질적 영역에서의 공유는 곧 정신적 영역에서의 공감으로 넘어갔다. 우리는 서로가 소개한 책과 영화, 라디오 프로그램에 대한 감상을 나누며 취향이 닮아 있음을 발견하고 기뻐했다.

종종 장맛비가 유리창을 때려 대는 밤이면 언니가 즐겨 듣던 새벽 라디오 프로그램을 틀어 두고 마주 앉아 맥주잔을 기울이기도 했다. 방 안에 잔잔하게 깔리는 진행자의 멘트 위에 우리 두 사람의 낮은 목소리를 보탰다. 나는 스스로를 수다스러운 사람이라고 생각해 본 적 없었는데도 그런 밤이면 끝도 없이 이야기가 흘러나왔다.

나는 미래에 대한 불안, 감춰 왔던 비밀, 아물지 않은 상처에 대해 고백했다. 중학교 시절 가장 친했던 친구와 사이가 틀어져 왕따를 당한 후론 언제나 또래 동성들과의 관계에서 이유 없는 어색함을 느끼게 되었다는 이야기나 상대방의 일방적 이별 통보로 어느 날 갑자기 끝나 버린 세 학번 위 과 선배와의 비밀연애에 관한 이야기는 가장 가까운 친구에게조차 하지 못했던 것들이었다. 언니는 잠자코 들어주었다. 간간이 내 볼을 닦아 주거나 수그린 내 머리 위에 잠깐 손을 얹기도 하면서.

네 잘못이 아니야.

어느 밤, 언니는 내 눈을 들여다보며 힘주어 말했다. 항상 부드러운 말투를 잃지 않던 언니가 보여 준 단호함이었다. 그 단단함이 나에게도 전염되어 오기를, 그 밤 잠들기 전 나는 몰래 기도했다.

언니가 외출해 홀로 집에 남겨지면, 어리둥절한 기분에 휩싸이기도 했다. 누군가와 이토록 친밀한 관계를 맺게 되었다는 사실이 거짓말 같았다. 그 시절의 나는 타인과 눈을 똑바로 마주하는 것조차 버거워하던 사람이었으니까. 상대방이 무심코 던진 눈길 속에서도 호의와 적의를 구별해 내려 하고, 누군가 지나가듯 던진 말속에서도 숨은 의도를 찾아내려 곱씹어 보던 사람이었으니까. 그런 내가 조건 없는 애정을 받을 수 있다는 것이 믿기지 않았다. 눈치채지 못하고 있을 뿐 우리 관계에 이미 나쁜 싹이 자라기 시작한 건 아닐까, 롤러코스터를 탄 것처럼 다음 순간 예고된 추락을 맞게 되는 건 아닐까, 공연히 가슴이 내려앉는 순간들도 있었다. 그런 어두운 마음이 덮쳐 올 때면 나는 부러 고개를 크게 저었다. 그리고 언니에 대해 생각했다.

나는 창가의 바람에 하늘거리는 주황색 숄의 이국적 무늬들을 보며 언니가 걸었을 인도의 골목들을 상상했다. 타이어가 녹을 정도로 작열하는 태양 아래, 길바닥에선 붉은 흙먼지가 끊임없이 피어오른다는 곳. 헐벗은 아이들과 음침한 눈빛의 집시들이 끝없이 구걸의 손길을 내밀며 쫓아온다는 곳. 미처 다 화장되지 못한 인간의 정강이뼈를 문 개들이 성스러운 물로 목욕하는 사람들 곁을 어슬렁거린다는 곳. 그 길 위에서 씩씩하게 걷는 언니를 그려 봤다. 그리고 나중에 함께 가기로 약속한 포카라를 상상했다. 인도에서 네팔로 넘어가던 길에 동행자가 크게 아파 언니가 끝내 가 보지 못했다는 호수 도시. 귀국 비행편이 정해져 있던 언니에게 갈 길 가라며 힘없이 손을 내젓던 동행자를 그냥 두고 갈 수 없었다며 언니는 말했다.

어떻게 그러니. 사람이 어떻게 그래.

나는 우리 관계의 특별함이 연정 언니의 특별함 때문이라고 믿었다. 다른 사람이 아닌 연정 언니이기에 가능한 것이라고. 나보다 고작 두 살 더 많지만 정신연령은 두 배쯤 더 높은 사람. 그 시절, 언니는 내게 그런 존재였다.

가을이 되기도 전에 언니를 부르는 호칭은 연정 선배에서 연정 언니를 거쳐 쩡이 되어 있었다.

*

하늘색 유니폼을 입은 승무원이 음료를 서빙했다. 승무원에게 받은 컵을 내게 전달하던 언니의 손이 내 손등을 스쳤다. 우리는 잠시 마주 보며 어색하게 웃었다. 이륙 후 두 사람 다 말없이 앞만 보고 있었지만, 서로 상대의 숨소리와 작은 동작 하나까지도 의식하고 있단 걸 알 수 있었다. 혹시 다른 의도로 해석될까 봐 나는 이어 폰도 끼지 못한 채였다.

언니는 집에 가는 길이야?

응…… 엄마 보러.

고개를 끄덕이는 언니의 얼굴이 살짝 흐려졌다. 괜한 소리를 했구나. 후회하는 내 마음을 읽기라도 한 듯 언니가 곧 표정을 풀고 물었다.

너는? 여행 가니?

아니, 일 때문에. 인터뷰가 있어서.

언니가 천천히 고개를 끄덕이곤 물었다.

아직, 그 회사 다녀?

어쩌다 보니…… 나도 이렇게 오래 다닐 줄은 몰랐네.

부러 쑥스러운 듯 미소 짓는데 심장에 조약돌 하나가 얹어지는 것 같았다. 내 웃음의 어느 한 조각이 일그러져 있지는 않을지 겁이 났다.

낙엽이 지기 시작할 무렵, 처음으로 면접을 보러 오라는 통보가 왔다. 규모로만 치면 국내에서 다섯 손가락 안에 드는 잡지사였다. 비록 정직원 자리가 아니라 어시스턴트 자리였지만, 어시를 거쳐 에디터가 되는 게 그 바닥의 관례였으므로, 아니 그보다는 당장 이력서를 채울 한 줄이 절실했으므로, 나는 '6개월 후 정직원 전환 가능'이라는 채용 공고의 마지막 문장 속 '가능'이란

한 단어에 얼마든지 6개월을 걸 생각이었다.

　문제는 복장이었다. 언니의 정장은 언니보다 10센티
는 작은 내겐 너무 컸다. 엄마에게 부담을 주기 싫어서,
더 솔직히는 헛된 기대를 품게 하고 싶지 않아서 나는
통장에 있던 비상금을 찾아 영등포의 백화점에 갔다.
언니는 나를 위해 과외 시간을 변경하고 그날 오후를 비
웠다.

　언니와 나는 백화점 3층 여성복 코너를 세 바퀴 돌았
다. 처음부터 마네킹에 걸린 신상품 쪽엔 눈길조차 주
지 않고 에스컬레이터 옆 자투리 공간과 매장 가장자리
에 설치된 매대 속 지난 시즌 혹은 지지난 시즌 할인 상
품들만 살펴봤는데도 나는 아무것도 쉽게 집지 못했다.
언니는 예의 그 차분한 표정으로 내 곁을 지켰다. 매장
이 전혀 덥지 않은데도 내가 땀을 줄줄 흘리고 있다는
걸 깨달았을 때, 언니는 밖으로 나가자고 했다.

　우리는 백화점 아래 지하상가에서 5만 원짜리 검은
정장 한 벌을 골랐다. 지하상가 귀퉁이의 분식집에 앉
아 김밥을 먹으면서도 나는 자꾸 새 옷이 담긴 비닐봉
투를 흘깃댔다. 언니가 내 어깨에 손을 얹고 부드러운
미소를 지었다.

　뭐가 중요해, 옷이.

　면접 전날 밤, 우리는 안방에 의자를 마주 놓고 앉아
모의 면접을 했다. 새로 산 정장을 입은 나는 허리를 곧

추세우고 언니가 묻는 질문들에 답했다.

우리가 굳이 다른 지원자가 아닌 이경진 씨를 뽑아야 하는 이유는 뭐죠? 월급 얼만지는 들었을 텐데, 집에 돈 많나 봐요? 배고픈 거랑 잠 못 자는 거 잘 참아요? 영어는 얼마나 하죠? 영어로 대답해 봐요. 인터넷 취업 카페에 떠도는 지난 면접의 기출문제들이었다.

면접 대기실에서 만난 지원자들의 옷차림은 다양했다. 화사한 컬러의 블라우스부터 활동적 분위기를 풍기는 슬랙스, 발랄한 프린트가 눈에 띄는 원피스까지. 까만 정장 세트를 갖춰 입은 사람은 나뿐이었다. 나는 땀이 고인 손바닥을 연신 치마 위로 문질렀다. 면접관들의 질문을 한마디도 놓치지 않으려고 눈을 부릅뜨고 있었지만, 면접장을 나서는 순간 내가 한 답변은 한마디도 기억나지 않았다.

스터디를 마치고 돌아온 언니는 침대에 누워 있는 내 표정을 보더니 면접은 어땠냐는 질문조차 하지 않았다. 대신 첫 면접 기념이라며 사 온 떡볶이와 순대를 올려놓고 술상을 차렸다. 나는 안주에는 손도 대지 않고 연거푸 술잔만 들이켰다.

쩡은 잘돼 가?

잘돼야지. 올해는 지방까지 다 썼으니까.

다 쓴 건 아니잖아.

빈 잔에 술을 따르던 언니의 손길이 멈칫했다.

제주도는 왜 안 써? 출신지라 더 잘될 것 같은데.

물끄러미 나를 보던 언니가 낮은 목소리로 말했다.

무서워서.

뭐가?

……못 돌아올까 봐.

안 돌아오면 어때. 정말 라디오 PD가 하고 싶은 거면 어디든 상관없잖아.

언니는 말없이 한참 내 눈을 들여다봤다. 그 시선을, 나는 피하지 않고 똑바로 마주했다. 그런 태도가 무엇을 의미하는지 알면서도 호기를 부릴 만큼 나는 취해 있었다. 언니가 천천히 입을 뗐다.

언니가 라디오를 열심히 듣기 시작한 건 고등학교 때부터였다고 했다. 독서실 아저씨가 운전하는 봉고차에서 라디오를 들으며 귀가하는 게 그 시절의 유일한 낙이었다고. 지금 생각하면 너무 뻔하고 유치한 프로지만, 진행자가 단지 축하하거나 위로하거나 격려하려는 목적으로 읽어 주던 사연들을 듣다 보면 세상이 참 넓단 생각이 들어 좋았다고. 저 밖엔 다른 세상이 있구나, 한 번도 벗어나 보지 못한 이 섬 말고도. 아버지가 맨날 엄마를 때리고 살림을 뒤엎는 이 지긋지긋한 집구석 말고도. 언니는 견뎠다고 했다. 구타에 못 이긴 엄마가 사흘에 한 번꼴로 문을 닫는 바람에 가게가 아예 문을 닫게 됐을 때도, 그래서 엄마가 몸국집 사장님에서 다른 몸국

집 주방 아줌마가 됐을 때도, 매일 밤 새어 나오는 비명 소리를 듣고도 일절 내색 않던 이웃들이 뒷말을 수군대는 걸 우연히 듣게 됐을 때도, 언니의 성적이 오를 때마다 독한 년이라고 헐뜯는 동급생들의 목소리가 커져 갔을 때도. 너는 서울에 갈 거야, 전혀 다른 세상을 만날 거야, 전혀 다른 사람이 될 거야, 속으로 주문을 외우며 견뎠다고 했다.

어느 정도 짐작하고 있던 이야기였다. 언니는 한 번도 먼저 아버지 이야기를 꺼낸 적이 없었으니까. 내가 집에 다녀온 추석에도 언니는 혼자 자취방을 지켰으니까. 깊은 밤 집에서 전화가 걸려올 때면, 작은방으로 건너가 오랫동안 소리 죽여 통화하다 돌아오곤 했으니까. 그런 밤, 언니의 눈시울은 언제나 붉어져 있었으니까.

엄마를 구하려는 시도가 아예 없었던 건 아니라고 했다. 대학에 입학해 맞은 첫 여름방학, 집에 간 언니는 엄마를 짓밟고 있던 아버지에게 식칼을 들고 덤볐다. 성인이 된 딸의 반격에 당황한 그는 발길질을 멈췄지만, 평화는 채 이틀을 가지 않았다. 저녁 산책을 다녀온 언니는 거실에 쓰러져 있는 엄마를 발견했다. 구급차에 실려 병원으로 옮겨진 엄마를 간호하며 언니는 깨달았다. 자신은 도움은커녕 방해만 된다는 걸. 이제 언니 몫의 분풀이까지 엄마가 떠안게 되었다는 걸. 그 여름 후, 언니는 단 한 번도 제주에 가지 않았다.

언니는 결코 용서할 수 없을 거라고 했다. 아버지가 아니라, 엄마를 그렇게 버려둔 자신을. 그런데도 내려갈 수가 없다고, 한번 가면 영영 붙박여 돌아오지 못하게 될까 봐 무섭다고 언니는 고백했다. 그러니까 라디오 PD가 된다는 건 단순히 꿈을 이루는 차원의 문제가 아니라고, 홀로 도망쳐 온 이 안전한 세계로 엄마를 데려오는 일이 될 거라고도 말했다.

근데 웃기지. 벗어나고 싶어서 이렇게 멀리 와 놓고 실은 계속 거기 있어. 매일 아침 눈뜨면 가장 먼저 떠오르는 얼굴은 엄마야.

그 밤, 눈이 퉁퉁 부을 때까지 운 사람은 나였다. 놀랐구나. 언니가 손을 뻗어 눈물을 닦아 주었지만 나는 언니 때문이 아니라 나 때문에 울고 있었다. 역겨워서. 내가 언니에게 그렇게 함부로 굴 수 있는 인간이라는 게. 고작 면접 하나 망친 거 가지고, 손에 박힌 가시 같은 작은 상처 가지고도 타인의 치명상을 헤집어 대는 비뚤어진 인간이라는 게 역겨워서.

다음 날 아침, 나를 깨운 건 과외를 나가는 언니의 발걸음 소리가 아니었다. 3일 뒤부터 출근하라는 잡지사의 전화였다.

언젠가 한 칼럼에 기억하고 싶지 않은 것들을 아예 없었던 일처럼 치부해 버릴 수 있는 능력을 갖게 되는 순간부터가 진정한 성인기라고 쓴 적이 있다. 나는 이 제 어시스턴트 시절을 잊었다. 그래도 가끔 레퍼런스 자료를 한가득 안고 뛰어가는 어시들과 복도에서 마주치 거나 빈 회의실을 정리하는 인턴들의 뒷모습을 보다 불쑥 그 시절이 떠오를 때가 있다. 가장 견디기 힘든 기억 은 월요일 오전 기획 회의에서 한심한 아이템을 발표하 며 덜덜 떨리던 내 목소리도, 최신 뮤지컬 트렌드에 관 한 A4 40매짜리 리서치 자료를 한 시간 안에 3매로 줄여 오라며 내던지던 선배 에디터의 손길도, 택시비를 아 끼려고 마감 시즌 내내 들러 쪽잠을 청하던 회사 뒷골 목 목욕탕 평상의 딱딱한 감촉도 아니다. 가장 견디기 힘들었던 건, 매일 시험받고 있다는 기분이었다. 외투가 두꺼워지고 이른 새벽 집 밖을 나서면 입김이 나는 계절 이 왔는데도 회사에 앉은 나는 자주 등허리가 축축해진 걸 깨닫곤 했다. 그 겨울의 초입에, 언니는 최종 면접을 보러 오라는 연락을 받았다. 그해 언니가 유일하게 3차 전형까지 통과한 방송국에서였다.

언니가 최종 면접을 보던 날, 나는 아침부터 정신이 없었다. 에디터 한 명이 출근길에 꽤 큰 교통사고를 당했고, 마감을 앞둔 편집팀엔 비상이 걸렸다. 나는 점심 시간까지 화장실 한 번 못 가고 모니터 앞에 앉아 있었 다. 점심을 먹으러 가며 면접은 어땠냐는 문자를 보냈지 만 언니는 답이 없었다.

오후엔 내가 작성한 땜빵용 기사의 초안을 넘겨 보는 편집장 앞에 벌 받는 아이처럼 한참 서 있었다. 미간을 찌푸린 편집장이 한숨을 내쉴 때마다 정수리로 열이 올랐다. 붉은 글씨로 도배된 초안을 들고 자리로 와 핸드폰을 확인했지만 언니에게선 연락이 없었다. 저녁엔 스쿨푸드에서 주문한 야식을 회의실에 세팅해 놓고 화장실에 가는 척 계단으로 나와 전화를 걸었다.

언니의 전화기는 꺼져 있었다. 새벽 2시. 벽시계를 보던 편집장이 자리에서 일어났다. 그녀가 파티션을 가로지르며 아침에 보자, 라는 건조한 인사를 남기고 사라지자 옆자리 에디터 선배가 책상 위에 쿠션을 올렸다. 쿠션에 이마를 대고 엎드리기 전, 선배가 내게 말했다.

난 잠깐 눈 좀 붙였다 할게.

그날, 나는 집에 가지 못했다.

이틀 뒤에야 나는 언니의 최종 면접 이야기를 들었다. 언니는 존경하는 대통령이 누구냐는 질문을 받았다고 했다. 명백히 정치색을 보겠다는 의도였다. 잠시 눈을 감았다 뜬 언니가 자신이 존경하는 고인이 된 대통령의 이름을 입에 올린 순간, 네 명의 면접관 중 세 명은 노골적으로 고개를 돌렸고, 다른 한 면접관은 쯧, 혀를 찼다고 했다. 그 후 면접이 끝날 때까지 언니는 더 이상 단 하나의 질문도 받지 못했다.

최종 결과가 통보되고 언니는 한동안 작은방에서 나오지 않았다. 내가 발을 구르며 제발 물이라도 좀 마시라고 소리쳐도 굳게 닫힌 문은 열리지 않았다. 나는 아침마다 작은방 문 앞에 두유나 떡 같은 먹을거리를 놔두고 나갔지만 돌아오면 항상 그대로 놓여 있었다.

마감이 끝나고 귀가하던 새벽녘에 화장실에서 나오던 언니와 마주쳤다. 며칠 새 얼굴이 핼쑥하게 내려 있었다.

언니…….

대꾸 없이 고개를 한 번 작게 끄덕이고 언니는 다시 작은방으로 들어가 문을 잠갔다.

다음 날, 마감 기념으로 간 브런치 카페에서 팀 사람들의 컵에 레몬물을 나눠 따르고 있을 때 언니에게서 문자가 왔다.

잠깐 바람 좀 쐬고 올게.

언니는 열흘 뒤 돌아왔다. 어디 다녀왔냐는 물음에 그냥 여기저기, 라고 속삭이듯 답하기에 더는 물을 수 없었다. 우리 두 사람은 마치 아무 일도 없었던 것처럼 굴었다. 나는 계속 야근을 했고, 언니는 집에 있었다.

달라진 건 그간의 공백으로 언니가 과외 자리를 모두 잃었다는 것뿐이었다. 국어 성적이 20점 오른 뒤론 우리 아들은 선생님이 끝까지 책임져 주셔야 한단 말을 입버릇처럼 달고 살던 중학생의 엄마가 젊은 친구가 그렇게 무책임하게 살지 말란 말을 세 번 반복했다고 했다. 더 이상 과외도 스터디도 하지 않는 언니가 집에서 무얼 하며 시간을 보내는지 나는 알지 못했다. 다만 알 수 있었던 건 언니가 더는 웃지 않는다는 것, 언니의 말수가 급격히 줄었다는 것, 가끔 언니의 눈이 나를 통과해 더 먼 곳을 바라보는 것 같아 섬뜩하다는 것뿐이었다.

주말에 종일 언니와 집에 머무는 시간이 와도 나는 쉽게 화젯거리를 찾지 못했다. 일생의 꿈을 목전에서 놓쳐 버린 사람에게 건넬 수 있는 말을, 나는 알지 못했다. 몇 번쯤 대화를 시도해 보다 실패한 후 깨달았다. 지금까지 우리 사이에서 위로와 격려는 언제나 언니의 몫이었다는 걸.

나는 손을 놓고 언니를 지켜보면서도 언니가 곧 좋아질 거라 믿었다. 언니는 강한 사람이니까 결국엔 이겨 낼 거라고, 이렇게 곁에 있는 것만으로도 약간의 온기가 되어 줄 수 있을 거라고 스스로를 속였다. 어쩌면 나는 그저 인정하고 싶지 않고 보고 싶지 않은 언니의 모습을 비겁하게 외면했을 뿐이었단 생각은 그 집을 떠나고도 한참이 지난 먼 훗날에야 들었다.

*

기체가 심하게 요동치기 시작했다. 기류가 불안정하

니 안전벨트를 착용해 달라는 안내방송이 흘러나왔다.
앞쪽 좌석 어디선가 아기가 칭얼대는 소리가 들려왔고,
사람들이 하나둘 깨어나 부스럭거렸다. 나는 좌석 팔걸
이를 꽉 움켜쥐었다. 창밖으로 보이는 비행기 한쪽 날개
가 쉴 새 없이 위아래로 흔들리고 있었다. 그때 무언가
발치로 굴러와 툭, 떨어졌다. 언니의 핸드폰이었다. 우리
의 눈이 마주쳤다. 내가 주워 주겠다는 시늉을 하자 언
니가 조용히 말했다.

조금 이따가.

한바탕 난기류가 지나가고 다시 객실등이 켜졌다. 나
는 핸드폰을 주워 언니에게 건넸다.

고마워.

언니가 액정을 손으로 쓸자 배경화면에 환하게 웃고
있는 네 살배기 남자아이의 얼굴이 나타났다. 사진 속
아이를 보는 언니의 눈가에 천천히 실주름이 퍼졌다. 내
시선을 느끼고 언니가 말했다.

아, 우리 아들.

이름이 뭐야?

나는 이미 알고 있는 이름을 물었다.

정우. 이정우.

마치 처음 들었다는 듯 고개를 끄덕였지만, 나는 언
니와 남편의 이름에서 한 자씩 따서 지었다는 그 이름
을 혼자 입속에서 굴려 본 적이 있었다. 정우, 정우, 하

고. 나는 그 애가 옹알이하다 처음 뱉은 단어가 뭐였는지, 돌상에서 무엇을 덥석 집었는지, 뽀로로 친구들 중누굴 제일 좋아하는지도 알았다. 2년 전까지 언니의 페이스북과 인스타그램을 몰래 훔쳐보는 건 내 오랜 습관이었다. 나는 언니의 핸드폰 속 정우의 사진을 넌지시들여다봤다. 단 한 번도 동그란 볼을 만져 보지도, 꼭 껴안고 정수리에 입 맞춰 주지도, 작은 손에 하리보 젤리를 쥐여 주지도 못했던 그 애의 사진을.

어시스턴트 기간이 끝나갈 무렵, 나는 5킬로그램이빠져 있었다. 샤워할 때마다 머리카락이 우수수 빠졌고, 뭘 먹어도 명치끝에 걸린 것 같아 소화제를 달고 살았다. 꿈속에서도 인터뷰 녹취를 풀고, 장소 헌팅 전화를 돌리고, 빨간 줄이 그어진 문장을 수정했다. 그렇게매일 입에서 단내를 풍기며 돌아오면 집에는 고슴도치처럼 침묵의 가시를 바짝 세운 언니가 있었다. 종일 집밖에 나가지 않은 언니가. 제대로 먹지도 씻지도 않는언니가. 봄이 왔는데도 보풀이 인 스웨터를 입고 있는언니가. 나는 더 이상 사무실에서 언니에게 문자를 보내지 않았다.

전에는 보지 못했던 언니의 표정들을 보게 된 것도그즈음이었다. 간만에 함께 집 앞 마트에 갔던 날, 간단한 반찬거리를 골라 계산대 앞에 섰을 때였다. 지갑을 여는 언니의 손을 막고 내가 말했다.

됐어, 언니가 돈이 어디 있어.

집에 오는 내내 말 한마디 없던 언니는 대파가 삐져나온 비닐봉지를 싱크대에 내려놓자마자 나를 뚫어져라 보며 말했다.

경진아, 다시는 그렇게 말 안 했으면 좋겠어.

그 말을 하는 언니의 눈빛이 너무 서늘해 나는 흠칫 어깨를 떨었다.

며칠 뒤 퇴근해 문을 열었을 때도 비슷한 얼굴을 보았다. 설거지하는 언니의 뒤에 다가가 인사했지만 아무 대꾸가 없었다. 언니의 꼿꼿한 등을 보며 머뭇머뭇 서 있는데, 언니가 고무장갑을 벗고 돌아섰다. 입술을 한 번 깨물었다 떼고 언니가 말했다.

바쁜 건 아는데, 집안일은 좀 나눠서 하자.

나는 뺨이 붉어져 얼른 고개를 끄덕였다. 그러면서도 한편으론 억울한 마음이 들었다. 주말에 내가 청소나 설거지를 하려 하면 고무장갑을 뺏고 침대 쪽으로 등을 밀던 사람은 언니였다. 피곤한데 쉬어, 언니는 그렇게 말하곤 했었다. 미안하다고 중얼거리는 나를 빤히 보며 언니가 무표정하게 말했다.

내가 설거지하는 사람은 아니잖아.

언니의 생일이던 어느 금요일, 나는 운 좋게 일찍 퇴근했다. 내 손에 들린 케이크 상자를 본 언니가 천천히 침대에서 몸을 일으켰다. 우리는 작은 상에 마주 앉아 케이크를 자르고 맥주를 마셨다. 취기 덕인지 언니의 표정이 조금씩 풀어졌다. 언니는 내가 급조한 소태처럼 짠 북어 미역국과 반쯤 태운 김치볶음밥을 한 술씩 뜨더니 피식 웃었고, 선물로 건넨 이연주 시집을 받아들곤 가만히 표지를 쓰다듬었다. 오랜만에 보는 언니의 부드러운 얼굴과 곧 주말이란 안도감에 나는 신이 나 빠르게 술잔을 비웠고, 금세 취해 버렸다.

언니가 지나가는 말처럼 요즘 회사는 어떠냐고 물었다. 나는 봇물이라도 터진 것처럼 그즈음 있었던 일들을 떠들어 대기 시작했다. 선배 에디터가 내 문장을 자기가 쓴 것처럼 가로챘던 일, 옆 팀 어시가 화장실에서 울다 걸려 그 팀 선배에게 호되게 혼났던 일, 파스타 집에서 피클 좀 더 달라고 했다가 편집장에게 '자기야, 그거 피클 아니야. 할라페뇨야.'라고 지적받아 얼굴이 붉어졌던 일, 대표님 회식이 잡힌 날 처음으로 나 혼자 일찍 퇴근했던 일 같은 것들을. 회사에서의 침묵을 보상받기라도 하려는 듯 쉴 새 없이 떠들었다. 언니는 잠자코 듣고 있었다. 가끔씩 내 눈을 뚫어져라 들여다보면서.

언니, 나 무서워.

뭐가?

그냥 다…….

…….

정말 무서워.

언니가 술잔을 비우고 물었다.

왜? 정직원 전환 안 될까 봐?

나는 클클 웃었다.

당연히 될 리 없잖아.

모르는 거지. 너, 처음 면접 보고도 떨어진 거 같다고 했잖아.

나는 고개를 젓고 술잔을 빙글빙글 돌리며 중얼거렸다.

사람 구실 하고 살 수 있을까, 내가.

언니가 벌떡 자리에서 일어났다.

그만 자자. 피곤해.

벌써 졸려? 좀 더 마시지.

나를 빤히 보던 언니가 깊은 한숨을 뱉더니 또박또박 말했다.

아니, 너 말이야. 피곤하다고, 너.

나는 놀란 눈으로 언니를 올려다봤다.

언니…… 왜 그래?

뭘 왜 그래? 너야말로 적당히 좀 해.

그러지 마…… 언니 꼭 다른 사람 같아.

언니가 갑자기 바람 빠지는 소리를 내며 웃었다. 한바탕 웃더니 이상한 활기가 도는 눈으로 물었다.

그럼, 내가 어떤 사람인데?

한쪽 뺨을 일그러트린 채 언니가 씹어뱉듯 말했다.

네가 어떤 사람인지는 생각해 본 적 있어? 맨날 네가 제일 힘들고, 네가 제일 아프지? 입만 열면 우는소리에, 부정적인 얘기만 하고. 위로받으면서 남의 진만 다 빼놓고. 그러면서 다른 사람은 안중에도 없잖아, 너. 이경진 너, 진짜 이기적이야.

나는 얼굴이 달아올라 나도 모르게 중얼거렸다.

언제까지…….

뭐?

정수리로 훅 오르는 열감을 느끼며 쏘아붙였다.

언제까지 그러고 있을 건데, 언니는? 집에 올 때마다 그렇게 누워 있는 꼴 보면 기분이 어떤 줄 알아? 언니야말로 세상 끝난 것처럼 굴지 좀 마.

놀라서 커진 언니의 눈이 서서히 붉어졌다. 입술을 한번 달싹이던 언니가 천천히 내게서 고개를 돌렸다.

그날부터 우리는 따로 자기 시작했다. 그리고 그 밤부터, 나는 마음속으로 끝없이 싸워야 했다. 어쩌면 언니는 고작 어시스턴트 자리지만 어딘가에 적을 두고 있는 나를 시샘하고 있는지도 모른다는 의심과 실은 내가 정직원이 되지 못하길 바라고 있을 거라는 억측과 그리고 나는 절대 언니처럼 되고 싶지 않다는 조바심과. 그런 생각들을 하는 스스로를 경멸하면서도 동시에 그 어두운 생각들을 필사적으로 움켜쥐었다. 그걸 멈추는 순간,

언니가 한 말들이 모두 사실로 굳어져 버릴 것만 같아서.

회사 생활의 피난처였던 작고 따뜻했던 세계가 금세 감옥으로 변했다. 나는 방문 너머에서 들려오는 언니의 기침 소리, 숨소리, 발자국 소리 하나하나에 귀를 바짝 세우기 시작했고, 퇴근 무렵이면 어깨가 딱딱하게 굳는 걸 느꼈다. 사무실에 앉아 있다 문득 언니가 떠올라도 얼른 고개를 저으며 생각을 떨쳐 냈다. 지금은 언니와의 관계에까지 신경 쓸 여력이 없다고, 나는 주문을 걸듯 스스로에게 말했다.

마지막 출근일에 인사팀에서 호출이 왔다. 인사팀 차장은 녹차 한 잔을 건네며 그동안 고생 많았고 그간의 평가를 바탕으로 일주일 뒤 최종 통보가 갈 거라는 말을 사무적으로 전했다. 자리로 돌아와 서랍을 비우고 책상 위를 물티슈로 닦았다. 내가 싼 짐은 잡다한 사무 용품들과 그간 어시로 참여한 잡지 몇 권이 전부였다. 6개월이 쇼핑백 하나에 담겼다.

최종 통보가 오기로 되어 있던 날, 나는 여의도에 갔다. 천천히 걸으며 벚꽃 구경을 했다. 벤치에 앉아 흩날리는 꽃잎을 보는데, 고무줄을 끝까지 팽팽하게 늘였다 갑자기 놓아 버린 것처럼 어딘가 헐렁해진 기분이 들었다. 전화는 해 질 녘에 왔다. 채 1분도 되지 않는 짧은 통화였다. 잠시 앉아 있다 엄마에게 전화를 걸었다. 이게

다 신년에 절에 가 등을 단 덕이라며 한참 호들갑을 떨던 엄마가 문득 말을 멈췄다.

경진아…… 너 우니?

눈이 많이 왔던 어느 밤, 악몽을 꾸는 언니를 깨운 적이 있다. 얼굴을 잔뜩 구긴 채 심하게 땀을 흘려 그냥 둘 수 없었다. 번쩍 눈을 뜬 언니는 잠시 몸을 떨더니 와락 울음을 터뜨렸다. 자꾸만 같은 꿈을 꾼다고 했다. 꿈에 언니는 면접장에 앉아 있다. 그리고 그 질문을 다시 받는다. 존경하는 대통령이 누굽니까? 언니가 뭐라 대답하려 하는데, 입술이 붙어 입이 떨어지지 않는다. 입술을 만지며 당황하던 언니가 맞은편을 본다.

근데 앞에…… 면접관이 아니야……. 엄마…… 우리 엄마야…….

그 밤, 언니는 오래 참아온 울음을 토했다.

내가…… 뭘…… 뭘…….

그것은 내가 처음이자 마지막으로 본 언니의 우는 모습이었다. 흐느끼는 언니의 여윈 어깨를 감싸 안으며 나는 그제야 깨달았다. 언니도 고작 스물일곱 살 여자애라는 걸.

최종 합격 통보를 받고 한 달 뒤, 나는 엄마의 곗돈에 직장인 대출금을 보태 회사 근처에 오피스텔을 얻었다. 내가 이사를 하던 토요일은 언니가 편의점 아르바이트를 나가는 날이었다. 우리는 그날 아침 언니가 출근하기 전에 짧은 인사를 나눴다.

　누군가와 가까워지는 일의 어려움에 비해 멀어지는 일은 얼마나 쉬운가를 생각하면 종종 아득해진다. 또 이미 멀어져 버린 관계라 할지라도 기어이 기억의 조각들을 남기고야 만다는 것도. 의외로 기억의 밑바닥에 가장 마지막까지 남는 건 아주 사소한 장면들이다. 신문지를 깔고 앉아 언니가 내 앞머리를 잘라 주던 밤에 부엌 가위에서 나던 사각 소리, 굴소스를 듬뿍 넣고 언니가 해 준 볶음밥을 먹던 오후에 라디오에서 흘러나왔던 노래, 내가 심한 몸살을 앓던 새벽에 물수건을 갈아 주며 이마를 짚어 보던 언니의 손길 같은 것들.

　언니와 멀어지고 나는 종종 동문 모임이나 사은회 자리에서 언니의 소식을 들었다. 언니가 국어를 가르치던 보습학원에서 만난 수학 강사와 결혼했다는 소식도, 입덧으로 아주 호되게 고생했다는 소식도, 간암으로 세상을 뜬 아버지의 빈소를 만삭의 몸으로 지켰단 소식도 모두 누군가의 입을 통해서 들었다. 임신 32주가 넘은 임산부의 탑승을 거부하려는 항공사 직원에게 언니의 남편이 소리 지르며 거세게 항의했다고. 그래서 겨우 제주행 비행기에 올라 장례를 치를 수 있었다고 한 선배는 전했다.

　커피숍에서 그 이야기를 듣는 내내 나는 떨리는 손을

테이블 아래로 감춰야 했다. 그 이야기는 내게 언니의 결혼식에 초대받지 못했던 것보다 몇 배는 더 강한 충격으로 다가왔다. 그날 오피스텔로 돌아온 나는 불도 켜지 않고 침대로 직행했다. 축축하게 젖었던 베갯잇이 말라 갈 즈음에야 겨우 인정할 수 있었다. 결혼, 출산, 장례라는 삶의 굵직한 마디들에서 언니는 단 한 번도 나를 찾지 않았다는 사실을. 언니와 나는 이제 완벽한 타인이라는 사실을.

공장 옆 1층 집을 떠나고도 오랫동안 나는 스스로를 속여 왔다. 언젠가는 언니와의 관계를 다시 회복할 수 있을 거라고. 언니는 그냥 잠깐 화가 난 거라고. 우리 사이가 그리 쉽게 깨져 버릴 순 없는 거라고.

그 집을 나올 무렵엔 이미 한 달 넘게 서로 눈도 잘 마주치지 않는 상태였는데도 그렇게 나를 속였다. 실은 더 일찍 인정했어야 했다. 그럴 수 있는 일들은 너무 많았으니까. 정규직 전환 후 처음 다녀온 해외여행에서 언니의 선물을 샀지만 결국 전해 주지 못했던 일. 가끔 언니에게 안부 문자를 보냈지만 한 번도 답장 받지 못했던 일. 언니가 좋아하던 심야 라디오 프로의 진행자가 빗길 교통사고로 세상을 떠났다는 기사를 보고 언니에게 전화했지만 없는 번호라는 안내 음성이 흘러나왔던 일. 그 모든 일들이 너무나 명백하게 하나의 답을 가리키는데도 나는 애써 진실을 외면해 왔다.

*

　비행기가 활주로에 닿고, 앞뒤로 서 객실을 나서고, 함께 램프버스를 타고 이동하는 동안에도 우리는 내내 말이 없었다. 언니와 나는 국내선 게이트 앞에서 인사했다. 우리는 연락처를 주고받지도, 언제 한번 얼굴 보자는 의례적인 인사말을 나누지도 않았다.

　건강해.

　열린 게이트 문 앞에 서서 언니는 희미한 미소를 띤 채 말했다.

　언니도.

　그것이 우리가 나눈 인사의 전부였다.

　택시 승강장으로 걸어가는데 봄볕에 눈이 시었다. 좌석 시트에 몸을 묻고 창밖을 보며 나는 잠시 서운한 마음에 휩싸였다. 하지만 택시가 커브를 돌아 해안 도로에 접어들었을 때쯤, 나는 깨달았다. 언니는 내게 최선의 예의를 갖춰 작별 인사를 했다는 것을. 어떤 작별은 그런 식으로밖에 할 수 없다는 것을. 나는 가만히 창 너머 은모래를 흩뿌린 듯 반짝이는 봄 바다를 응시했다. 우윳빛 포말이 부서지는 세찬 물결이 서서히 잔잔한 호수의 물결로 바뀌어 갔다.

　나는 발끝을 적신 채 포카라의 호숫가에 서 있었다. 2년 전, 6년 차 에디터였을 때. 정말이지 더는 한 줄도 쓰고 싶지 않아 모니터 앞에서 소리 없이 울며 문장을 쥐어짜던 때, 매일 밤 술잔을 비우지 않곤 도저히 잠들 수 없던 때, 출근길 횡단보도를 건너며 이대로 교통사고라도 났으면 바라던 때, 일주일 휴가를 얻어 네팔행 비행기를 탔다. 페와 호수 근처 작은 호텔에 묵으며 닷새간 매일 호숫가를 걸었다. 새벽안개가 걷히면 호수 너머 안나푸르나의 능선을 하염없이 눈으로 더듬고, 파란 페인트칠을 한 나룻배들을 물끄러미 내려다보면서. 호수에 떠 있는 작은 섬 위, 바라히 사원에 들른 날도 있었다. 공양을 올리고 사원을 한 바퀴 돌면 사랑이 이루어진다고 믿는 젊은 연인 뒤에 서서 향을 피우고 티카를 받은 날이. 그날 돌아오는 나룻배 위에서 흔들리는 물결을 한참 들여다봤다. 그 투명한 물결 위에 내가 오랫동안 머릿속에 그려 왔던 두 가지 장면이 떠올랐다.

첫 번째 장면엔 실제 상황과 가정법이 섞여 있다. 새벽 2시, 벽시계를 보던 편집장이 파티션을 가로질러 퇴근한다. 에디터 선배가 쿠션을 책상 위에 올리며 내게 말을 건다.

난 잠깐 눈 좀 붙였다 할게.

이어 잠시 나를 보던 그녀가 덧붙인다.

경진 씨는 들어가려면 들어가든가.

나는 입술을 살짝 깨물고 고민한다. 여기까지는 실제 상황이다. 이제 '만약에'의 내가 움직인다. 나는 가방을 들고 꾸벅 인사를 하고 사무실을 나온다. 택시에서 내리자마자 집으로 달려가 언니의 이름을 부른다. 굳게 닫힌 작은방 문을 백 번, 아니 천 번쯤 두드리면 결국 문이 열린다. 나는 언니의 손을 붙잡고 언니에게 그날 있었던 일을 말하게 한다. 언니의 어깨를 감싸고 등을 쓰다듬어준다. 언니가 제때 마음껏 울 수 있도록. 그래서 언니가 그 뒤로 오랫동안 악몽에 시달리지 않도록.

두 번째 장면은 순전히 상상으로 구성된다. 언니가 공장 옆 1층 집을 떠나는 날이다. 언니는 서랍장을 비우고, 박스에 책을 담고, 안방 창가의 숄을 뗀다. 고물 냉장고가, 스크래치투성이 책상이, 갈색 얼룩이 있는 매트리스가 차례로 재활용 센터 트럭에 실린다. 언니는 짐이 모두 빠진 텅 빈 방을 한번 둘러본다. 그리고 불을 끄는 언니. 어둠에 잠긴 채 우두커니 서 있는 언니. 사위가 어두워 나는 끝내 언니의 표정을 볼 수 없다.

호숫가의 새벽안개 속에 서서 나는 나지막이 불러 본다. 안녕, 언니. 이어 한 번 더 불러본다. 오랫동안 가슴에 품고 있던 그 한 음절의 이름을. 그리고 가만히 흘려보낸다. 호주머니보다 마음이 가난했던 스스로를 용서하지 못했던 시간들을. 햇살이 부서지는 물결 위로 작별 인사가 흐른다.

작가의 말

　작년 여름, 생의 일들에 제대로 된 우선순위를 두기 위해 오래 다닌 회사를 나왔다. 계절이 한 바퀴 도는 사이, 나는 여기 실린 소설들을 쓰고 다듬었다. 쓰는 일의 부침이 사는 일의 부침이 되지 않도록 경계하고 또 경계했지만, 가끔은 숨이 차 허덕이는 날들도 있었다. 쓰는 일은 종종, 내게 박혀 있던 말뚝을 기어이 뽑아 그 흉터를 들여다보는 일이었으니까.

　흉터의 궤적을 좇는 것은 분명 고통스러운 일이어서 때론 도망치고 싶었다. 그만둬, 라는 속삭임을 들은 날도 있었다. 그럴 때면 천천히 일어나 호수 공원을 한 바퀴 돌고 다시 책상 앞에 앉았다. 하고 싶고, 해야만 하는, 이야기들이 있었다.

이 책에 실린 일곱 편의 소설은 모두 누군가에게 이야기를 들려주는 마음으로 썼다. 차가운 벽에다 대고 비명 지르듯 쓴 소설도 있고, 이제는 볼 수 없는 얼굴에게 희미한 안부 인사를 건네며 쓴 소설도 있다. 어떤 소설들은 마침표를 찍고 책상에 한참 엎드려 있어야 했다. 얼마만큼의 눈물을 흘려야 한 권의 책을 엮을 수 있을지 몰라 두려움에 떨던 계절들. 그 시간을 통과해, 첫 책을 세상에 띄운다.

쓰는 일은 외로운 일이지만 책을 내는 일은 그렇지 않다는 걸 배웠다. 신인 작가에게 따뜻한 손을 내밀어 주신 민음사와 사려 깊고 든든한 길잡이가 되어 주신 김화진 편집자님께 감사드린다. 글뿐 아니라 삶에도 격려가 된 해설을 써 주신 이지은 평론가님, 두려운 순간마다 꺼내 보게 될 추천사를 써 주신 정이현 작가님께도 깊이 감사드린다. 지난가을, 환한 방을 내어주셨던 연희문학창작촌엔 덕분에 새 이야기의 싹을 틔웠다는 인사를 전한다. 그리고, 지금까지 내가 쓴 모든 이야기를 소리 내어 읽어 준 남편에게, 사랑을 전한다. 내 무릎이 꺾일 때마다 손가락을 들어 '저 멀리'를 가리켜 준 그가 없었다면, 이 책은 세상에 나오지 못했을 것이다.

오랫동안 나는 소설을 쓰는 일이 대가를 바랄 수 없

는 일이라 여겨 왔다. 애초에 경제적 보상을 기대하기 어려운 일이었고, 먼 길을 돌아 소설에 닿았으므로 감히 무언가를 더 바랄 수 없다 생각했다.

그럼에도 불구하고 여기 실린 소설들을 쓰는 동안 나는 마주쳤다. 나를 송두리째 뒤흔들고 갈가리 찢어 버릴 듯 위협하던 어떤 것들이 현재진행형에서 과거형으로 살짝 물러나 앉던 기척을. 난간 끝에 서서 아래를 내려다보던 순간 들려오던 나직한 목소리를. 거꾸로 쥐고 마구 휘두르던 날카롭고 단단한 것을 스르르 놓아 버리게 하던 희미한 온기를.

어쩌면 그것들을 나누고 싶어 나는 책상 앞을 지켰던 것 같다. 오늘도 자신의 자리에서 발끝을 옴츠려 버티고 있을 당신에게, 단 한 문장이라도 가닿을 수 있기를 바라본다. 사람을 생각하고 사람에 대해 쓰는 일이 결코 대가 없는 일은 아닐 것이다.

2021년 가을
김혜지

우리의 최선이 우리를 해치지 않도록
이지은(문학평론가)

'최선'은 한자 낱자의 뜻풀이로 보자면 '가장(最) 좋음(善)'이라는 긍정적인 의미만을 지니지만, 일상에선 젖은 솜처럼 무력감과 고단함을 품은 채 발화되는 경우가 많다. 한계를 미리 전제하거나, 그러한 한계를 알면서도 전력을 다해야 하는 상황에서 말이다. 가령, 이렇게. "알아요……. 당신으로선 최선을 다했다는 걸."(「나쁜 피」, 205쪽)

그런 의미에서 『대가 없는 일』의 인물들은 다들 '최선을 다해' 산다. 엄마가 되기 위해(「아가야, 어서 오렴」) 혹은 되지 않기 위해(「나쁜 피」), 비-성년 주인공이 가족에게 사랑받기 위해(「지아튜브」) 혹은 주변인들로부터 가해지는 폭력에서 그만 벗어나기 위해(「꽃」) 최선을 다한다.

이때 인물들을 결박하고 있는 폭력적인 조건은 너무나 거대하고 힘이 세기 때문에 주인공의 최선은 자신을 해치거나 소중한 관계를 망치는 쪽으로 나아가기 쉽다. 그리하여 뒤늦게 자신이 놓친 것이 무엇인지 알아볼 때쯤엔 "최선의 예의를 갖춰 작별 인사"(「제주행」, 247쪽)를 건네는 일만이 남기도 한다. 그런데 체념의 테두리 속에서 삶을 소진시키는 방식으로 '최선을 다하고' 있는 게 소설 속 인물들만의 일일까. 이들의 최선이 실패로 귀결되고, 실패가 상처로 자리 잡는 과정의 어느 즈음에 우리의 오늘이 있는 것은 아닐까.

*

『대가 없는 일』에는 여자들의 이야기가 많은데, 특히 아내/엄마의 역할이 부여된 이들의 고투가 애처롭다. 직장인 여성의 난임 치료 과정을 그리고 있는 「아가야, 어서 오렴」과 임신으로 인한 갑작스러운 결혼을 그린 「나쁜 피」를 마주 세워 읽으면, (기혼)여성이 놓인 곤경이 입체적으로 드러난다.

먼저, 「아가야, 어서 오렴」의 '현주'는 "주사와 하혈과 눈물로 점철된 난임 시술의 세계"(145쪽)에 발을 디딘지 벌써 2년째다. 난임 시술은 과배란 유도, 난포 채취, 수정란 이식 등으로 여성의 몸에 큰 부담을 주기도 하지만, 시술 과정이 몸의 상태에 따라 달라지기 때문에 일정을 미리 알거나 조정하기 어렵다. 따라서 현주는 몸에 발생하는 부작용은 물론이고 갑작스러운 연차 사용으로 인한 직장 상사의 압박과 폭언도 감내해야 한다. 게 다가 아이를 가지는 일은 부부 공동의 일임에도 시험관 시술이 잘못 되면 남편이 얼마나 다정하든 간에 자책감을 오롯이 떠안게 된다.

「나쁜 피」의 '나'는 "상고를 졸업하자마자 취직한 인포 직원에 쏟아지는 각종 성희롱과 추파"(181쪽)를 견디며 9년을 일했는데, 커피 한잔 하자고 청하는 양지훈을 물리치지 못해 인생 최대의 위기에 빠지고 만다. '나'는 그를 겨우 세 번 만나고 난 뒤 임신 사실을 알게 되었고, 이후로는 아이를 핑계로 강행되는 결혼 준비에 끌려가게 된다. 그런데 이야기를 조금만 더 자세히 살펴보면, '나'가 내키지 않는 결혼을 받아들인 건 아이 때문이 아니라 탈출에 대한 희망 때문이었음을 알 수 있다. '나'는 "출신 학군에서 가장 명문인 여상을 전액 장학금으로 입학해 1등급 내신으로 졸업"하고 "집에 주고 남은 월급을 차곡차곡 적금 부어 들어간 4년제 야간대학의 졸업장"(182쪽)을 얻었지만 지난 9년 동안 '인포' 데스크와 가난한 집을 벗어나지 못했다. 양지훈의 프로포즈를 받고 돌아왔던 날 '나'에게 마지막으로 남은 단어도 '탈출'이었다.

두 소설의 주인공들은 '임신'에 대해 정반대 편에서 고통스러워한다. 「아가야, 어서 오렴」의 현주는 시험관 시술의 실패를 거듭하면서 "먹고 자고 입고 움직이는 모든 순간이 '임신'이라는 꼭짓점을 향해 세팅"(152쪽)되었고, "살다가 임신을 하는 게 아니라 임신을 하기 위해 사는"(153쪽) 게 아닌지 회의하기에 이른다. 「나쁜 피」의 '나'는 결혼 후 더욱 노골화되는 남편과 시모의 횡포를 견디면서, "대를 잇고 밥을 지을 역할로 간택"(203쪽)된 게 아닌지 괴로워한다. 얼핏 이들의 선택은 다소 어리석어 보이는 측면도 있다. 현주는 "엄마 소리 한번 듣고 싶" (「아가야, 어서 오렴」, 169쪽)다지만 그게 꼭 "자신들의 유전자를 절반씩 나눠 가진 아이"(156쪽)를 통해서만 가능한 일은 아닐 것이다. 「나쁜 피」의 '나' 또한 결혼이 탈출이 아니라 또 다른 감옥일 수 있다는 예감을 모른 체했다. 그럼에도 이들을 비판할 수만은 없는 건 현실의 장력에 구속되어 살면서 그 바깥을 상상하기는 너무 어렵기 때문이다.

'정상가족'에 익숙해진 우리는 이에 대해 비판적 인식을 가지게 되더라도 정서적인 측면에서 기존의 규범 체계를 내면화하고 있는 경우가 많다. 가족제도가 여성을 억압하는 방식은 가사·출산·육아 노동을 전가하는 데에만 있는 게 아니다. 여성에게 부과된 세계를 당연하게 여기도록 하는 것, 그리하여 바깥을 상상하지 못하게 하는 것에도 억압은 존재한다.

「아가야, 어서 오렴」의 현주는 제 자식의 엄마가 되는 것이 '당연한' 세계에서 살고 있고, 그 당연함을 위해 최선을 다하고 있다. 현주의 노력은 그녀의 몸과 생활을 망치고 있는 듯하지만, 그녀가 알고 있는 세계에서 보통의 아내/엄마로 살아가기 위해선 불가피한 선택일 것이다. 그러니 잘못을 되짚어 보려면 그녀의 선택을 탓하기 전에 우리 세계의 '당연함', 그러니까 여자라면 결혼을 하고 아이를 낳아 아내/엄마가 되어야 하는 것을 '당연하게' 여기도록 가르쳐온 모든 것들을 먼저 심문해야 한다.

반면, 「나쁜 피」의 '나'는 유산 조짐을 방치하여 아이를 잃게 되면서 이혼이라는 두 번째 탈출을 시도한다. '나'는 납치·폭행·감금이라는 범죄 피해까지 입은 후에야 겨우 "먼 길을 돌아 제자리"(210쪽)로 돌아온다. 그러나 엄밀히 말해 소설의 결말이 '제자리'는 아니다. '나'는 기존에 자신을 둘러싸고 있던 세계의 바깥으로 한 걸음 더 나아간다. 이와 같은 결론이 가능했던 건, 자신을 옭아매고 있던 구속을 깨닫는 경험이 있었기 때문이다. 그것이 아무리 사소한 것일지라도 말이다.

타이카의 표정이 자못 심각해지는 것 같아 나는 얼른 농담처럼 덧붙였어요. 사실 뉴질랜드에 오게 된 건 남편이 멋진 사진들을 보여 주며 천국 같은 곳이라고 꾀어서였다고. 다 데려가 준다더니 아직 웰링턴 밖을 벗어나 본 적도 없다고. 타이카는 고개를 갸웃하고 물었어요. 왜 데려가 줘야 갈 수 있죠? 당신은 언제든 가고 싶은 곳에 갈 수 있어요.

순간 말문이 막히고 얼굴이 달아올랐어요. 한 번도 그런 생각을 해 보지 못했던 사실에.(「나쁜 피」, 197쪽.)

「아가야, 어서 오렴」과 「나쁜 피」는 강제된 아내/엄마의 역할이 임신을 하든 하지 않든 여성을 속박하고 있음을 보여 준다. 그렇다면 출산 후 양육의 세계는 어떨까.

「언니」의 '나'는 맘카페 모임에서 '모찌하은맘'이라는 닉네임으로 유명한 육아 인플루언서를 만나 그녀와 차츰 가까워지게 된다. 부유한 하은맘은 딸이 쓰던 고가의 육아 물품이나 자신이 쓰다 싫증난 사치품을 '나'에게 주었고, '나'는 그녀를 언니라 부르며 더욱 따르게 된다. 그러던 중 '나'는 하은맘이 외도 중인 남편에게 무시를 당하며 살고 있다는 비밀을 알게 된다. 하은맘은 그동안 남편에게 받은 상처를 사람들의 댓글과 '좋아요'로 벌충했던 것 같은데, 문제는 하은맘이 자존감을 회복하는 방식이 자신과 타인을 망치고 있다는 점이다. 하은맘은 익명의 다수에게 관심받기 위해 연출된 생활을 SNS에 게시했고, 남들이 보지 않는 곳에서는 다른 누군가에게 악플을 달았다. 급기야 '나'는 자신 또한 하은맘을 돋보이게 해 줄 '배경'일 뿐이었음을 알게 되고, 이에 하은맘의 포스팅에 악플을 다는 것으로 복수한다.

역시 여적여는 과학

저런 엄마 밑에서 자랄 애가 불쌍

맘카페ㅋㅋㅋ

인스타에 애 사진 좀 올리지 마라. 지 애 지나 이쁘지

대한민국 맘충 클라스 보소!! 역시 김취련들ㅋㅋ(「언

니」, 38~39쪽)

하은맘은 다른 유명 여자 연예인에게 악플을 달고, '나'는 하은맘에게 악플을 단다. 그리고 이 사건을 접한 사람들은 맘카페 회원들을 싸잡아 '맘충' '김치녀'이라 욕한다. 소설에는 '나'의 입건 뉴스에 달린 댓글들이 직접적으로 노출되어 있는데, 여기에 등장하는 혐오 발화는 인터넷에서 쉽게 찾아볼 수 있는 말들이다. 사람들은 이들이 서로 갈등하게 된 이유를 살피려 하지 않는다. '여적여(여자의 적은 여자)는 과학'이라는 오래된 클리셰로 간단히 정리되기 때문이다. 앞서 「아가야, 어서 오렴」에서도 현주는 "모두 여성인 팀에서 (……) 유일한 기혼자였고, 현주의 '자리 비움'은 범죄처럼 취급"(147쪽)되었다. 현주를 가장 못살게 구는 차재희 팀장은 "나는 일하느라 결혼도 못 했어."(159쪽)라며 육아 휴직을 간 다른 팀 직원의 험담을 한다. 「나쁜 피」에서도 '나'를 멸시하고 가사일 하는 사람으로만 취급하는 이가 바로 시모다. 이렇게 나열하고 보면 정말 '여적여는 과학'인 것처럼 보이기도 한다. 정말 그럴까?

여기엔 한 가지 간과된 것이 있다. 육아 정보를 나누는 커뮤니티는 왜 '맘'카페가 주를 이루는 것일까? 대디는 육아 정보에 빠삭해서 그런 걸까, 아니면 그만큼 적극적으로 육아를 하지 않아도 되어서 그런 걸까? '시모/시누-며느리' 사이의 불화가 일어나는 주된 장소는 어딜까? 「나쁜 피」의 시모는 며느리로 하여금 아침 밥상을 사진으로 찍어 메신저로 전송하게 했다. 시모는 아침 밥상을 사이에 두고 며느리를 괴롭히고 있는데, 그 밥을 매일 먹는 사람은 누구인가? 심지어 시모가 며느리를 납치해 폭행을 가할 때, 시부는 "신문을 천천히 넘"(207쪽)기고 있었다. '시모-며느리'의 갈등 현장에서 시아버지나 남편은 점잖게 빠져 있는데, 이들은 이 갈등으로 만들어진 밥상에서 가장 먼저 숟가락을 드는 사람들이다.

강조하고 싶은 것은 '여적여'의 주된 전장인 돌봄 노동의 영역이 애초에 여성에게만 부과되어 있다는 점이다. 가부장제가 만들어 낸 차별적 구조 속에서 돌봄 노동은 여성에게 전가되고, 그러니 이 전장에서의 갈등은 여성들 사이에서 일어날 수밖에 없다. 더하여 가부장제 가족제도는 차별적 성별 규범을 만들어 내 내면화하게 한다.

가령, 「언니」의 하은맘이 남편의 외도와 무시로부터 벗어나지 못하는 데에는 '싱글맘'은 '이상적인 엄마'가 될 수 없다는 생각이 한몫했을 것이다. 「아가야, 어서 오렴」의 차재희 팀장은 그녀 나름의 사회적 성공을 이루었음에도 여성에게 강제된 '아내/엄마로서의 여성상'에 얼마간 얽매여 있고, 여기에서 발생하는 결핍은 아내와 엄마 '모두'를 이루려는 다른 여성에 대한 심술과 폭언으로 이어진다. 그러니 '여적여'에서 '과학적 자명함'이란 여성을 자유롭지 못하게 하는 차별적 구조다. 세계의 일부를 구획하고 그곳에 '여자들만의 리그'를 만들어 갈등을 양산한 결과가 바로 '여적여'인 것이다. 따라서 소설에서 주목해야 할 부분은 여성들의 불화가 아니라 그들이 불화하게 되는 장소이며, 좀 더 근본적으로는 여성들에게 비좁은 자리만을 허락하는 차별적인 규범이 어디에서 비롯된 것인지 살펴보는 일이다. 그것이 바로 아내/엄마의 최선을 실패하게 만드는 역학일 테니까 말이다.

*

한편, 「지아튜브」와 「꽃」은 비-성년 서술자가 자신을 둘러싼 폭력에 나름의 최선으로 맞서는 이야기다. 「지아튜브」는 어린이 유튜버 '지아'가 촬영 팀의 작가로 일했던 '희진 언니'에게 보내는 편지 형식의 소설이다. 희진은 초등학생인 지아가 무리한 촬영으로 스트레스를 받고 있고, 이로 인해 이상 행동까지 보인다는 폭로의 글을 올렸다. 논란이 되자 지아튜브 촬영은 중단되었는데, 문제는 지아가 희진의 문제 제기를 구조가 아니라 공격으로 이해한다는 것이다. 무리한 스케줄이나 '악플 읽기' 같은 콘텐츠는 지아에게 스트레스가 되는 게 분명하지만, 지아는 유튜브 채널이 흥행하게 되면서 엄마 아빠와 함께 살게 되었고 그들의 사랑을 받을 수 있게 되었다. 지아는 "연기를 잘하면 아빠가 좋아하니까, 조회 수랑 구독자 수가 쑥쑥 올라가고 그럼 엄마까지 신이 나니까"(108쪽) 열심히 촬영했다. 그러나 촬영이 중단되자 "아빠는 이제 (⋯⋯) 놀아 주지 않고, 엄마는 하루 종일 인상 쓰고 화만 낸"(112쪽)다. 그러니 지아는 희진에게 글을 내려 모든 걸 제자리로 돌려놓아 달라고 부탁하고 있다.

소설을 따라 읽다 보면 지아가 부모에게 착취당하고 있다는 생각을 떨칠 수 없게 된다. 아마 희진도 그래서 폭로의 글을 올렸을 것이다. 그런데 지아가 '미숙한' 어린아이라 부모의 탐욕에 속고 있다고만 해석한다면, 이 역시 지아의 마음을 제대로 헤아리지 못하는 또 다른 폭력적인 해석이 되고 만다. 지아가 "아빠랑 엄마랑 카메라 삼촌들이랑 피디 이모랑 작가 언니들"(109쪽)의 기대에 지쳐 있는 건 사실이다. 그렇다고 지아의 노력을 가없게 여기는 희진의 눈빛이 반가운 것은 아니다. 희진의 눈빛은 지아가 애써 참고 있다는 걸 "다 알고 있는 것만 같았"(110쪽)는데, 즐겁지 않음을 들키는 것은 지아튜브 활동이 다른 외부적 강제에 의해 운영되고 있음을 들키는 것과 같다. 그 외부적 강제란 어른들의 욕망이나 기대일 것이고, 이는 곧 지아에 대한 부모의 사랑이 불순함을 의미한다. 그러니 지아는 촬영이 즐겁고 행복해야만 한다. 유튜브 활동이 자발적인 것이어야만 부모의 사랑도 진실한 것으로 판명되기 때문이다. 이때 지아가 애써 자기 감정을 속이고 있다는 것은 이미 부모의 사랑에 불순한 욕망이 섞여 있음을 어렴풋이 알고 있다는 뜻이기도 하다. 부모의 기대를 충족하기 위해, 그 기대가 진실한 사랑이라 믿기 위해 자신을 희생하는 지아에겐 분명 도움이 필요해 보인다. 그러나 희진의 폭로가 지아를 곤경에서 구조해 줄 것 같지도 않다. 희진의 폭로는 지아가 고통을 감내하면서까지 지키려 했던 것이 무엇인지 살피지 않기 때문이다.

「꽃」의 주인공은 좀 더 절망적인 상황에 놓여 있다. '나'는 학교 폭력 피해자이지만, 선생님들과 학교는 '나'보다 가해자들 쪽에 더 가까이 있다. 피해 진술을 삭제하라고 요구하는가 하면, 피해자에게 알리지도 않고 학폭위를 열어 가해자와 피해자에게 동일한 처분을 내린다. 엄마는 억울함을 토로해 보지만, 엄마의 절규보다 가해자 부모들이 지닌 의사, 변호사, 선생님, 대기업 상무 등의 명함의 힘이 더 세다. '나'는 학교 폭력으로 인한 병결임에도 출석일수 미달로 제적 조치를 받게 되고, 가해자들은 각각 외고, 자율형 사립고, 체고에 합격한다. 마침내 '나'는 월요일 운동장 전체 조회에 참석하기 위해 일곱 달 만에 학교로 향한다. 단, 학생들이 있는 운동장이 아니라 옥상으로. 완전히 '없는' 학생이 된 '나'는 아무도 보아 주지 않고 들어 주지 않는 자기 존재를 드러내기 위해 제 몸에 불을 붙여 운동장으로 떨어지려는 참이다. '꽃'으로 비유된 불타는 신체의 강렬한 가시성은 그간 비가시적 존재로 취급된 것에 대한 선명하고 명료한 항의이다. 그러나 그것은 말 그대로 '나'의 전존재를 연소하여 겨우 전달된다는 점에서 아주 슬픈 결말이다.

*

이제 마지막 두 편의 소설을 따라 지난날의 과오를 솔직하게 돌아보면서 소중한 것들을 희생하지 않는 '최선'이란 무엇일지 가늠해 보자. 「그녀가 「오, 사랑」을 부를 때」와 「제주행」은 '나'가 따르고 좋아했던 선배 언니와의 관계가 망가진다는 서사의 기본 골격을 공유한다. 또, 사이가 멀어지는 이유가 '나'의 조바심과 이기심에 있다는 점도 공통적이다. 「그녀가 「오, 사랑」을 부를 때」의 '나'는 은주에게 많은 조언과 용기를 얻었음에도 정작 은주에게 도움이 필요한 순간, "언니 눈엔 또 내가 철없이 불평하는 걸로 보이"는 것 같아서, "나도 이제 프로"(80쪽)라는 걸 은주가 몰라주는 것 같아서 은주의 시나리오에 혹평을 했다. 「제주행」의 '나'는 룸메이트 연정에게 취업 준비 과정의 불안함을 실컷 토로했지만, 막상 연정이 면접을 망쳤을 때엔 기나긴 절망의 밤을 연정 혼자 보내도록 방치했다.

두 소설의 '나'는 언니들에게 너무 기댄 나머지 상대의 처지는 생각하지도 않고 자신의 힘듦만 내내 호소한다. 일거리가 들어오지 않는 은주를 붙들고 선금 받은 시나리오가 잘 써지지 않는다고 하소연하거나, 면접에서 떨어져 낙담하고 있는 연정에게 인턴의 고달픔을 늘어놓는 식이다. 결국 '나'는 은주가 죽고 연정과는 더 이상 연락하지 않는 사이가 된 뒤에야 깨닫는다. "지금까지 우리 사이에서 위로와 격려는 언제나 언니의 몫이었다는 걸."(「제주행」, 236쪽)

그러나 소설은 '나'의 어리석음을 힐난하는 데 머무르지 않는다. 그렇다고 '나'의 뒤늦은 깨달음에서 고민을 멈추지도 않는다. 소설이 독자를 이끄는 장소는 소중한 관계가 되돌릴 수 없이 깨어진 이후 '나'의 내면이다. '나'는 여전히 언니를 무척 좋아하지만, 이제 그들과 함께 할 수 없음을 인정한다. 잃어버린 것들을 되찾기 위해 떼를 쓰는 게 아니라, 혹은 잃어버린 것들을 모른 체하는 게 아니라, 떠난 사람들의 마음을 존중하면서 아파한다.

'나'는 관계가 깨어진 자리에서 솔직하게 과오를 돌이켜 보고, 언니가 느꼈을 서운함과 절망감을 헤아려 보려한다. 「제주행」의 마지막 장면은 연정이 면접을 망친 날 밤을 복기하는 것으로, 지금껏 '나'가 털어놓지 못했던 고백이 담겨 있다. 그날 '나'는 연정을 위로하러 집에 들를 수 있었으나, 그렇게 하지 않았다. 이어지는 장면에서 '나'는 혼자 이사를 떠났을 연정의 표정을 상상한다.

「그녀가 「오, 사랑」을 부를 때」의 '나'는 10년 만에 은주를 제대로 애도하려 한다. 소설 속 은주는 2011년 세상을 떠난 최고은 작가를 강하게 환기한다. 당시 매스컴은 최 작가의 안타까운 부고를 전하며, 작가에게 불합리한 영화계 관행이나 예술인 복지 제도에 대해 문제를 제기한 바 있다. 이러한 논의가 필요했던 것은 사실이지만, 다른 한편 한 사람의 죽음이 사회적 논쟁의 프레임 안에서 이해된 부분도 적지 않다.

소설 속 '나'가 말하듯, 사람들은 "언니가 어떻게 웃고, 언니가 어떻게 쓰고, 언니가 어떻게 노래하던 사람이었는지" 관심을 갖지 않았다. "사람들은 그저 언니의 마지막만 봤다."(99쪽) 은주 삶의 작은 부분까지도 "계속 가난과 연결"(81쪽)되었고, 친구들이 "기억하는 은주와 뉴스 속 은주의 간극이 너무 큰데, 은주를 모르는 사람들이 은주를 어떤 프레임에 넣어 버렸는데, 그걸 어떻게 해야 할지 모르는 채로 (……) 표현하지 못한 아픔을 품은 채로 그렇게 10년"(93쪽)이 흘렀다. '나'는 은주와 시나리오를 쓰던 세계에서 너무 멀리 떠나왔지만, 눈을 감고 은주가 「오, 사랑」을 부르던 그때로 돌아가 그녀가 어떤 사람이었는지 쓰기 시작한다.

그것은 아마도 이 소설일 텐데, 그리하여 소설에는 사람들이 모르는 웃는 모습의 은주가 있고, 은주를 롤 모델 삼아 글을 쓰는 '나'가 있으며, 그리고 은주에게 상처를 준 '나'도 있다. 돌아올 수 없는 은주를 기억하는 일은 눈부신 시절을 간직하는 일이자 그 시절로부터 멀어진 '나'의 위치를 돌아보는 일이다. 더하여 떠나간 사람의 빈자리를 간직할 줄 아는 것은 남은 사람들과 남은 시간의 소중함을 아는 것이기도 하다. 아마 이제 '나'는 그녀의 '최선'을 자신을 몰아붙이던 것들을 향해서가 아니라, 소중한 것을 지키는 방향으로 쏟을 것 같다.

*

『대가 없는 일』에 살고 있는 인물들은 삶에 최선을 다한다. 그러나 그들의 최선은 그들이 바라던 대가로 돌아오지 않는다. 아니, 곧잘 그들의 삶을 해치고 만다. 여성의 삶을 한계 짓고 서로 반목하게 만드는 성규범이나, 정상가족 이데올로기, 재력에 휘어지는 정의의 잣대, 아이들을 욕망 실현의 수단으로 여기는 그릇된 사랑……
젠더·계급·연령 등으로 촘촘하게 짜인 권력 체계는 사
람들을 분할하고, 특정 세계에 가두며, 그 세계가 전부
인 것처럼 생각하게 만든다. 주어진 세계 속에서 살아
남아야 한다는 지상과제는 서로 연대하게 하기보다 갈
등하게 만든다. 따라서 사람들의 분투는 이들을 속박하
는 규범을 재생산하는 것으로 작동하기도 하고, 비슷한
처지의 사람들을 곤란에 빠트리게도 한다.

　아마 소설의 인물들이 분투하고 실패하고 좌절하는
어느 지점에 우리의 삶도 겹쳐질 것이다. 그런 점에서 여
기에 수록된 소설들은 삶에 대한 우리의 노력과 애착이
어디로 향하는지 비춘다고 할 수도 있겠다. 삶에 함몰되
어 가늠할 수 없었던 각자의 '최선'이 어떻게 작동하는
지 소설 속 이웃의 이야기를 통해 보여 주고 있는 것이
다. 우리의 '최선'이 할 수 없는 일에 악다구니를 쓰며 매
달리는 것이 아니길 바란다.

　그렇다고 체념의 테두리 속에서 삶을 소진하는 일은
더더욱 아니길. 우리의 최선이 우리를 해치지 않길. 과
오를 인정하되 반복하지 않길. 그리하여 남아있는 소중
한 것을 지킬 수 있길. 이 책의 마지막 장 너머로 펼쳐질
시간은 '최선'이라는 말에 담긴 본래의 밝음을 향해 나
아가길 바란다.

　김혜지 소설에는 내가 아는 것 같은 사람들이 나온
다. 전화번호는 가지고 있지만 연락한 적 없는 오래 전
동창, 거리에서 우연히 스치면 잘 지내지? 응, 너도? 인
사를 나누며 어색하게 뒤돌아설 친구의 친구, 한 아이
를 아기 띠로 동여매고 또 다른 아이의 손을 잡고 재활
용 쓰레기를 버리러 나온 이웃집 여자. 알지만, 분명히
알지만, 정말 그를 아느냐고 질문 받으면 갑자기 말문이
턱 막힐 듯한, 그 얼굴들을 여기서 본다.

　잘 살고 싶어서가 아니라 망하고 싶지 않아서, 어떻
게 살아야 망하지 않는지 몰라서 그저 남들을 따라 살
고자 했던 그들에 대하여 작가는 쓴다. '남들처럼' 살겠
다는 그 모방의 의지가 어디서 온 것인지 헤아릴 여력도
없이, 자기 안의 여러 마음들이 왈각대며 부딪히는 소리
에 깜짝 놀라 어쩔 줄 모르는 사람들에 대하여. 위선에
도 위악에도 영 재능이 없는, 누구를 미워해야 할지 몰
라 스스로를 미워하다 영혼이 부서진 사람들에 대하여.

　이 책의 거의 모든 소설이 1인칭인 이유는 작가가 그

들에게 목소리를 주고 싶었기 때문일 것이다. 현실에서
가지지 못한 것, 절실한 것을 건네주고 싶어서일 것이다.
그 감정의 이름이 무엇이든 김혜지 작가가 '앞으로 쓰게
될 모든 이야기들 역시 결국 여기서 출발할' 것임을 믿
는다.

— 정이현(소설가)

대가 없는 일

1판 1쇄 찍음 2021년 10월 1일
1판 1쇄 펴냄 2021년 10월 8일

지은이 김혜지
발행인 박근섭, 박상준
펴낸곳 (주)민음사

출판등록 1966. 5. 19. (제16-490호)
서울특별시 강남구 도산대로1길 62(신사동) 강남출판문화센터 5층
대표전화 02-515-2000 팩시밀리 02-515-2007
www.minumsa.com
ⓒ 김혜지, 2021. Printed in Seoul, Korea
ISBN 978-89-374-4230-8 03810